A tatuagem de pássaro

A tatuagem de pássaro
Dunya Mikhail

Tradução
Beatriz Negreiros Gemignani

Tabla.

*Qualquer semelhança com
a realidade de quem hoje vive entre nós
não é mera coincidência.*

9	**Número 27**
18	**Metade da beleza de uma pessoa**
40	**O Lego**
49	**A tatuagem de pássaro**
61	**Vermelho**
72	**Quando a baleia engole a lua**
91	**A de amor**
102	**A última canção**
112	**A montanha-russa**
129	**Um mundo plano**
146	**A tela vazia**
161	**Na fortaleza**
171	**O Vilarejo dos Bem-Guiados**
185	**O assobio**
201	**Doidão**
211	**Filho do Daich**
222	**Quando ela fecha os olhos**
243	**A voz**
256	**As três senhas**
269	**A dança da dor**
282	**Depois do fim**

Número 27

Os membros da organização já haviam tomado todos os pertences das prisioneiras, incluindo as alianças de ouro. Mas a aliança de Helin não era um anel, e sim uma tatuagem de pássaro. Com os olhos fixos em seus dedos, ouviu um deles chamar em voz alta: "27, número 27!". No início Helin não sabia que aquele era seu número. Quando foi chamada outra vez, imaginou que o homem deve ter ficado bravo, pois ela saiu de seu lugar na fila e correu em direção a Amina. Não podia acreditar que sua melhor amiga de infância, Amina, estava logo ali do outro lado da sala. Amina, por sua vez, também ficou de boca aberta, incrédula. Mas o abraço choroso durou só alguns segundos, interrompido pelo anúncio da voz estridente: "27 vendido!". Ele apontava para Helin com uma mão e com a outra segurava uma caixa de papelão repleta de celulares que pertenciam às prisioneiras. Amina gritou: "Deixe-a em paz!", porém mal se pôde ouvir a voz dela em meio aos celulares que tocavam alto, todos, sem parar. As famílias preocupadas continuavam a ligar, sem serem atendidas.

Aquele homem de camisa preta estendida até os joelhos e calças acima dos tornozelos empurrou Amina com força, derrubando-a no chão. Helin se inclinou para ajudá-la a se levantar, mas o homem a puxou violentamente pela mão, levando-a para outra sala. Jogou-a no chão e saiu, fechando a porta atrás de si. Outras mulheres estavam sentadas ali no chão, de cabeça baixa e portando um cartão numerado — como aqueles planetas longínquos que não têm nome, só número. A única mulher que não tinha um número estava sentada à mesa. Ela entregou um papel a Helin e explicou: "Esta é sua certidão de casamento; seu marido já vai chegar".

Helin devolveu o papel sem olhar para ele, dizendo: "Eu já sou casada".

"Abu Tahsin comprou você pela internet e está vindo buscá--la", retrucou a mulher.

Nunca em toda sua vida Helin ouvira falar de um mercado de mulheres. Se não estivesse vendo com os próprios olhos, não acreditaria que pudesse existir um, quaisquer que fossem o tempo e o lugar. O que a deixou ainda mais perplexa foi o fato de que o prédio do mercado era uma escola, chamada Flores de Mossul, como se lia na fachada. Lembrava a escola primária onde estudou com seu irmão gêmeo Azad. Nem mesmo a severa diretora, a sra. Ilram, poderia conceber a ideia de um mercado de mulheres. Segundo essa senhora, quem masca chiclete não tem modos; ela considerava isso inaceitável mesmo durante o intervalo. Quando pegou Azad mascando chiclete no pátio da escola, levou-o até seu escritório para ser punido. Azad, que adorava o chiclete da marca cujo logo é uma flecha, imaginava que o chiclete não era diferente dos outros doces que os demais alunos comiam no intervalo, sem serem punidos por isso. Azad estava assustado ao se sentar no escritório da sra. Ilram. Ele sabia que ela poderia bater em sua mão com a ponta afiada da régua, como a viu fazer com alguns alunos que chegaram atrasados, depois de soar o sinal. Os alunos deveriam estar sentados antes de a professora chegar, para que se levantassem em respeito a ela quando entrasse na sala. Porém, Azad notou, com surpresa, que a sra. Ilram sorriu ao final do interrogatório, quando soube quem havia lhe dado o chiclete. Ela disse: "Mande saudações a seu tio, o professor Murad, e diga-lhe que aqui o chiclete é proibido. Agora volte para a sala de aula".

Nesta sala, parecida com o escritório da diretora, com sua mesa organizada, estava sentada a mulher sem número, ocupada em administrar a operação de venda das prisioneiras. "Vista estas roupas. O fotógrafo vem daqui a pouco", disse ao entregar uma sacola a uma das prisioneiras. Helin ficou atônita com a notável contradição nas roupas que os membros da organização obrigavam as mulheres a vestir. Primeiro, elas devem colocar o nicabe preto que deixa só os olhos à mostra, mas depois têm que usar roupas indecentes para serem fotografadas e expostas à venda. O fotógrafo pediu a Helin que secasse suas lágrimas antes de fotografá-la.

Nas outras salas, os membros da organização usavam as mesas dos professores para monitorar a escolha dos jovens para o treinamento militar que era realizado no pátio frontal da escola. Naquele mesmo pátio, professores e alunos se reuniam às quintas de manhã para a prática de içar a bandeira. Agora, a organização içava sua bandeira preta em vez da bandeira do Iraque e bradava o hino do Estado Islâmico em vez do hino nacional.

Nos três últimos meses em que Helin passou em cativeiro, ela foi aos poucos entendendo as regras daquele mercado estranho. Quando alguém a levava à sala ao lado e a devolvia a seu lugar logo após tê-la estuprado, isso significava que ele a pegara só para uma diversão temporária, provando-a como um freguês prova um produto na feira. Mas, se alguém decidia comprá-la, então precisava pagar uma quantia à administração da organização de acordo com o contrato de compra carimbado pelo Estado. O leilão de Helin começava com 75 dólares, pois ela estava no registro dos trinta anos. O comprador podia entregá-la a outro dentro do contrato de "locação", concedendo-a temporariamente e depois tomando-a de volta. E ele também tinha o direito de devolvê-la ao mercado ou trocá-la por outra. Um dos que a havia comprado costumava vendê-la toda vez que precisava de dinheiro, pegando-a de volta em seguida; no fim, devolveu-a ao mercado, dizendo: "Esta grita quando dorme, talvez esteja possuída".

Havia cerca de 120 mulheres reunidas no salão daquela escola em Mossul. Qualquer pessoa que entrasse ali poderia discernir quais mulheres haviam sido mais estupradas, pelo número de hematomas no corpo. Algumas tentavam se esconder atrás de outras, mas os guardas não deixavam nenhuma passar ilesa. De noite, após encerrarem os leilões, eles vinham e pegavam quem quisessem para uma diversão temporária. Empurravam as carteiras escolares de lado e as estupravam uma após a outra. Helin conheceu outras prisioneiras por meio dos olhares que trocavam durante o estupro. Elas conversavam pelo olhar e se entendiam pelas lágrimas. Certa vez, durante um estupro coletivo em plena luz do dia, uma das prisioneiras gritou: "Chega! Vocês deixariam alguém fazer isso com suas mães e irmãs?".

Um deles a jogou contra a parede, abrindo um buraco. Seguiu-a outra mulher, gritando coisas incompreensíveis. Ela cuspiu nele. Helin a copiou, cuspindo no homem ao seu lado. Outra prisioneira fez o mesmo. Cada prisioneira naquela sala cuspiu no homem que estava a seu alcance. Era um ataque de cuspe contra os estupradores. Os homens ficaram surpresos com essa reação em grupo. Bateram nelas com toda a força. No fim, o silêncio reinou na sala; parecia que eles estavam exaustos de bater nas prisioneiras, ou talvez se sentissem constrangidos. Partiram um atrás do outro, enquanto as prisioneiras trocavam olhares de encorajamento, como se dessem tapinhas nos ombros maculados de feridas e dores. Algumas não puderam se mover por dias depois do ocorrido. O silêncio era a terceira língua das prisioneiras, depois do árabe e do curdo. A prisioneira mais nova, Laila, tinha dez anos, e a única palavra em árabe que conhecia era *taftich* — inspeção —, que aprendeu ouvindo aquela mulher que toda vez que entrava na sala anunciava: "Taftich!". Nessa hora, as mulheres formavam uma fila indiana, e a inspetora vasculhava dentro de suas roupas para se certificar de que não dispunham de nada afiado. Todo dia o número de inspeções aumentava, porque os casos de suicídio entre as prisioneiras chegaram a tal ponto que alarmou os membros da organização. Eles haviam fracassado em detectar o que as mulheres usavam para cortar os pulsos e interromper a vida.

Rihana tentou se enforcar com uma corda que encontrou no canto da sala. Aquela era a sala de esportes quando a escola era uma escola, e aquela corda era usada para brincar de pular corda. Uma das mulheres que pertencia à organização correu a seu encontro e conseguiu soltar a corda na hora certa. Salvou-lhe a vida e em seguida espancou-a com a mesma corda. Aquela era a inspetora que durante a primeira semana havia passado pelas prisioneiras perguntando: "Você é casada?" e "Qual a data de sua última menstruação?". Uma das prisioneiras lhe respondeu, indagando: "Por que a pergunta?", então outra gritou: "Por quê?", e outra ainda mais alto: "Por quê?!". A inspetora deu um passo para trás, exclamando: "Porque a lei do Estado proíbe a venda de mulheres grávidas!".

Rihana supostamente deveria ser entregue de graça aos combatentes apenas para os trabalhos domésticos, segundo a lista de preços estabelecida pela organização para quem ultrapassara os cinquenta anos. Mas o olhar partido com o qual retornava após ser levada por um deles revelava que alguns dos combatentes violavam as regras de sua organização. "Mama Rihana", assim Laila passou a chamá-la desde aquela noite sombria na segunda semana de cativeiro, quando Laila retornou à sala nua, gemendo de dor e humilhação. Jogaram suas roupas atrás dela. Uma das prisioneiras as recolheu e a vestiu, dizendo: "Que o Senhor vingue esta menina e todas nós". Ela disse em curdo para que a fiscal não entendesse. Como Rihana trabalhava na cozinha, apressou-se até Laila com um copo de água e permaneceu a noite toda acordada a seu lado. Laila abriu os olhos e viu Rihana passando um pano molhado em sua testa para tentar diminuir a febre que lhe ardia. Trocaram um olhar com uma mistura de gratidão e pesar. Rihana falava árabe e não entendia o curdo, por isso pedia ajuda a Helin para traduzir a conversa entre ela e Laila. Não sempre, mas nos momentos em que coincidia de nenhuma das três ter sido estuprada. Elas não tinham vontade de falar após serem estupradas. Entravam na sala em silêncio, só cortado pela saudação de um estuprador a outro, que chegava em dissonância, como uma risada num funeral.

Rihana soube pela tradução de Helin que Laila não via a família desde aquele dia em que sua mãe fez tranças em seus cabelos e elas partiram com as demais famílias do vilarejo em direção à montanha. Não conversaram mais porque todas sabiam o resto da história: como separaram os homens das mulheres, os adultos das crianças, e as meninas acima de nove anos do restante da família.

Certo dia Laila parou de vez de falar, até mesmo com Helin. Foi quando encontraram Rihana morta. Não havia em sua posse nem objeto afiado, nem corda. Não souberam como ela

morrera. "A tristeza a matou", disse uma das prisioneiras. As lágrimas rolavam copiosas pelas bochechas de Laila. Helin a colocou no colo, chorando também. Manteve-a no colo o máximo que pôde, apesar da dor nas costas por causa da surra que levara de Abu Tahsin. Ele já a havia comprado e devolvido. Helin começou a refazer as tranças nos cabelos de Laila enquanto recordava Abu Tahsin levando-a para sua casa em Aleppo, e ela vomitando nele durante o sexo. Ela havia se sentido enjoada no caminho, tanto que vomitou logo ao chegar à casa dele. Ele bateu nas costas de Helin com um bastão até ela desmaiar, só recobrando os sentidos quando estava no hospital, com soro na veia. A enfermeira lhe entregou um comprimido com um copo de água e perguntou: "Como você está?".
Helin caiu no choro e respondeu: "Eu não sou daqui. Por favor, me ajude a voltar para minha família no Iraque".
A enfermeira olhou para a direita e para a esquerda, e murmurou: "Como eu posso ajudar?".
"Só me tire daqui, me leve até a rua."
"Desculpe, não posso fazer isso. Você quer falar com sua família por telefone para pedir ajuda?"
"Sim, Deus a proteja."
"Vou trazer meu celular durante o intervalo."
A enfermeira olhou para o relógio, acrescentando: "Daqui a uma hora e meia".
Helin ouviu o barulho de uma explosão ao longe, enquanto contava os noventa minutos e tentava se lembrar de algum número que soubesse para dar à enfermeira. Sem dúvida haviam tomado o telefone de Elias, porque ele não atendia às ligações dela desde que fora preso; Amina também era prisioneira, seu telefone estava naquela caixa na qual haviam recolhido todos os celulares. Ela não sabia mais nenhum número.

A enfermeira tirou o telefone do bolso lentamente, olhando para as camas dos pacientes ao redor, como se puxasse um revólver. Disse para Helin: "Vou deixá-lo com você por cinco minutos e já volto".

"Por favor, espere. Eu não sei nenhum número de cor. Você sabe como ligar para o Iraque daqui?"

"Ah, não sei. Então mais tarde. Vou averiguar", respondeu a enfermeira e colocou o celular de volta no bolso.

No mesmo instante, uma médica entrou no saguão, indo em direção à cama de Helin. Ela puxou um papel afixado numa prancheta na cama. Leu e disse: "Você já pode sair".

"Posso ficar mais uma noite?", Helin perguntou.

"Não há necessidade", respondeu a médica. "Há feridos a caminho e não temos leitos suficientes no hospital."

Helin desceu da cama, relutante. A enfermeira a acompanhou até a recepção, onde ela encontrou Abu Tahsin à sua espera. Helin ficou paralisada quando o viu caminhando em sua direção. A enfermeira disse: "Espere, vou escrever meu número, caso tenha alguma dúvida".

Abu Tahsin a ouviu e retrucou: "Não, ela não terá nenhuma dúvida. Ela vai embora daqui de volta para seu país".

"É mesmo?", perguntou a enfermeira.

Abu Tahsin deu as costas à enfermeira e indicou com a mão que Helin saísse com ele. Antes de atravessar a porta até a rua, Helin olhou para trás e viu que a enfermeira ainda estava lá, de pé, com o olhar fixo em sua direção.

Abu Tahsin parou um táxi e esperou que Helin entrasse no banco detrás para ir se sentar ao lado do motorista. Talvez tivesse receio de que ela vomitasse nele outra vez. Helin se perguntou se ele iria mesmo devolvê-la a seu país, como havia dito para a enfermeira. Após uns quinze minutos, ela ouviu o motorista mencionar algumas obras na estrada para Mossul, então a esperança se iluminou dentro dela, como uma lâmpada num quarto escuro. Isso significava que ela estava mesmo indo para Mossul, e não para a casa dele em Aleppo. A viagem até Mossul levou umas dez horas. Helin notou o cartaz anunciando que a rodovia se chamava agora "Estrada do Califado". Enfim, o motorista parou em frente ao prédio da escola-leilão, a mesma onde Abu Tahsin a comprara. Ele a devolveria à mesma prisão? Mesmo assim, ela suspirou aliviada: ao menos reveria as outras prisioneiras, ainda que temporariamente, até ser vendida outra vez. Ou, quem sabe, ocorresse um milagre dos céus e ela conseguisse retornar para casa. Helin precisaria de um milagre para sentir novamente o cheiro de sua família.

"Esta aqui está doente e não me serve", disse Abu Tahsin ao guarda no pátio frontal da escola.

O guarda ofereceu trocá-la por outra, mas Abu Tahsin escolheu receber seu dinheiro de volta.

No mesmo dia em que Rihana morreu, colocaram Helin à venda novamente. O pátio da escola estava tumultuado com clientes de barba bem comprida, como se tivessem acabado de sair de cavernas da Antiguidade. Helin vasculhou o rosto das outras prisioneiras na esperança de reencontrar Amina. Será que algum deles havia comprado sua amiga querida? Era o que Helin se perguntava quando notou um homem enorme vindo em sua direção. Abaixou a cabeça para evitá-lo.

Metade da beleza de uma pessoa

Neste momento, o que Helin mais temia era que o arroz ficasse mais mole do que deveria, ou que não tivesse cozinhado o suficiente. Temia não atender as expectativas de Aiach. Ela realmente não tinha dotes culinários, tanto que certa vez sua mãe disse a seu pai que Helin teria que se casar com um cozinheiro, senão ambos morreriam de fome. O pai respondeu, brincando: "Ou você pode salvá-los com um prato de berinjela". A mãe caiu na gargalhada, tendo entendido sua intenção: ele gostava de brincar com o exagero com que ela cozinhava berinjela, que entrava em quase todos os pratos que preparava.

Helin colocou o feijão-branco de molho para fazer um caldo, pois tinha que preparar o jantar antes de Aiach chegar do trabalho. "Será que hoje ele vem sozinho ou trará amigos?", ela se perguntou. E será que ele vai se drogar antes ou depois do jantar? Como estará o humor dele? E se ele tiver tido um dia ruim no trabalho e a comida não lhe agradar? Será que ele só lhe daria uma bronca ou bateria nela? O pior de tudo seria vendê-la outra vez.

Duas semanas antes ela o ouvira negociando sua venda com alguém por telefone, mas parece que não fecharam negócio, pois ninguém veio retirá-la. Por sua venda ele queria quatro notas de cem dólares, tendo diminuído depois o preço para três. "Por Deus ela vale mais, é bonita, obediente e prestativa, mas tenho pressa em vendê-la." Ele não mencionou à pessoa do outro lado da linha que ela não era boa em fazer arroz.

Entre todos que a haviam comprado, Aiach era o melhor. Nas seis semanas que passara em sua companhia, ele não bateu nela com aquela violência que deixava seu corpo todo machucado, e, quando a estuprava, ele o fazia sozinho, e não em grupo. Além disso, conversava com ela e, às vezes, até a ouvia.

No início, ao vê-lo no leilão, Helin teve medo de Aiach. Quando abaixou a cabeça para evitá-lo, viu seus pés de tamanho incomum indo e vindo na sua frente. Ela se concentrou naqueles pés enormes e nas calças pretas que se estendiam até pouco acima dos tornozelos, murmurando consigo mesma: "Senhor, não deixe que este homem me compre. Qualquer um menos este".

Os pés dele se aproximaram mais, e ela ficou assustada ao notar que se firmaram bem na sua frente. Mas ele não abriu a boca dela para examinar os dentes, nem a cheirou como outros faziam. Perguntou: "Quanto sai esta?". O homem de pé, no canto, respondeu: "Quatrocentos, mas para você, *maulana*, pela metade do preço". Aiach abriu a carteira e tirou duas notas de cem dólares, entregando-as ao vendedor. Então Helin entendeu que chegara sua vez de deixar a escola e seguir o novo comprador. Ela andaria atrás dele quieta, pois aprendera que era inútil protestar. Não foi fácil aprender isso. Aprendeu com pancadas e insultos, não tendo sobrado, nem em seu corpo, nem em seu espírito, parte alguma que não estivesse roxa. De toda forma, o olhar choroso de Laila atrás dela cortou seu coração e lhe provocou um gemido profundo.

Era evidente que seu novo dono tinha uma posição importante, porque o chamavam de *maulana*, assim como os sultões no passado. Ela só ouvira essa palavra em programas de História. Um motorista estava à espera deles num carro de luxo preto, o que confirmou sua suspeita sobre a posição de Aiach. Ele se sentou no banco da frente ao lado do motorista, e Helin no banco detrás, vestida com o nicabe preto que lhe deram, com o qual somente seus olhos ficavam visíveis. Os dois homens se ocuparam em conversar, e Helin, em olhar pela janela. Ela via uma cidade cujas feições conseguia distinguir, tal como as feições de uma pessoa próxima que caíra enferma.

Mossul parecia uma cidade pálida, calada e lenta, a um ponto que ela nunca havia testemunhado. O trânsito havia diminuído e silenciara-se o barulho das músicas que tocavam nas lojas. Letreiros pretos substituíam os anúncios luminosos nos comércios. Até mesmo o rio Tigre, que passava embaixo da ponte, parecia, naquele momento, solitário, completamente isolado do que se passava acima dele.

Essas ruas que Helin via pela janela do carro eram as mesmas por onde ela antes andara livre, vestindo roupas de sua escolha, às vezes até criações suas, inspiradas por revistas de moda. Certa vez ela se encantou pela foto de uma jovem com calças *jeans* rasgadas, então rasgou suas calças na altura do joelho, apesar de não ser comum na região. Quando sua mãe a viu, pensou que as calças haviam rasgado por causa do uso, então se ofereceu para remendá-las. Precisamente nesta rua, Helin tinha o costume de comprar botões, tecidos e linhas. A maior parte das clientes do local eram costureiras, e pessoas que precisavam fazer consertos — de um sapato, de um relógio ou de um rádio. As lojas dos técnicos eram pequenas, com uma área que não passava de dois metros por três, de modo que nelas só havia uma mesa, uma cadeira e uma lâmpada. As pessoas ainda a chamavam de rua do rei Gazi, apesar de o governo ter mudado o nome oficialmente para rua da Revolução. Ela não sabia quem fora o rei Gazi, mas sua vizinha, Chaima, conhecida como Umm Hamid, contou-lhe certa vez que se tratava de um rei que adorava se exibir. Por isso, quando era aluno, aos dezesseis anos de idade, ele fez com que seu avião descesse até um nível bem baixo, logo acima da escola onde estudava, apenas para que os colegas o vissem naquele avião chamado pelos ingleses de tapete mágico.

As lojas de roupa lhe pareciam familiares, porém os manequins vestiam o nicabe. Eram muito parecidos com Helin, com a diferença de que não estavam à venda. *O nicabe é castidade e pureza* e *Juntos, nutrimos a árvore do califado* eram algumas das frases presentes nos grandes letreiros que chamaram a atenção de Helin. Pouco à frente, ela viu uma frase escrita à mão e repetida em mais de um muro. A letra era bem ampla, por isso dava para ler mesmo de longe. Estava escrito: *Eu te amo, Nadaui*. Ela imaginou como aquele apaixonado teria declarado nos muros da cidade seu amor por Nada ou Nadia, a quem chamava carinhosamente de Nadaui. Será que ele queria que sua frase compensasse aqueles outros letreiros, sérios, ou queria apenas vandalizar os muros, pichando-os com um garrancho enorme com aquela frase simples? Ou seria ele somente um apaixonado que enlouquecera? A voz repentina de Aiach cortou os pensamentos de Helin. Naquele momento, ele gritou pela janela do carro para uma mulher que andava na calçada: "Você, mulher, cubra o cabelo!".

As ruas ficavam para trás e desapareciam da vista de Helin, assim como desaparecera sua vida passada. E o volante não estava em suas mãos para que ela voltasse àquela vida. Apesar disso, voltaria na primeira oportunidade, pensou consigo mesma; ela iria procurar um buraco nas paredes para atravessar e retornar à sua família. Aiach interrompeu a cadeia de seus pensamentos outra vez ao ordenar de repente ao motorista que parasse. Ele desceu do carro e foi em direção a uma loja de roupa feminina no Mercado do Profeta Yusuf. O dono da loja estava conversando com uma cliente, mas, quando Aiach os interrompeu, a expressão do rosto do homem mudou de sorriso para alarme. Helin não pôde ouvir a conversa entre os dois, contudo estava claro que o dono da loja tinha medo e implorava. A cliente, por sua vez, deixou o pedaço de tecido que negociava e saiu com pressa do lugar, apesar de Aiach não ter lhe dirigido a palavra. Helin entendeu pela conversa de Aiach com o motorista, depois de ele ter retornado ao carro, que ele dera um aviso ao dono da loja: o homem estava conversando com a cliente numa distância inferior a dois metros, e isso era uma violação passível de 25 chicotadas.

"E, além da violação da lei, ele flertava com ela e a chamava de 'meus olhos'", disse Aiach.

"Sem modos", falou o motorista.

Após alguns minutos, um homem gritou em voz alta: "Olha só isso, *daucha*!"*, apontando com a mão para um grande manequim em frente a uma loja de roupas femininas. Dessa vez o motorista pisou no freio e parou o carro sem que Aiach lhe ordenasse, talvez porque tenha considerado que a situação demandava interferência. Helin imaginou que o homem devia ser louco, pois ninguém se atrevia a chamar os membros da organização dessa forma debochada em locais públicos, exceto se tivesse enlouquecido.

Quando Aiach saltou do carro e foi na direção do homem louco, ele riu, dizendo: "E o senhor é um *daucha*?".

---

* *Daucha* é uma forma diminutiva, com sentido sarcástico, de *daichi*, como são chamados os membros do Daich — abreviação árabe de Estado Islâmico no Iraque e na Síria, rejeitada pelos seus integrantes por não soar bem em árabe. [Todas as notas são da tradutora.]

Helin cobriu os olhos com as mãos para não ver o restante da cena, pois Aiach bateu naquele homem violentamente. Ainda assim, ela o viu enfim cair, e Aiach subir em cima dele, estrangulando-o e batendo sua cabeça contra o chão. Dessa vez Aiach não fez nenhum comentário quando retornou ao carro. O motorista pisou fundo no acelerador, e no retrovisor se via o homem jogado ao chão, sem se mover, sangrando.

Por fim, o carro entrou num bairro residencial, com algumas lojas pequenas e esporádicas entre as casas. Aiach pediu ao motorista que parasse numa loja em cujo letreiro se lia: *Vendemos conservas e azeitonas*. Helin pensou que Aiach entraria naquela loja para comprar algo, mas não foi o caso. Um homem gordo saiu do estabelecimento na companhia de Aiach e tirou o letreiro da entrada. Aiach voltou ao carro, resmungando: "Não sabem que conservas e tudo o que é fermentado é proibido".

Naquela mesma rua residencial, o carro parou em frente a uma casa cor de hena com dois andares. Aiach fez um sinal para Helin entrar enquanto permaneceu postado ao lado do carro, conversando com o motorista. A porta estava entreaberta, então Helin entrou.

Era uma casa mobiliada na qual se percebia o cheiro de pessoas que não estavam ali. Ela sentiu um forte aperto na alma, apesar de apreciar o local e o bom gosto da família, especialmente por causa do chão coberto com um tapete estilo persa e do vaso de cerâmica azul-turquesa sobre a mesa redonda de madeira. As almofadas nos sofás eram de cores quentes e combinavam com o tapete. Uma caixa de brinquedos ao lado do sofá provocou em Helin um sentimento profundo de tristeza, ao imaginar crianças forçadas a deixar seus brinquedos e seu lar. Sobre a mesa lateral havia um pedaço de pão seco.

Era óbvio que a família que vivera ali havia partido com pressa, sem levar nada consigo, nem coisas grandes, como a tevê que estava no meio da parede, nem coisas pequenas, como aquela sandália infantil à porta. Helin quase podia ver as marcas dos dedos das pessoas na mobília da casa e suas memórias pairando entre as paredes. Ela viu, em sua mente, a família fugindo, levando apenas as roupas do corpo, exatamente como as pessoas de sua região, que saíram e se dispersaram como bolas de sinuca depois de uma forte tacada.

Helin tinha saído sozinha no dia em que fora levada como prisioneira, mas outras prisioneiras lhe contaram de caravanas de pessoas que partiram de suas casas em direção à montanha. Algumas chegaram, outras não, pois foram interceptadas por carros do Daich no caminho.

Na sala de estar, Helin olhou longamente para um quadro com escrita árabe, emoldurado e pendurado na parede ao lado da porta. Contemplou-o com atenção, mas teve dificuldade em ler porque a caligrafia era exagerada. Examinou palavra por palavra e finalmente conseguiu ler a primeira: *metade*, depois, *beleza*, depois, *pessoa*. Ela tentou adivinhar a continuação, mas não conseguiu. Tentou de novo, e sua curiosidade para saber o que vinha depois de *metade da beleza de uma pessoa* aumentou, porém a arte no desenho da palavra tornava as letras completamente ilegíveis. As palavras funcionavam como imagens e não simplesmente como letras. Ela deu um salto ao ouvir os passos de Aiach vindo de fora em sua direção. Abaixou o olhar enquanto Aiach andava de um lado a outro da sala, indo e vindo. Enfim, parou na frente dela e disse: "Meu nome é Aiach".

Helin não disse nada, mas notou a longa barba crespa e a cabeça sem pescoço.

"Eu sou franco-tunisino", acrescentou.

Helin permaneceu calada.

Ele andou novamente na direção da tevê, depois voltou para onde estava, na frente dela.

"Eu deixei minha esposa e minha filha na França", disse em seu sotaque tunisino com inclinação francesa.

Ele olhou em direção à janela, e continuou: "Eu vim atender ao chamado de Deus".

Helin permaneceu calada, então ele acrescentou: "Meu casamento com você é uma missão de *jihad* em nome de Deus. O Estado lhe conferiu um benefício, porque você vai se tornar muçulmana e então ficará pura".

Helin desejou que pudesse dizer abertamente que, se ele a deixasse, em nome de Deus, esse seria o benefício verdadeiro para ela.

"Você é uma infiel, mas isso não é culpa sua, porque você nasceu assim", disse.

Helin desviou o olhar.

"Você iria para o inferno se permanecesse iazidi."

Helin continuou calada.

"Tome um banho e venha para o meu quarto." Assim ele encerrou sua fala e foi para o quarto de dormir.

No banheiro, Helin tomou o seu tempo; ela sabia que o banho seria seguido por reza e estupro. Era o costume deles. Algumas meninas se suicidaram no banheiro daquele prédio onde foram aprisionadas no início, logo após terem sido roubadas de seus vilarejos. Helin olhou para o próprio rosto no espelho com moldura de prata entalhada. Ela ficou impressionada com a normalidade de seu semblante, apesar de todas as marcas em seu interior. Fechou os olhos e correram-lhe lágrimas ardentes; então ela enxugou o rosto. Se seu coração consentisse, ela também se mataria, mas, como seu coração poderia consentir estando ela conectada aos seus entes queridos? Se ela pudesse simplesmente se salvar desse tempo difícil, desse tempo no qual ela não consegue nem viver nem morrer...

No quarto de dormir, ela se postou ao lado de Aiach porque ele a chamou para rezarem juntos. "Oh, Deus, ajude-me, por favor, devolva-me à minha família, em nome do Senhor do Universo e do Anjo Pavão*", Helin murmurou em seu coração. Ela não sabia se rezava ou implorava.

Assim que terminou de rezar, ele ordenou que ela se despisse e deitasse. Helin obedeceu como uma máquina quando alguém aperta o botão de ligar. Ela já não se recusava nem resistia como fizera nos primeiros dias de cativeiro, e não implorava mais para que a deixassem em paz. Ela se contraiu e se revirou, porque ele olhava fixamente para todo seu corpo.

Ele levantou a mão esquerda dela e indagou sobre a tatuagem de pássaro.

"O que é isso?"

"Uma longa história", ela respondeu.

"Quero ouvir."

Helin permaneceu calada, e então Aiach repetiu o pedido para que ela contasse a história. Ela teve a ideia de aproveitar o desejo dele de ouvi-la para se vestir. Mas ele foi mais rápido e tirou as próprias roupas, então Helin imaginou que ele mudara de ideia e não queria mais ouvi-la — era evidente que ele queria transar. Porém, ele levantou a coberta da cama cobrindo os corpos de ambos até a metade e voltou a perguntar: "Qual é a história da tatuagem?".

---

* O Anjo Pavão é uma das principais entidades do iazidismo.

Helin hesitou, se questionando se ele queria mesmo que ela contasse a história. Ela podia confiar nele? Será que Aiach era um deles de verdade? Quem era esse homem? Não parecia que ele tinha a intenção de estuprá-la ou espancá-la. Por que então ele lhe ordenara que tomasse banho e se despisse? E qual seria seu objetivo, se não era um deles?

No meio de suas indagações, Aiach repetiu o pedido, acrescentando: "Você pode me dizer qualquer coisa. Não tenha medo".

"Você está com o Daich?", ela perguntou.

"O nome deles não é Daich, mas Estado Islâmico no Iraque e na Síria. Eu sou um oficial de segurança na Hisba", disse Aiach, explicando em seguida que Hisba era a polícia de ética. "O Estado me concedeu este local e eles pagam as contas de água e luz. O Estado Islâmico é organizado e coleta impostos dos estabelecimentos comerciais de acordo com o lucro. O Estado cuida de nossas necessidades diárias para que possamos trabalhar pela causa em vez de para o sustento."

Helin se conteve antes de lhe dirigir a próxima pergunta: "Qual é essa causa pela qual vocês lutam matando pessoas, prendendo-as e forçando-as a deixarem suas casas?".

Depois de um minuto de silêncio, Aiach começou a tocá-la. Helin se arrependeu de ter ficado em silêncio, porque, se tivesse contado a história de sua vida, quem sabe ele não se ocuparia em estuprá-la, ouvindo-a em vez disso?

Ele disse: "Você vai para o paraíso, sabia?".

Ela se lembrou do que um deles lhe dissera: que no paraíso ela não seria uma pessoa, mas uma ninfa para o prazer dos crentes.

"Não, não vou para o paraíso. Vou para o inferno", Helin respondeu a Aiach. Ela queria dizer que preferia ir para o inferno se ele e seu grupo estivessem no paraíso.

"Por quê? Qual pecado você cometeu?", ele indagou.
Helin hesitou em responder.
"Você saiu com um homem em segredo?"
"Sim, fiz isso uma vez."
"Quer dizer que você estava num relacionamento com ele?" Helin teve medo dessa pergunta e então respondeu com pressa: "Não, ele estava num relacionamento comigo". Ela congelou como uma pedra enquanto ele apalpava seu corpo. Ela não o deixou sentir as dores de suas feridas; também estava muito cansada, então não tinha forças para resistir. Ela o deixaria fazer o que quisesse porque ele o faria, ela querendo ou não. Talvez esse Aiach não fosse como o restante das feras que a aprisionaram anteriormente. Talvez ele fosse um ser humano que fora enfeitiçado e transformado em Daich. Talvez outra força o reconduza à sua origem como ser humano, assim como o herói de *A Bela e a Fera*. Seu corpo enorme em cima dela reprimia sua respiração, e ela queria chorar. Sua família lhe veio à mente. Eles não sabem onde ela está agora. Como o pai ficaria furioso se descobrisse tudo o que estavam fazendo com ela. O pai tinha um coração gentil e sempre a perdoava independentemente do que ela fizesse, sobretudo ao ver suas lágrimas. Até mesmo naquele dia em que ela quebrou a câmera de brinquedo com imagens de desenhos animados que um parente dera de presente a seu irmão Azad. Ela recebera uma boneca, mas no começo não sabia o que fazer com ela, por isso perguntou ao irmão: "Quer trocar?"; ele balançou a cabeça, recusando, e continuou a olhar pela lente da câmera de plástico, apertando o botão lateral que girava as imagens ali armazenadas. Era uma dúzia de imagens que se repetiam incessantemente e nada mais, no entanto foi o suficiente para despertar a curiosidade das duas crianças. Ela pediu ao irmão para deixá-la

olhar também, contudo ele continuou a apertar o botão da câmera, ignorando-a. Helin pegou a câmera da mão dele e saiu correndo. Ele correu atrás dela e passaram a perseguir um ao outro pela casa. A câmera caiu da mão dela e quebrou, então o irmão ficou furioso e a empurrou com força. Por isso, quando o pai os viu brigando pela câmera quebrada, ele pareceu mais bravo com o irmão, que não chorava tanto quanto ela.

Ela não sabia onde Azad estava. Será que procurava por ela? Será que sua mãe sabia que ela fora sequestrada? Imaginou a mãe cantando aquela música triste, entre canto e soluço, assim como ela fazia ao lamentar uma pessoa perdida — fosse um parente ou um estranho. Os vizinhos vinham visitá-los todo fim de semana, passavam a noite inteira festejando, e, no final do encontro, quando reinava a escuridão, cantavam. A voz da mãe dela era muito bonita, tanto ao cantar algo feliz quanto ao entoar algo triste. Às vezes eles se reuniam no pomar ao lado da casa, como o pai dela gostava, porque ele adorava oferecer aos convidados a colheita de figos frescos das árvores. O pai era muito conhecido entre os moradores do vilarejo, pois era o único que sabia como circuncidar os meninos com cuidado e destreza. Todos os meninos nascidos no vilarejo deles e nos vilarejos vizinhos eram levados até seu pai para a circuncisão. Assim ele ganhava sua renda, além dos presentes que a família dos meninos levava para a casa deles. Contudo, o pai não economizava nada do que ganhava, pois gastava convidando as pessoas e oferecendo-lhes tudo o que possuía. Ele também convidava os agricultores cujas plantações não haviam sido bem-sucedidas naquela estação, dando-lhes do seu dinheiro. Certa vez, um dos agricultores veio e encheu a sala de estar de romãs porque o pai dela se recusara a receber de volta o dinheiro que havia lhe dado em um momento de necessidade.

Naquele mesmo dia, o tio Murad veio da cidade e pediu à mãe de Helin que fosse com ele à casa da família da jovem com quem queria se casar. O tio propôs que Helin e Azad também fossem, porque ambos gostavam de ir à cidade de Sinjar. "Eu vou", disse Helin com alegria, enquanto Azad recusou o convite porque já havia combinado de ir com um amigo até o pomar, onde havia uma cobra numa árvore; Azad contou que eles conversavam e brincavam com ela. O pai dela disse ao tio: "Vocês não vão a lugar algum sem levar todas as sacolas de romãs que conseguirem carregar. Levem-nas e deem de presente para a família da sua noiva, Murad".

A mãe de Helin carregou duas sacolas de romãs, Helin a seguiu com mais duas, e o pai encheu duas outras para Murad, e assim os três seguiram caminho. Na cidade, o tio as levou ao mercado, após deixarem as romãs na casa dele. Ele colocou a pequena Helin sobre os ombros para que ela ficasse no nível das mercadorias e da multidão. Ela espirrou várias vezes na cabeça dele por causa dos temperos expostos em grandes sacos abertos, que lhe entravam pelo nariz. Ele parou em frente a um cartaz de um filme novo no cinema, que ficava a duas ruas do mercado, e propôs que fossem assistir. Helin ficou admirada diante da tela grande do cinema, e o tio trocou um sorriso com a mãe, porque Helin sentava como um adulto, com as pernas cruzadas. Ao voltarem para a casa deles no vilarejo, Helin correu até seu pai, contando: "A mamãe ficou com medo do filme, mas eu não tive medo".

"As crianças não têm medo. Quando você crescer, vai ter medo de filmes de terror como a sua mãe", o pai respondeu.

Mas este filme de terror a que estou assistindo já crescida me assusta, pai. Ele é a realidade que vivo. Se a minha vida fosse um filme, eu ficaria aterrorizada com os acontecimentos.

Pai, você se lembra de como ficou bravo quando a professora me deu uma palmada um dia e eu chorei? Você me proibiu de ir à escola até eu garantir que "não foi uma palmada forte, já não estou mais sentindo, pai". "Não aceito que ninguém coloque a mão em você, quem quer que seja." Se você soubesse, pai, quantos bateram em mim em sua ausência, quantos me estupraram. Você se lembra, pai, certa noite, na laje de casa, quando você estava olhando para cima e eu perguntei: "O que você está olhando?". Você apontou para o alto e disse: "Cada pessoa tem uma estrela lá no céu. Olhe, aquela é sua estrela. Brilhante como você. Eu quero que você esteja sempre no alto como aquela estrela. Nunca abaixe sua cabeça, Helin".
Se eu simplesmente colocasse a minha cabeça no seu ombro para chorar, pai. Não me tire do seu colo, por favor.
As lágrimas corriam dos olhos de Helin enquanto ela chamava pelo pai ausente.
Aiach havia há pouco terminado com ela quando a surpreendeu secando as lágrimas.
"Por que você está chorando? Porque casei com você?", ele perguntou.
"Não, eu me lembrei da minha família."

Depois de mais de um mês residindo naquela casa, Helin enfim se arriscou a ligar a tevê. Ela havia resistido àquele desejo porque Aiach a advertira para não ver tevê por receio de que músicas e programas de infiéis se infiltrassem em seus ouvidos. Porém, o forte desejo de ouvir notícias a fez se arriscar naquela tarde. Ela queria ver se o mundo exterior sabia o que estava acontecendo com ela e com as pessoas naquela parte do globo. Era a hora da recitação do Alcorão quando ela ligou o aparelho e, apesar de achar que ouvir o Alcorão não a colocaria em perigo, continuou a olhar pela janela com medo de o vigia descobrir o que ela fazia, ou de que Aiach retornasse a qualquer momento. Depois do Alcorão, passou um desenho animado. Ela desligou a tevê, alimentando a esperança de que coincidisse de estarem transmitindo as notícias na próxima vez em que a ligasse. Mas, depois de dez minutos, ela notou pela janela Aiach conversando com o vigia ao lado do carro. Quando ele entrou em casa, Helin disse: "Queria perguntar se eu poderia assistir, por exemplo, a programas religiosos e desenhos animados na tevê. Eu estou sozinha aqui e o tempo passa devagar".

"Não. Vamos entregar a televisão para a organização", respondeu Aiach num tom severo. "Mas, escute, tem uma família nova a caminho daqui, pois a organização concedeu o segundo andar desta casa para um homem da Chechênia, conhecido como Príncipe do Deserto. Ele assinou um contrato de posse de uma esposa, com seus pertences e filhos. O Príncipe do Deserto é um homem talentoso, estilista de roupas de qualidade. Foi ele que criou o modelo das roupas masculinas para a organização, que remete ao tempo dos califas bem-guiados*."

"Quando eles vão chegar?"

"Talvez daqui a dois ou três dias, quando a mulher sair do hospital. Ela desmaiou no caminho, então o Príncipe do Deserto foi obrigado a levá-la ao hospital, onde descobriram que o motivo do desmaio foi uma forte desidratação. O problema é que ela não pedia água. De qualquer forma, ela vai passar

---

* Os quatro primeiros califas do islã, Abu Bakr, Umar, Uthman e Ali, são conhecidos como os bem-guiados.

uma ou duas noites no hospital. Você vai se distrair com ela quando ela chegar."

Helin não pôde dormir, não só porque Aiach roncava alto, mas também porque o sono não lhe vinha com facilidade. Desde o primeiro dia de cativeiro, ela sofria de insônia constante; quando fechava os olhos, ficava ainda mais desperta. Não o despertar no sentido de não dormir, mas no de lembrar. Ela via seus entes queridos quando fechava os olhos. Naquela noite, porém, também pensava na prisioneira que se juntaria a ela naquele local.

De manhã, Aiach informou que uma pessoa estava a caminho da casa para levar a tevê para a organização. Helin permaneceu no quarto enquanto Aiach ajudava o homem a carregá-la até a picape. Quando ouviu a porta fechar, soube que Aiach partira, então saiu da cama e se dirigiu à sala de estar. Notou o espaço vazio onde antes ficava a tevê. Ela se aproximou da porta de entrada. Sabia que estava trancada, mas desenvolvera esse costume de tentar abri-la toda hora, em vão. Aquela porta trancada era só mais um muro. Então se esqueça da porta. E a janela? E se ela a quebrasse? Quebrar o vidro da janela seria mais fácil do que quebrar a porta. Ela perdera muito peso, poderia passar pela pequena abertura entre as grades de ferro. Ela se aproximou da janela para investigar melhor. A distância era pequena, talvez o suficiente para atravessar em direção à sua vida. A janela era um muro com mais misericórdia do que a porta; pelo menos podia ver alguma coisa por ela. Contudo, o que via neste momento era a mesma pessoa que não queria ver: o motorista que a conduzira com Aiach até lá, e que fora encarregado de vigiá-la. Ele estava de pé ao lado da sua Chevrolet, em frente à casa, falando ao telefone. Helin desejou que ele sumisse de repente, assim ela quebraria o vidro da janela e sairia correndo. Como ela correria! Decididamente e sem parar. Era uma manhã clara, mas o que significavam as manhãs claras para os prisioneiros? Clara ou não, qual a diferença?

Helin recolheu um panfleto que estava sobre a mesa. A pilha estava maior no dia anterior. Sem dúvida Aiach levara para distribuir aos moradores da região a fim de tomarem conhecimento de que *os funcionários devem jurar obediência ao Estado e pedir penitência pelas tarefas realizadas para o governo precedente. Os funcionários devem entregar os aparelhos de televisão e as antenas parabólicas porque transmitem programas proibidos, de fora da região da organização. A música é* haram, *exceto a que acompanha os cantos religiosos.* Helin virou a página e leu o sermão do Comandante dos Crentes* sobre *os valores que o califado almeja realizar, como o retorno da distribuição de riquezas e o combate à corrupção,* e sobre *o Estado que vai devolver as glórias ao califado.*

Na cozinha, Helin abriu os armários para ver o que poderia encontrar ali, especificamente qualquer objeto que servisse para quebrar a janela. Embaixo de cartões de visita e listas de compra espalhadas, ela notou um pequeno álbum de fotos intitulado: *Álbum de família*. Abriu e folheou as fotos da família que antes morara naquela casa. Algumas eram em preto e branco, como a que mostrava uma flor de jasmim em frente à fachada da casa. Ela não tinha certeza se era uma foto da casa onde estava porque só vira a fachada uma vez, ao entrar. Em seguida, viu uma foto de uma mulher idosa com a palma da

---

* Epíteto historicamente usado para o califa.

mão estendida, que parecia conversar com alguém que não fora retratado na foto. Outra mulher, mais jovem, de cabelo bem curto e óculos, aparece em várias fotos coloridas. Aqui ela está com duas meninas num parque público com árvores gigantes ao fundo. O sorriso dela é muito bonito. Quando uma pessoa sorri na foto, o sorriso fica ali para a vida toda, indiferente ao que acontece na realidade, que às vezes não nos convida a sorrir. O homem talvez seja o pai, apesar de não estar com eles em nenhuma outra foto de família. Parece que ele era dono de uma loja de tapetes e antiguidades, ou trabalhava nela, porque na foto ele está sentado em meio a uma variedade de tapetes com ornamentos orientais e quadros de caligrafia. Isso explica os belos tapetes desta casa; em um deles há miniaturas de pessoas rodeadas por pássaros de asas coloridas abertas. Até mesmo o relógio na parede da cozinha tem uma forma clássica e uma moldura ornamentada, apesar de estar parado na mesma hora: dez e quinze. Seus ponteiros são como mãos implorando por alguma mudança, porém o tempo não está trabalhando.

    Helin abriu e fechou a geladeira. Ela estava com fome porque não comia nada desde a manhã do dia anterior, mas não tinha vontade de comer. Era como se seus sentidos não funcionassem, pois não sabia como sentir nenhuma vontade — como um fantasma, cuja única vontade neste mundo era ver pessoas de verdade, as que conhecia. Se ela fosse mesmo um fantasma, seria transparente e poderia se deslocar sem ser vista. Em vez disso, estava entre mortos que dormiam junto dela em tumbas que emanavam um cheiro de cadáver. Sem dúvida era um pesadelo do qual ela não sabe quando vai despertar. Nesse pesadelo, eles usam óculos escuros trazidos do século VII, e por isso veem a vida pelas lentes daquele tempo e querem que ela também veja o mundo morto deles, negando-lhe o mundo dela, no qual vivem as pessoas dela, aquelas que ela ama e das quais sente uma saudade doída. Ela estava disposta a conceder metade de sua vida só para saber se elas estavam vivas.

Helin andou entre a cozinha e a sala de estar várias vezes, sem rumo; quando observou ao redor, seu olhar pairou novamente sobre o quadro de caligrafia árabe na parede. Parou diante dele e decidiu com determinação lê-lo por inteiro. Desta vez conseguiu. Dizia: *Metade da beleza de uma pessoa é a língua.*

Helin sabia muito bem que essa frase não se aplicava a ela agora. Ao contrário, ela devia se manter calada e não podia usar a língua por motivo nenhum na presença dos amigos de Aiach, pois não era permitido que homens estranhos ouvissem sua voz; isso era *haram* do ponto de vista deles. Ela tinha que dizer as coisas só em seu coração.

Quando os convidados chegaram, a voz dela estava confinada em seu âmago, e ela, em seu cômodo. Na verdade, ela podia se deslocar entre três cômodos: a cozinha, o banheiro e o quarto. Ela havia preparado a comida para eles na cozinha, mas não a levaria até a sala de estar porque não era permitido que eles a vissem. Aiach veio para retirar a bandeja. Ela preparou o chá no grande *qauri** que logo iria assobiar e soltar vapor. O assobio vai se mesclar à voz de seus cantos religiosos, que ela ouve recitarem com fervor, como louvores ao Estado e a seus favores, pois eles não têm que confinar as coisas no coração.

O Príncipe do Deserto checheno estava entre os convidados que acompanharam Aiach à sala de estar naquela noite.

---

* Bule de chá de estilo típico iraquiano.

Por isso, quando Aiach foi à cozinha para buscar o chá, Helin lhe perguntou numa voz bem baixa sobre a nova família: "O Príncipe checheno a trouxe com ele?". "Não, talvez amanhã", respondeu Aiach, partindo com a bandeja de copos de chá de vidro. Helin estava ansiosa para conhecer a mulher com quem iria compartilhar aquela prisão. Não era uma espera comum. Era um anseio por uma pessoa como ela, por outra voz confinada. Ela sentia que aquela mulher era uma amiga próxima, apesar de ainda não a ter conhecido. Ela iria tornar a prisão menos desoladora, e não só isso: quem sabe as duas fugissem juntas. Elas vestiriam o nicabe e sairiam para a rua, pois assim não atrairiam suspeitas. Havia policiais em todo canto, mas eles não as reconheceriam contanto que somente os olhos estivessem visíveis. Talvez nem mesmo Aiach a reconhecesse se a visse na rua. De qualquer forma, ele estaria ocupado em fiscalizar o cumprimento das leis pela cidade, certificando-se do cumprimento dos regulamentos da organização. Isso inclui manter a barba longa para os homens, vestir as roupas permitidas para as mulheres, e multar os vendedores de roupas estrangeiras, principalmente camisetas com dizeres em outras línguas. Nas horas da oração de sexta-feira, se via algum menino na rua, Aiach gritava, ordenando-o a ir se reunir aos outros na mesquita. E, se alguém fazia gozação ou ria durante a oração, Aiach o levava para a prisão disciplinar. Caso encontrasse alguém fumando, deveria puni-lo com 25 chicotadas, mais o número de cigarros faltantes no maço. Caso encontrasse um menino vestindo calças que não se estendiam até pouco acima dos tornozelos, deveria punir a família do menino, em especial o pai, com vinte chicotadas. A mesma quantidade de chicotadas levaria um marido cuja esposa cometesse um erro na vestimenta, deixando algo à mostra sob o nicabe. Aiach recebia cem dólares por mês pelo seu trabalho que, segundo ele, contribuía para o bem da comunidade. A organização pagava todas as suas despesas diárias, então não havia a necessidade de receber aqueles cem dólares, como explicou para Helin. Porém, ela sabia que ele gastava com drogas, porque as tomava diante de seus olhos e a forçava a tomar também, como ocorrera praticamente em todas as noites da semana passada. Era evidente que a organização não proibia o consumo de drogas, mas Helin quis se certificar, então perguntou: "Somente fumar é proibido, não é?".

"O álcool também é proibido", respondeu olhando fixamente para ela, o que a fez imaginar que ele queria dizer algo importante; ainda assim, ela não esperava a surpresa que se seguiu: "Eu vou libertá-la, Helin, e voltar para a minha família, porque a nossa religião diz que quem liberta um escravo será recompensado no céu".

Helin levou um susto ao ouvir aquilo e esperou que ele falasse mais. Ele perguntou, passando a mão na testa: "Qual o número de telefone da sua família? Vou vender você para eles porque preciso de dinheiro para conseguir viajar. Quem vem para cá não pode mais voltar. Conheço um contrabandista de pessoas, de confiança, mas ele pediu uma comissão alta".

"Seria possível eu ter acesso ao guia telefônico do Curdistão? Talvez assim eu encontre o número de alguém", disse Helin.

"Depois eu vejo isso e te aviso."

"Quando?"

"Não sei. Eu disse depois."

Aiach dormiu rapidamente tão logo seus amigos partiram. Ele parecia exausto, tanto que não procedera à oração nem ao estupro. Helin estava sem paciência de esperar até o dia seguinte pelas promessas dele, e não sabia por quê, mas ficou pensando na flor de jasmim que vira no álbum de fotos. De manhã, quando Aiach saiu de casa, ela correu até a janela para ver se a flor estava realmente ali. Não a encontrou, e o mais importante, tampouco encontrou o vigia. Disse para si mesma que esta era uma boa oportunidade para fugir. Ela poderia quebrar o vidro da janela com qualquer objeto forte que encontrasse na casa. Andaria rápido até chegar à rua principal, onde pararia um táxi. Não tinha nenhum dinheiro, mas, quando chegasse a seu destino, pediria ao taxista para esperar um pouco até ela trazer a quantia de sua casa ou da casa da vizinha, Umm Hamid. Se a pegassem no caminho, significaria que ela seria levada até Aiach e ele, por sua vez, teria que executar a lei da organização: apedrejá-la até a morte. Mesmo que Aiach não quisesse matá-la, ele o faria porque, se não o fizesse, a organização o condenaria à mesma punição. Ele a havia informado disso. Talvez fosse melhor ela esperar a ajuda de Aiach para fugir de uma forma mais fácil, mesmo que mais cara. Mas, e se ele mudar de ideia? E se o que ele disse ontem à noite tiver sido somente um efeito das drogas? Não, ela não esperaria por ele.

    Correu até a cozinha procurando uma faca para quebrar o vidro da janela.

O Lego

Helin se cobriu com o nicabe e retornou à sala de estar carregando uma faca grande. Ao entrar, ficou paralisada, pois foi surpreendida por uma criança pequena sentada ao lado da caixa de brinquedos. A criança estava completamente entretida com o Lego e, virada de costas para Helin, empilhava uma peça sobre a outra. Formou assim um prédio, que pendeu e caiu de lado. Começou novamente e construiu algo parecido com uma casa; depois derrubou as paredes no chão onde estava sentada. Assim a criança brincava, elevando uma casa após a outra. Ela parecia completamente absorta na construção e na demolição, de modo que não notou a presença de Helin.

Helin permaneceu no mesmo lugar, ainda segurando a faca, uma vez que temia assustar a criança, caso se movesse, fazendo-a fugir, tal como uma borboleta delicada quando alguém tenta se aproximar dela. Olhando para o Lego, Helin se imaginou fazendo o mesmo, destruindo a sala. Se ela pudesse remover as paredes assim como fazia a criança de forma tão simples com o brinquedo, se pudesse arrancar o teto, veria o céu acima. Talvez, ao remover o teto, o céu ouvisse melhor suas preces. Se destruísse as paredes, correria ao ar livre de volta para casa. Não para a casa dela, na verdade não havia ninguém lá, mas para a casa da vizinha, Umm Hamid. Helin deixara a filha com ela e queria se certificar de que estava bem. A filha ainda não tinha nome; nascera quando Helin passava por um momento tumultuado, por isso não conseguira pensar em um nome para a menina. Qual nome Elias teria escolhido se tivesse estado presente quando ela nasceu? Ele teria ficado muito feliz ao saber que ela deu à luz uma menina, como ele queria. O nome de Yassir nasceu com ele, pois, no momento que o pai, Elias, o viu, disse: "Yassir"; como ela sabia quanto ele era fã do jogador de futebol Yassir Raad, não ficou surpresa com o nome. Ela já o ouvira repetir diversas vezes, quando ficava tenso ao assistir a um jogo e pedia para o seu jogador preferido marcar um gol, gritando: "Vai, Yassir!".

Helin fechou os olhos marejados e pensou consigo mesma que, sem dúvida, a vizinha estava apreensiva porque ela não voltara desde aquele dia terrível. Talvez a filha não perguntasse pela ausência dela porque, quando a deixou, era uma recém-nascida. Mas, como a havia amamentado, talvez sentisse sua falta.

Quando Helin deu um passo para trás, a criança notou a presença dela e gritou assustada, correndo para o segundo andar. Helin passou pela janela e viu sua imagem refletida no vidro: uma mulher coberta pelo nicabe e segurando uma faca grande como a de um açougueiro. Não era de espantar que a criança tivesse fugido! Helin notou a Chevrolet parada em frente à casa.

O motorista desceu do carro e veio em sua direção, então ela se apressou em colocar a faca na mesa. Ele bateu duas vezes à porta, depois entrou e disse: "Hoje Aiach está numa missão de *jihad* e não vai voltar até amanhã. Você precisa de alguma coisa?".

"Não, obrigada", respondeu.

"Eu estarei aqui na região caso precise de algo", disse e partiu, retornando ao carro.

Ela colocou a faca e o nicabe de volta no lugar e se dirigiu à escada. Parou embaixo dela, esperando ouvir o som de vidas ali em cima, vozes que a informariam de que ela não era a única viva naquele túmulo. Não seria apropriado subir até eles; e se o Príncipe do Deserto estivesse presente? Aqueles homens não eram nada parecidos com as pessoas que ela conhecera antes, nem de perto, nem de longe. Helin e o restante das meninas de seu vilarejo se mesclavam com os meninos sem problemas. Até mesmo quando se mudou para a cidade depois do casamento, os homens não lhe causavam nenhum medo ou timidez. Além disso, ela nunca tinha visto um jovem com aquela barba longa como a dos *daichis*. Somente alguns xeiques dos templos deixavam a barba dessa forma, mas eram boas pessoas que não machucavam ninguém. De onde esses homens vieram? E como permitiram que eles fizessem isso tudo com as pessoas da região? Seria mesmo verdade o que Aiach havia dito, que no futuro eles iriam dominar o mundo todo, até a China? Mas, por que será que ele pulou da cama quando o telefone tocou e saiu com tanta pressa? Ela sentia uma mistura de apreensão e alívio por saber que ele não voltaria, após meses sem o prazer de ser deixada em paz, sem estupro. Sentiu que hoje lhe fora concedido um intervalo naquela prisão estranha, onde as vítimas é que são castigadas, não os criminosos. Apesar disso, ela queria que ele voltasse e cumprisse com a promessa de libertá-la.

A água já estava fervendo no *qauri* quando Helin ouviu passos. Desligou o fogão e foi em direção à sala de estar. Uma mulher desceu as escadas seguida por um menino e uma menina, a mesma menina que se assustara com Helin uma hora atrás. A mulher fez um sinal com a cabeça para Helin, que então disse: "Olá. Eu sou Helin, uma prisioneira como você".

A mulher olhou para ela com um olhar triste e não disse nada. Helin foi para a cozinha e retornou rapidamente, anunciando: "O chá está pronto, você aceita?". A mulher fez que sim com a cabeça. Helin lhe serviu uma xícara de chá. A mulher olhou para ela agradecida, sentou-se e não disse nada. Ela apontou para a geladeira, informando: "Tem pão e queijo cremoso em triângulos".

O menino olhou para Helin como se quisesse dizer algo, mas virou o rosto e murmurou alguma coisa para a mãe. Nesse momento, Helin entendeu que a mulher era muda: ela usara as mãos para responder ao filho. Helin ficou admirada com o menino, que entendeu os gestos da mãe sem demora, traduzindo: "Minha mãe diz 'obrigada'".

Helin sorriu para a mulher muda, que esboçou um meio sorriso. Teve vontade de tomar um café com ela, então voltou à cozinha e procurou por café nos armários. Não encontrou nenhum sinal, mas seu olhar recaiu sobre duas revistas enfiadas entre panos de prato. Sentiu um aperto no coração ao ver o título da segunda: *Nínive*, a revista mensal para a qual Elias trabalhava. Talvez fosse o último número, pois a data era de junho de 2014, como está registrado no canto esquerdo da capa, o que coincide com a chegada das forças do Daich em Mossul. Eles cancelaram aquelas revistas com fotos de mulheres sem véu, cujo destino é o fogo do inferno, como eles dizem. Seu olhar pousou sobre uma matéria intitulada "Como se livrar das dores da menstruação". Desde quando foi levada prisioneira, ela solta um suspiro profundo toda vez que lhe chega a menstruação, pois sem dúvida não quer engravidar. Ela ainda guardava algumas pílulas anticoncepcionais, escondendo-as sob as roupas como um tesouro. Rihana as havia encontrado com outros remédios no armário da cozinha que supervisionava, tendo distribuído as pílulas para ela e outras prisioneiras. Talvez ela tenha morrido por tomar uma dose alta daqueles remédios... Ninguém sabia.

Helin se lembrou de Laila e do seu olhar profundamente triste quando partiu do mercado na companhia de Aiach. Ela desejou ter alegado que Laila era sua filha, pois talvez permitissem que ela a acompanhasse, mas o momento passou.

Helin folheou a revista procurando por qualquer coisa escrita por Elias. O problema era que ele às vezes publicava os artigos sem assinar. Ela parou em uma matéria intitulada "Insolação", perguntando-se se teria sido escrita por Elias. Inclinando-se no balcão, leu:

Era um dia quente, diferente dos outros dias de primavera, quando foi anunciada a nova guerra chamada de "Operação de Libertação do Iraque". A temperatura atingira os 38 ºC e havia uma forte nuvem de poeira, o que levou o comandante das Forças estadunidenses a hesitar em dirigir seu exército para Bagdá. Porém, o céu parecia claro para os iraquianos, que, acostumados com a insolação e as guerras, não viram nisso nada que sugerisse um acontecimento estranho. Nenhum iraquiano poderia olhar para o céu e imaginar, por exemplo, que exércitos estrangeiros chegariam em tanques até essas ruas perigosas, a milhares de quilômetros de seu país de origem. Quando os estadunidenses chegaram, sem dúvida sofreram de enxaqueca por causa do sol forte e das reações ambíguas dos cidadãos iraquianos. Isso porque, no primeiro dia, eles comemoraram a chegada do Tio Sam distribuindo doces, enquanto no segundo, gritaram: "Não, não à ocupação dos Estados Unidos!". Algumas pessoas que perderam o emprego inventaram um novo emprego para si mesmas, nomeando-se mujahid — *"combatente de jihad". Sua primeira missão foi matar os tradutores que trabalhavam para os* estadunidenses. Eles descreveram aqueles tradutores como traidores e chamaram aquela missão de "Resistência". A segunda missão foi sequestrar pessoas e exigir das famílias um resgate, chamando essa operação de "Arrecadação de Doações". A terceira missão foi aterrorizar as pessoas para que fugissem de casa. A essa operação chamaram "Prestação de Moradia para os Fiéis". Agora, o trabalho deles floresceu e a organização virou um Estado com bandeira, leis e carteira de identidade carimbada. Além disso, começaram a recrutar pessoas de todos os cantos do mundo. A nova missão deles é apagar a memória das pessoas. Por isso inventaram nomes novos para todas as coisas. O Teatro Shakespeare, por exemplo, virou o Teatro Xeique Zubair. A loja de presentes virou a loja de orientação divina. O tribunal de justiça virou o tribunal de justiça divina.

A matéria realmente tinha o estilo irônico de Elias. Ela abraçou a revista contra o peito, deixando seus pensamentos divagarem. Por um momento esqueceu onde estava. Só se deu conta ao ouvir a voz do menino. Ele perguntou: "Posso pegar um pouco?". Ele viera para a cozinha para pegar um pedaço de pão de cima da mesa. Helin abriu a geladeira e passou o queijo para ele. Ele parecia ter oito ou nove anos. Com certeza tinha menos de dez porque ela ouvira de Aiach que os meninos a partir de dez anos não ficam com a mãe; em vez disso, são enviados aos campos de treinamento.
"Qual o seu nome?"
"Zido."
"E o nome da sua mãe?"
"Ela se chama Gazal, e a minha irmã mais nova se chama Joan", respondeu, colocando um pedaço de queijo no pão. E continuou: "Antes, a minha mãe falava; ela perdeu a fala desde aquele dia em que mataram meu pai e meus tios na frente dela e levaram

a minha irmã mais velha também". Após dizer tudo isso, colocou o sanduíche de lado.

Helin se arrependeu de ter aberto a ferida dele. Ela sabia muito bem de qual dia ele estava falando. Fechou os olhos e viu a mesma cena que Zido via. Ela testemunhou o massacre como se estivesse na sua frente na tela de uma tevê. A cena de homens sendo jogados em valas e assassinados com tiros. Meninos sem camisa alinhados com as mãos para o alto, enquanto os membros da organização os examinavam, ordenando aos que já tinham pelos na axila que fossem levados aos campos de treinamento, e aos que ainda não os tinham que fossem com sua mãe para a "Casa de Acolhimento", onde seriam preparados para a venda. Helin ficou com os olhos fechados visualizando a cena de crianças segurando a borda da roupa da avó e se recusando a separar-se dela. Nunca seriam separadas, pois seriam enterradas vivas, juntas.

Gazal se apressou até a cozinha e abraçou Helin.

"Pegaram o meu marido também, não sei se está vivo ou morto", disse Helin, as lágrimas escorrendo pelas bochechas como uma fonte de água quente.

Ela imaginou que, se estivesse vivo, Elias não aguentaria saber tudo o que estava acontecendo com ela. Durante o parto de Yassir, Elias estava do lado de fora do quarto chorando pela dor dela. A parteira disse depois: "Essa é a primeira vez que eu vejo um homem tão emocionado. Como ele ama você!".

Gazal chorou com ela soltando um som estridente, sem palavras. Fez um gesto com as mãos. Helin entendeu o sentido: "Vamos fugir daqui". Então fez um sinal com a cabeça, concordando. Elas tinham as roupas adequadas para fugir e os dois homens estavam ausentes. Nem Aiach, nem o Príncipe do Deserto voltariam aquela noite. As prisioneiras entendiam que, quando os homens não vinham para casa, não passavam a noite festejando com os amigos, não consumiam drogas, não recitavam as orações, não assistiam a vídeos pornográficos no celular e não estupravam as prisioneiras, significava que eles estavam na frente de batalha.

Helin foi até a janela e viu o vigia encostado no carro falando ao telefone. Ela pensou em uma forma de afastá-lo, mesmo que só por um momento. Vestiu novamente o nicabe com a intenção de enganá-lo, pedindo que comprasse pão para eles. Contudo, ele a surpreendeu, batendo duas vezes à porta. Abriu e anunciou: "Acabei de receber o comunicado de que Aiach morreu como mártir hoje na batalha, por isso você precisa voltar à Casa de Acolhimento. Fui encarregado de levá-la até lá".

Helin ficou aflita ao ouvir a notícia. Pediu: "Posso ficar aqui por um ou dois dias para comparecer ao enterro dele?".

"Não encontraram o corpo. Você precisa vir comigo agora."

"Não, eu não vou. Vou ficar com Gazal!", gritou Helin.

"Isso é uma ordem e você deve obedecer, caso contrário, não vão encontrar o seu corpo também."

Helin estava a ponto de cair de tanto gritar, então Gazal a abraçou, chorando com ela.

"Vamos, rápido!", disse o vigia.

Como Helin não se moveu, o vigia puxou uma arma e apontou para ela. Gazal levantou e abaixou a mão, pegou a mão de Helin e a puxou para si. Joan caiu no choro ao ver o vigia se aproximar de Helin com a arma na mão. Ele empurrou Gazal para trás e pegou o braço de Helin, arrastando-a com força para fora da casa. Trancou a porta atrás de si e arrastou Helin pelo corredor exterior da casa, atirando para cima. Jogou-a no banco traseiro do carro e fechou a porta. Partiu rapidamente e, no final da rua, pisou com tudo no freio porque uma criança estava no meio do caminho. Um homem saiu correndo de uma loja próxima e salvou a criança, levantando a mão para agradecer ao motorista. Helin leu o letreiro na frente da loja: *Vendemos mel de tâmaras e tahine*. Ela se lembrou de que era a mesma loja que antes vendia conservas e azeitonas.

"Quem a salvaria do perigo?", Helin se perguntou, amaldiçoando, em seu íntimo, aquele motorista que estragou sua chance de fugir com Gazal, e amaldiçoando Aiach por ter morrido antes de cumprir a promessa de libertá-la.

A tatuagem de pássaro

No banco traseiro do carro, Helin contemplou com olhos marejados sua tatuagem de pássaro no dedo. Passou a mão nela, delicadamente. No seu vilarejo acreditava-se que perder a aliança de casamento era um mau agouro que poderia levar à separação do casal. Por isso, espalhou-se ali o rumor de que Helin e Elias dispensaram o uso de alianças porque temiam se separar um do outro. Isso acontecera com o tio de Helin, que havia se separado da esposa um mês após perder a aliança. Eles consideraram que a tatuagem era para sempre e nunca seria possível perdê-la. Mas não foi isso que levou Helin e Elias a exibirem, na festa de casamento e em meio à surpresa dos convidados, a tatuagem de pássaro no dedo anelar esquerdo dos dois, em vez de uma aliança comum. A verdadeira razão da tatuagem era que um certo pássaro foi o responsável por eles terem se conhecido, tornando-se mais tarde um símbolo do amor dos dois.

Passaram-se quinze anos desde aquele dia em que Helin conhecera Elias. Ela tinha vinte anos e estava no vale, a caminho de sua casa no vilarejo do Halliqui, ao pé da montanha. Ela parou ao notar um *qabaj** preso numa armadilha próxima a uma figueira; estava amarrado pela patinha numa linha fina colorida fixada na terra. Helin sempre ouvira de sua família histórias sobre o fascínio de caçadores por esse lindo pássaro, e sobre sua

---

* *Qabaj* é uma espécie de perdiz.

beleza ser também sua maldição, visto que ele não desfrutava de liberdade por muito tempo, terminando como prisioneiro numa gaiola. Mas, por sorte, as pessoas do Halliqui, uma região que eles frequentavam, não caçavam os pássaros nem os comiam, o que seria considerado mau agouro. Em vez disso, organizavam um rito anual, no qual queimavam gaiolas vazias e dançavam em volta do fogo por acreditarem que, com essa celebração, que chamavam de Dia do Pássaro, apaziguavam-se com os pássaros da região, que depois batiam à sua janela sinalizando a chegada de novas notícias. Os habitantes do Halliqui consideravam um bom agouro queimar as gaiolas vazias, pois isso espantaria o mal e as notícias trazidas seriam, em sua maioria, boas. Até mesmo o modo como os moradores de lá se movimentavam se assemelhava ao movimento de seus pássaros, que se moviam em grupo, como uma revoada. Quando um bando de pássaros ia para a fonte de água, era precedido em geral por um pássaro voluntário, que bebia da água e esperava um pouco, para se certificar de que a região estava livre de caçadores, sinalizando com o seu canto que o bando podia se aproximar em paz. Assim como os moradores do vilarejo, o pássaro deles era simples, mas pertinaz. Se fosse atingido por um tiro de caçador, voava para cima o mais alto possível até derramar a última gota de sangue antes de despencar no chão feito uma pedra. E, quando se machucava, contorcia-se de dor em movimentos que pareciam uma dança. As pessoas do Halliqui a chamavam de "dança da dor", imitando-a por vezes ao som de cantos tristes.

 Não faltavam em nenhuma casa flauta, tambor ou *tanbur**, mesmo se faltasse todo o resto, porque era indispensável ter

---

* Instrumento de corda de pescoço longo.

pelo menos um desses instrumentos. Senão, como poderiam tocar, cantar e transmitir aquelas canções de pai para filho? A maior parte deles não sabia ler e escrever, já que as escolas ficavam longe, mas todos — crianças, adultos, homens e mulheres — cantavam e tocavam algum desses instrumentos musicais. Quando o sol se punha, sentavam juntos em torno dos candeeiros acesos e começavam a cantar. Quando um deles morria, o canto era triste e acompanhado somente pela flauta. Depois do canto, a segunda forma de entretenimento era contar histórias. Contavam histórias verdadeiras que aconteceram com parentes e histórias imaginárias que começavam com a expressão "Era uma vez". Algumas das histórias verdadeiras eram mais mirabolantes do que as imaginárias.

Helin, como o resto dos moradores do vilarejo, estava acostumada a ver pássaros *qabaj* perto das figueiras. Mas essa foi a primeira vez em que viu um pássaro preso numa armadilha. Ela deixou a pilha de lenha que segurava cair no chão e se inclinou para soltar a tira do pássaro. Ele bateu as asas várias vezes antes de dar uma bicada delicada na mão dela, como que agradecendo. Quando ela soltou a linha, o pássaro deu vários passos cambaleantes. Ela acariciou as penas listradas do lado esquerdo; então ele abriu as asas e voou a céu aberto. Nesse momento, Helin levou um susto porque ouviu alguém gritar atrás dela, nervoso: "Ei, você! O que está fazendo?".

Ela se virou e viu um jovem correndo em sua direção.

"Sério mesmo? Você sabe o que fez?", ele perguntou.

Helin não respondeu, então ele insistiu: "Faz uma hora que estou esperando esse pássaro cair na armadilha, e, quando isso por fim acontece, você simplesmente o solta?".

"Não sabia que era seu pássaro. Coitado, ele parecia morto. E se fosse uma mãe querendo voltar para seus filhotes? Você iria querer separá-los?"

Helin não sabia por que tinha dito isso, mas não imaginara que suas palavras o afetariam tanto. Ele pareceu em choque no início, depois olhou para ela com um olhar profundo e triste. Então desviou o olhar em direção ao monte tingido de verde. Quando voltou a olhar para ela, seus olhos lacrimejavam.

Afastou-se alguns passos, sentando-se no chão perto da figueira. Abaixou a cabeça, apoiando a testa na mão. Helin se sentou perto dele sem saber o que fazer ou dizer. Pensou em deixá-lo, porque talvez ele precisasse chorar sozinho. Então recolheu a lenha e seguiu seu caminho. Depois de uns vinte metros, parou e se virou para ele, que ainda estava na mesma posição, como se tivesse tomado o lugar do pássaro prisioneiro. Ela hesitou por um instante e voltou.

Quando ele se levantou enxugando as lágrimas, Helin se alegrou, da mesma forma que se alegrara no momento em que o pássaro havia alçado voo diante dela, partindo para longe.

Ele olhou para Helin e disse: "Minha esposa morreu recentemente, deixando nosso filho pequeno. Morreu enquanto o amamentava. Suas palavras vieram como sal na ferida".

"Ah, me desculpe, que coisa mais terrível", respondeu Helin, derrubando a pilha de lenha.

Ele a recolheu e disse: "Deixe-me levar a lenha para você".

"Obrigada, mas minha casa fica longe, na montanha", disse apontando para longe.

"Não tem problema, se tiverem um copo de água ficarei agradecido."

"Temos *ayran*, se quiser."

Ele fez que sim com a cabeça, os olhos brilhantes devido às lágrimas.

Andaram em silêncio por uma hora através da região montanhosa e rochosa. Helin estava habituada, pois descia às vezes na companhia de sua amiga Amina para passar o tempo, às vezes para pastar as ovelhas, buscar água ou lenha. Mas hoje ela caminhava com leveza e de mãos vazias. Subiram a montanha de rochas íngremes, mas familiares como rugas no rosto dos idosos. Após uma distância de uns quinhentos metros, Elias disse, ofegante: "Não sabia que havia plantações na montanha".

Helin parou junto ao pé de tomate à beira do caminho e colheu um bem vermelho. Ofereceu: "Você quer?".

Elias empilhou a lenha que carregava nos braços sobre uma pedra grande, aceitou o tomate e disse: "Obrigado. Talvez possamos descansar aqui um pouco".

Ela se sentou na grande pedra plana. Ele se sentou a seu lado, olhando para os arbustos que cresciam entre as rochas. Olhou para ela e disse: "Sempre vejo essa montanha de longe e nunca me ocorreu subi-la".

"Você veio de longe?"

"De Mossul. Meu nome é Elias."

Ele esperou que Helin se apresentasse também, mas em vez disso ela soltou um forte assobio.

Ele levou um susto, então ela explicou que assobiou para avisar sua família da chegada de um convidado. Helin se levantou, e ele fez o mesmo. Naquele momento, uma cobra grande se enrolou na raiz da árvore pequena diante dela. Elias a puxou pela mão gritando: "Cuidado!".

Helin, porém, riu, dizendo: "Não tenha medo, vou levar a cobra para casa. Ela é um bom agouro".

Quando ela se aproximou da cobra, Elias gritou: "Não, pelo amor de Deus, eu tenho medo de cobra".

Depois de um momento, Elias parecia ter se arrependido do que disse, então se corrigiu: "Na verdade, não é que eu tenha medo de cobra, mas não sei como agir perto dela, porque nunca me deparei com uma ao ar livre".

Ela sorriu, dizendo: "Não se preocupe, você vai ver muitas na nossa região, mas elas são mansas e não atacam ninguém". Eles seguiram caminho se afastando do lugar da cobra, e ela o informou: "Vamos chegar daqui a pouco".

Ela colocou os dedos na boca e soltou outro assobio. Em poucos instantes, chegou aos ouvidos deles um assobio mais alto e mais breve que o primeiro.

Ela explicou: "Esse é meu pai, respondendo que dá as boas--vindas a você".

Elias contou que só conhecia na região aquela planície aonde ia em geral para caçar *qabaj*, que vendia em Mossul, o que dava um reforço ao que ele ganhava escrevendo artigos para revistas. Às vezes não publicavam seus artigos, então ele recorria à caça e à venda do *qabaj*. "Mas eu nunca imaginei que houvesse gente morando aqui no alto da montanha", disse evitando outra serpente que subia pela raiz de uma árvore.

Os passos deles se apressaram automaticamente ao descerem do outro lado da montanha em direção ao vale que, de repente, se abriu à frente: uma vasta área verde que deviam atravessar para chegar até o vilarejo natal dela. A tribo do Halliqui reside ali há muito tempo, ninguém sabe exatamente desde quando, assim como não se sabe a idade das antigas árvores profundamente enraizadas. Ocorreram muitas mudanças no mundo durante todos aqueles séculos, mas não na região do Halliqui, pois pelo menos até a chegada de Elias à casa deles, naquele dia de verão de 1999, ali não havia nem telefone, nem internet, nem eletricidade. Quanto à água, traziam das fontes espalhadas em torno do vilarejo. Elias sabia que a vida era muito simples nos vilarejos nas imediações de sua cidade;

no entanto, ainda assim se surpreendeu com o estilo de vida primitivo na região do vale do Halliqui. O modo de vida deles lhe pareceu algo fantasioso e difícil de acreditar no mundo tumultuado à beira do século XXI. As notícias do mundo se limitavam a quem, como Elias, vinha da cidade. Nessas ocasiões, assobiavam para os vizinhos virem dar as boas-vindas e ouvir as últimas notícias, como se escutassem o rádio. Depois, voltavam às suas ovelhas, ao artesanato e ao cuidado mútuo. Caso notassem uma casa sem o fogo do forno acesso, apressavam-se a trazer pão porque sabiam que um forno apagado só podia significar que os moradores estavam sem farinha.

Elias notou a ausência de televisão e rádio, perguntando-se se o motivo de o humor deles ser assim tão puro se devia ao fato de não assistirem às notícias e aos desastres locais e mundiais, ou se seria por causa do modo de vida relaxado que tinham. Eles não acordavam com o despertador, mas com o canto dos pássaros, não tinham compromissos de trabalho definidos nem fechaduras, deixavam as portas abertas o tempo todo para o sol e as visitas. Até mesmo as guerras que ocuparam o país não tocavam o vale do Halliqui, eram notícias trazidas de longe. Quando os moradores do vilarejo ouviam essas notícias, batiam uma palma contra a outra e viravam a cabeça para a direita e para a esquerda em sinal de lamento e desaprovação. Não havia polícia, nem sirenes, nem prisão, nem fumaça de carro. As crianças brincavam do lado de fora e suas famílias não temiam que se perdessem, tampouco que fossem abordadas por estranhos. Na verdade, não havia estranhos no vale do Halliqui, nem segredos, pois todo mundo sabia tudo sobre todos naquele lugar remoto, isolado das coisas boas e ruins do mundo.

A flauta em cima da tábua de madeira, que servia como mesa no canto da grande sala de estar, foi a primeira coisa que Elias notou ao entrar na casa de Helin. Assim que entrou, foi cumprimentado pelo pai dela com um beijo em cada bochecha, dando-lhe as boas-vindas como se ele fosse um parente. A mãe de Helin deu-lhe a mão, que Elias beijou como fazem os moradores de vilarejos com as idosas. Ela o convidou a se sentar no chão, especificamente num colchão coberto por um lençol costurado com pedaços de tecido dispersos e coloridos. Os demais colchões eram de uma cor só, próxima de um marrom-claro. Elias deixou os sapatos à porta e se sentou. Na parede à sua frente havia um quadro emoldurado de tecido bordado com desenhos de pessoas levantando as mãos para o alto e sobre elas estrelas de diferentes tamanhos. Ele não sabia, naquele momento, que o quadro fora bordado por Helin, que aprendera o ponto cruz na aula de arte. Ela era um dos poucos habitantes do vilarejo que frequentara a escola. A escola mais perto do Halliqui ficava a pelo menos quatro horas: três horas a pé para descer até a planície e, de lá, pelo menos uma hora de carro para alcançar o vilarejo de Sinuni, que tinha uma escola. O tio de Helin, Murad, foi quem sugeriu registrar Azad e Helin na escola onde ensinava. A mãe dela de início foi contra, dizendo que o caminho era longo e as aulas já teriam acabado quando chegassem à escola. Murad a convenceu, propondo que eles fossem três dias na semana e fizessem as lições em casa nos dias restantes, pois a escola permitia a frequência parcial para os alunos que moravam em regiões sem escola. Murad também ofereceu que ficassem com ele nos dias de escola, pois essa seria uma oportunidade de passar um tempo com os avós.

O gosto de Helin pela escola não era devido às aulas, mas à viagem até ela. Começava de manhã nas costas do burro que levava os dois, ela e Azad, até a estrada de terra, e de lá o tio Murad vinha pegá-los com sua picape. Helin e Azad subiam na caçamba do carro. Os prédios ficavam para trás com pressa enquanto eles subiam e desciam com as lombadas da estrada, rindo toda vez que um deles caía para trás ou para frente. No final do dia, o avô lhes trazia doces, e a avó frequentemente protestava: "Meu receio é que fiquem satisfeitos com isso e não comam comida de verdade". Helin aprendeu com seu avô a jogar *concan**, enquanto Azad preferia sair com o tio.

Eles não continuaram os estudos após o ensino básico, mas Helin seguiu com a prática do bordado. Seus bordados e desenhos coloridos em tecido ficaram famosos na região. Elias contemplava aquele quadro na sala de estar quando Helin lhe trouxe um balde de água para lavar as mãos e o rosto. Ele se sentou num banco de pedra em frente à casa enquanto Helin indicava o que devia fazer. Ele abriu as mãos e ela despejou água. Quando terminou de se lavar, ela lhe ofereceu uma toalha branca. Nesse momento o pai de Helin soltou assobios altos e repetidos. Virou-se para Elias e explicou: "Acabei de avisar sobre uma festa aqui esta noite em sua homenagem, para que os vizinhos possam conhecê-lo e cumprimentá-lo".

"É muita generosidade, mas eu não quero incomodá-los; também não me sentiria à vontade de voltar para casa à noite", disse Elias.

"Nós sempre nos reunimos com os vizinhos, especialmente quando um convidado nos visita. Nossos amigos adoram isso", o pai de Helin insistiu, "e esperamos que você passe a noite

---

* Jogo de cartas parecido com o pife, cujo objetivo é formar sequências de cartas.

conosco, porque não queremos expô-lo aos perigos do caminho noturno. É mais seguro viajar depois do nascer do sol, de manhã, pois o dia tem olhos, como se diz."

"Temo que minha irmã fique preocupada; deixei meu filho com ela e deveria voltar para pegá-lo hoje; se não fosse isso, eu ficaria muito feliz em passar um tempo com vocês. E se eu for e voltar de novo daqui a um ou dois dias?", perguntou Elias.

"Melhor ainda daqui a três dias porque vai coincidir com o Dia do Pássaro, e essa é uma oportunidade para participar da nossa celebração queimando as gaiolas. Você chegou a ver nossos pássaros no caminho até aqui? Eles voam perto do chão, pois não gostam de se afastar muito de sua morada. O problema é que, de tempos em tempos, caçadores de cidades e vilarejos vizinhos vêm até aqui e preparam armadilhas para esses pássaros", disse o pai de Helin.

Elias abaixou a cabeça ao ouvir isso depois de olhar rapidamente para Helin, que abaixou o olhar também.

A mãe dela a chamou da cozinha: "Helin, vem até aqui". E essa foi a primeira vez que ele ouviu o seu nome. Não sabia por que, mas sentiu uma enorme alegria ao ouvir o nome dela.

Helin voltou da cozinha trazendo uma bandeja e lhe entregou a bebida de iogurte — *ayran* — e tortinhas de figo.

Elias comeu com prazer e disse, sentado com eles no chão: "Nunca na minha vida provei nada mais gostoso do que esta torta de figo".

Ramziya, a mãe de Helin, endireitou-se ao ouvir isso e disse: "Essa é das minhas mãos. Tem um comerciante de Sinjar que nos visita todo mês para comprar de mim grandes quantidades dessa torta e distribuir nos mercados".

Chammo, pai de Helin, acrescentou: "Até mesmo nos mercados de Bagdá e de Mossul!".

"De agora em diante vou procurá-la nos mercados de Mossul e me lembrar de vocês", disse Elias olhando para Helin, que estava sentada ao lado do pai. Em seguida, levantou-se, preparando-se para partir.

"Espere um momento", pediu Chammo, indo apressadamente até a cozinha.

Elias sorriu para Helin, que também tinha se levantado. Ela era muito parecida com a mãe; podia-se dizer que era a cópia moderna dela, pois não usava o pano de cabeça branco e redondo nem a roupa tradicional solta, amarrada na cintura por uma faixa de linho; em vez disso, vestia uma saia longa e uma blusa de algodão. Seu cabelo cor de café descia até os ombros em pequenos cachos. Tinha altura média, como a mãe, porém era mais magra.

Chammo voltou com duas sacolas cheias de tortinhas de figo e um colar de figo seco, além de uma torta de figo no formato de um grande pássaro dentro de uma sacola de plástico transparente.

"É muita coisa", disse Elias. Mas Chammo insistiu.

"Obrigado", agradeceu Elias.

"Fique bem", respondeu Chammo.

"Talvez seja pesado para carregar a pé, pai", observou Helin.

Ele pensou por um momento e respondeu: "Tenho uma solução", saindo com pressa da sala.

Após alguns minutos, voltou trazendo um burro.

"Este burro conhece bem os caminhos e sempre volta depois de levar nossos convidados a seu destino", disse Chammo, acariciando as costas do burro. "Você pode montá-lo e amarramos nele as sacolas. Quando descer a montanha, deixe o burro, pois ele sabe voltar."

Elias fez um sinal com a mão de cima do burro, dizendo: "Tchau".

"Fique bem", respondeu Chammo.

Os habitantes do Halliqui não dizem "tchau", somente "olá" e "fique bem".

Vermelho

Após descer do burro, deixando-o retornar à montanha, Elias parou na estrada de terra para esperar passar um carro que o levasse à estrada pavimentada. Ele virou a cabeça várias vezes para trás para se tranquilizar de que o burro subia pelo caminho correto, até desaparecer de vista. Uns vinte minutos mais tarde, notou um carro vindo de longe, então levantou a mão, sinalizando. O carro desacelerou até parar diante dele.

"Para onde, amigo?", perguntou o motorista com um cigarro na boca, toda coberta por um bigode espesso.

"Se puder me levar até a estrada principal, ficarei muito agradecido."

"Suba."

Elias se sentou ao lado do motorista, que logo pisou no acelerador causando um solavanco, antes de dizer: "Estou indo para Sinuni, serve para você?".

"Muito. Lá tem uma estação de onde posso pegar um ônibus para Mossul."

"Tá certo. Vou levar você até a estação então."

"Espero não dar trabalho."

"Tranquilo. Estaremos lá em menos de meia hora."

"Agradeço."

"Fique bem", disse o motorista, dando uma tragada profunda no cigarro.

Elias perguntou: "Você é dessa região?".

"Do vilarejo de Hardan. Conhece?"

"Ouvi falar."

"Não há lugar como Hardan. Vida!", exclamou respirando fundo e exalando o ar.

"Você conhece o vilarejo do Halliqui?", perguntou Elias.

"Sim, uma região bonita também, mas longe, à beira do país. Não está nem mesmo no mapa! Lá tem muitas figueiras."

"E pássaros *qabaj*", observou Elias.

"Os pássaros *qabaj* gostam de figo e por isso se concentram lá. Dizem que o canto deles é cativante porque o figo delicioso da região os deixa inebriados. Vida!", disse com um suspiro.

"Estou vindo de lá, foi a primeira vez que subi até o vilarejo. Adorei."

"As pessoas de lá são excepcionais. Acolhem os outros, sejam estrangeiros, sejam familiares. Eles têm um iogurte sem comparação. Vida!"

"Sim, por Deus, é isso mesmo."

O motorista descartou a guimba do cigarro e acendeu outro. Depois indagou: "Quem você conhece de lá?".

"Uma família, acabei de conhecer. O nome do pai é Chammo e o de sua esposa, Ramziya."

"Chammo, o circuncidador?"

"Não sei se é circuncidador."

"É, sim. Quem não o conhece? Ele é o melhor."

"Sim, ele é."

Elias achou contraditórias as expressões graves do motorista e seu espírito jovial, o modo como dizia toda hora "Vida!" e como seu rosto se tornava mais carregado cada vez que tragava o cigarro. Depois que jogou outra guimba pela janela do carro, ele ligou o rádio. "Como a chuva, o seu amor caiu no meu coração", dizia a música, mas o motorista mudou a estação para o canal de notícias. Elias desejou que ele o deixasse ouvir o restante da música, mas teve vergonha de pedir. Veio a voz séria do locutor: "De acordo com o relatório da Unicef, a atual média de mortalidade infantil no Iraque é a maior do mundo. Apesar disso, o Conselho de Segurança das Nações Unidas emitiu uma resolução para manter o bloqueio econômico ao Iraque, sendo esta a quadragésima vez em que o Conselho vota por essa resolução nos últimos nove anos". Após um curto intervalo de música, o locutor retomou: "O Iraque tem esperança de que a seleção iraquiana de futebol participe das Olimpíadas de Sydney em 2000. A equipe enfrenta hoje a Jordânia no estádio Malik Abdullah II, em Amã, na disputa pelo terceiro grupo de qualificação asiático". O locutor encerrou o noticiário, dizendo: "Neste verão o mundo vai testemunhar o último eclipse lunar do século XX. O fenômeno vai durar três horas na Europa, na Índia e no Oriente Médio. O Iraque e a Síria serão os dois únicos países árabes que poderão testemunhar um eclipse total. O fenômeno terá a melhor visibilidade na planície de Nínive".

"Sim, um eclipse. Precisamos nos preparar", disse o motorista, e pisou bruscamente no freio porque uma ovelha cruzou a estrada.

Elias balançou para frente e para trás por causa da parada súbita, comentando: "Ela está perdida ou terá fugido do rebanho?".

Ele não esperava uma resposta, mas o motorista disse, rindo: "Ou simplesmente quer tomar um ar sozinha?".

Depois disso, reinou o silêncio entre eles, durante o qual Elias se ocupou em observar as vastas terras intocadas ao lado da estrada.

"Preciso abastecer o carro agora", disse o motorista ao virar num posto de combustível.

Elias desceu do carro e se dirigiu à loja do posto. Voltou trazendo duas latas de Coca-Cola e dois pacotinhos de pistache salgado para dividir com o motorista.

"Eu gosto de pistache", disse o motorista.

Elias quase disse: "Vida!", entretanto se conteve com um sorriso.

Na estação, Elias agradeceu o motorista e se dirigiu rapidamente até uma lotação com capacidade para dezoito passageiros, cujo condutor, de pé ao lado do veículo, chamava: "Venham, só mais duas pessoas!".

Elias subiu, seguido por uma mulher que carregava uma sacola plástica grande. O condutor esperou que a mulher chegasse a seu assento, porque ela andava bem devagar. Cachos de cabelo grisalho apareciam por baixo da echarpe azul; nas costas curvadas ela usava uma jaqueta de mangas longas, apesar do calor. Passados não mais que três minutos após o ônibus partir, a mulher perguntou ao condutor: "Onde fica a sede dos soldados?".

"Senhora, não existe um lugar assim", respondeu o condutor. "Para qual região a senhora quer ir?"

"Não sei. O meu *hajji** deu a vida por você. A vontade dele era que a sacola fosse devolvida à sede."

"Que sacola?", perguntou o condutor.

"Esta é a sacola, e nela tem tudo: o uniforme cáqui, o capacete, o cinto e o coturno. Ele os vestiu a vida toda. Agora não têm utilidade."

---

* *Hajji* é um título usado para quem fez a peregrinação à Meca, e é comumente empregado como sinal de respeito para com uma pessoa mais velha.

"Como pode dizer isso, senhora?", perguntou o condutor, mudando de pista para ultrapassar um carro lento. "E a luta, o nacionalismo árabe, e o sacrifício?"

"Não se preocupe, meu filho, está tudo na sacola. Só me leve até lá."

Na última parada do ônibus, a mulher perguntou: "Chegamos?".

O passageiro ao lado de Elias disse ao condutor: "Coitada, leve-a de volta para casa, por minha conta".

Elias tocou a campainha na casa de sua irmã mais velha, Saná. Assim que ela abriu a porta, ele lhe entregou uma sacola de tortas de figo.

"De onde você trouxe isso?", ela indagou.

"Do vilarejo do Halliqui."

"Nunca ouvi falar desse vilarejo."

"Nem eu sabia da sua existência. Mas é muito especial."

"Interessante, e o que o levou até lá, meu irmão?"

"O pássaro *qabaj*. Voltarei novamente daqui a três dias e vou precisar deixar Yahia com você. Pode ser?"

"Claro que sim. Deve estar planejando uma grande missão de caça."

"Não, não vou mais caçar pássaros depois de hoje."

Ela arregalou os olhos e disse: "Que estranho! O que vai fazer lá então?".

"Vou celebrar o Dia do Pássaro com as pessoas da região, e talvez eu escreva uma matéria para a revista sobre esse rito especial", respondeu Elias.

Naquele instante o ar-condicionado ligou, fazendo um barulho e soprando ar quente no início, depois frio. Saná exclamou: "Graças a Deus, a energia voltou! O calor estava nos matando".

No canto da sala, Yahia, que completara oito meses de idade, brincava com Rula, que era três anos mais velha que ele. Ela agitava sobre ele um leque de palha, que ele pegou e colocou na boca, ao que Rula disse: "Eca". Elias ficou de joelhos perto deles. Pediu para Rula: "Feche os olhos". Ela fechou e ele colocou nela o colar de figo.

"Adivinhe o que é isso?", ele perguntou.

Ela apalpou o colar, e, com os olhos ainda fechados, indagou: "O que é, tio?".

Ela abriu os olhos e ele explicou: "Você pode comer este colar".

"Todos ou só um?", perguntou.

A mãe dela, Saná, se aproximou, dizendo: "Só um figo por vez, minha querida". Depois murmurou para Elias: "Aposto que esse colar vai desaparecer logo".

Saná havia se mudado do distrito de Sinjar para Mossul no ano de 1995, quando o marido Karim conseguiu um emprego no departamento de registros na Universidade de Mossul. Dois anos mais tarde, Elias e a esposa se uniram a eles, pois a família dela morava também em Mossul, e ele tinha liberdade para se deslocar porque trabalhava de casa como *freelancer*. Seus olhos se enchem de lágrimas toda vez que se lembra de como a esposa morreu enquanto amamentava Yahia. Ela se queixara de dor no peito, mas disse decidida que passaria em um ou dois minutos. Morreu, e o bebê recém-nascido chorou em seu colo como se tivesse entendido o que havia acontecido.

Agora Yahia estava em seu colo enquanto ele caminhava até sua casa atual, a duas quadras da casa de Saná. Ao chegar, colocou Yahia no berço e se deitou na cama ao lado. Sua mente o levou diretamente ao vale do Halliqui. Ele se pegou sorrindo ao visualizar Helin, de quem gostou. Ao amanhecer, acordou com o choro de Yahia, então se apressou a preparar o leite. O estranho foi que, no momento em que abriu os olhos com o choro de Yahia, pensou novamente em Helin. Até mesmo ao alimentar o filho não parou de pensar nela. Ele se viu desejando passear com ela, mesmo que acompanhados por uma cobra. Mais tarde, iria até o mercado comprar um presente para a família dela. Pensou em levar doces, para que Helin também os provasse, depois mudou de ideia porque presente que se come acaba, e ele queria que seu presente durasse, mas não sabia o que escolher.

Carregando Yahia nos ombros, Elias passou metade do dia no mercado de Saray para encontrar um presente. Era um dia de verão quente, mas o teto decorado e elevado funcionava, para os consumidores, como um abrigo contra o calor do sol. Passeou pelos corredores do mercado, indo para a direita e para a esquerda, até parar na cafeteria Hadba, famosa pelo suco natural de romã batido com nozes moídas. O garçom passou na mesa da frente batendo a colher no copo de chá. Yahia riu desse gesto, chamando a atenção do garçom, que veio na direção deles batendo no copo de chá e balançando a cabeça de um jeito engraçado para Yahia, que gargalhava. Elias pediu um chá para ele e um suco de romã para Yahia.

"É pra já, olhos meus", respondeu o garçom para Yahia.

A voz de Nazem Al-Ghazali soou pelo grande rádio, cantando "Você, mulher de olhos pretos"; antes de acabar a música, Elias se levantou, pegando Yahia no colo. Pagou a conta e saiu com pressa porque finalmente sabia o que queria comprar. Deixou o mercado de Saray e se dirigiu ao beco Al-Hammam, que levava à loja Jabbar de aparelhos novos e usados. Assim como Elias imaginara, a voz de Nazem Al-Ghazali vinha da loja porque o dono era conhecido por ser fã da música desse cantor e não tocar nada além dele. Do lado direito da loja havia um rádio antigo no formato de uma caixa decorada de um metro de comprimento, ao lado de outros rádios também grandes das marcas Philips e Marconi, que pareciam todos mais apropriados como peça de decoração do que para uso cotidiano. Do lado esquerdo havia um rádio menor e de uso mais comum. Elias escolheu um rádio vermelho da marca Al-Qithara, produzido localmente, e quis comprá-lo. Ouviu um cliente perguntar ao dono da loja, segurando um como o dele, mas na cor branca: "Quanto custa este rádio de ruído?".

Ao que o vendedor respondeu: "Setenta mil dinares. O ruído vem só no início, depois some. O rádio estrangeiro é o dobro do preço".

Quando chegou sua vez, Elias disse ao vendedor, sorrindo: "Um rádio de ruído com baterias", por favor.

Elias só conseguiu dormir aquela noite às duas da manhã, talvez por ter bebido muito chá para acompanhar o novo artigo que começara a escrever de madrugada. *Quando o sol nasce de manhã no vilarejo do Halliqui, seus raios são novos e revigorantes como se nascesse lá primeiro, antes de qualquer outro lugar no mundo. Ao pôr do sol, as sombras se aglomeram sob as árvores e entre as casas, com uma leve brisa de ar que torna desnecessário o uso de ventilador. Uma região mágica, apesar de sua aspereza, diversificando-se sua natureza entre morros, vales, rochas e aquelas fontes que passam sob a terra como sentimentos escondidos. Descobrir sua beleza é um deslumbramento, como se de súbito lhe fosse revelado um segredo antigo que transforma sua vida. A vida nesse vilarejo mudou muito pouco durante os últimos séculos. Se o adicionássemos ao mapa, seria desenhado no canto noroeste da montanha de Sinjar, perto da fronteira da Síria, entre a cadeia de montanhas com vista para o vale.*

Ele parou de escrever porque decidiu terminar o artigo depois da tão esperada visita no dia seguinte. Porém, o que ele não podia imaginar é que Yahia acordaria com sarampo. Ele era um bebê calmo, só chorava por algum motivo específico, e dessa vez chorou porque seu corpo todo coçava, manchado de vermelho e ardendo em febre. Elias levou-o correndo à clínica. O médico recomendou um remédio para baixar a temperatura e disse que Yahia iria precisar de pelo menos uma semana de cuidados até sarar.

Elias ficava mais tranquilo à medida que via a situação de Yahia melhorar dia após dia; então passou a brincar com ele, dizendo: "Isso é hora de pegar sarampo, querido?".

O bebê dormia, e a mente de Elias ia até Helin: será que ela pensava nele assim como ele pensava nela? Teria ela sentido sua falta quando ele não apareceu no dia combinado? Por que ela sentiria falta dele se só o vira por algumas poucas horas? Como isso acontecia com ele, se também não a vira por mais tempo?

Elias não saiu de casa durante toda a semana, e no oitavo dia Saná veio visitá-lo, comentando da porta: "Achei estranho você não ter levado Yahia à nossa casa. Rula também pergunta por ele".

"Ele pegou sarampo e era contagioso", respondeu acompanhando-a à cozinha, onde preparava comida com Yahia perto dele, acomodado na cadeira alta. "Agora já sarou e vou levá-lo ao médico na segunda para ter certeza de que está completamente curado. Se tudo estiver bem, vou deixá-lo com você na terça de manhã cedo para fazer minha viagem até o vilarejo, antes que o sol fique muito forte."

Yahia estava na cadeira com o rosto sujo de resto de sopa. Saná se aproximou dele, dizendo: "Ele não tem nada, como uma rosa".

"Se você o tivesse visto uma semana atrás... era uma rosa vermelha por causa da febre", disse Elias.

Naquela noite, Elias colocou o filho no berço e se sentou na cama ao lado para pensar no vilarejo da montanha, que leva os visitantes cem anos para trás. Ele se atrasara para o Dia do Pássaro. Seria apropriado visitá-los apesar disso? Mas a pergunta mais importante para ele era: Helin ficaria feliz com sua chegada ou ele seria somente outro visitante para ela?

A terça-feira do dia 10 de agosto de 1999 não foi um dia diferente dos demais dias quentes de verão, mas o sol encheu o coração de Elias de vigor e felicidade de um modo estranho. Ele seguiu para o oeste em direção à montanha, levando o presente vermelho na mochila.

Fez uma parada na fonte de água no vale do Halliqui e se pôs a beber com a mão. A fonte era um marco para ele, pois ali começa a trilha que sobe até o vilarejo — que aparece minúsculo ao longe, como se o caminho até ele não tivesse fim. As casas do vilarejo parecem ter sido sutilmente desenhadas no pé da montanha: não se nota, à primeira vista, que são construídas nas próprias rochas. Todas se parecem, com suas formas quadradas, seus telhados planos, suas janelas pequenas e suas portas feitas de madeira bruta não pintada. Os conjuntos de casas estão separados de forma equilibrada por figueiras, amendoeiras, carvalhos, amoreiras e pistaches. No morro que se estende dali, espalham-se pastos de ovelhas.

Após duas horas de caminhada, Elias sentou numa pedra e se deu conta, apreensivo, de que estava perdido. O caminho lhe pareceu mais longo do que na vez passada, quando estava com Helin. Olhou ao redor e viu um rebanho de ovelhas não muito longe.

Caminhou na direção dos animais e perguntou à pastora: "Você conhece a casa de Helin?".

"Helin, uma moça da minha idade?", ela perguntou com um sorriso de quem sabia. Ela tinha uma pinta no rosto e tranças longas.

"Sim", respondeu ele, tímido.

A jovem indicou com a mão, dizendo: "Está vendo aquele morro ali? Depois dele tem uma passagem de pedra para mulas, e então um pomar de figo. Atravesse o pomar até chegar ao pomar de sumagre. Depois dele, fica a casa de Helin".

"Obrigado."

"Fique bem."

Durante seu percurso, seguindo as indicações da pastora, Elias sentiu que estava em um sonho incrível, no qual ouvia pássaros que repetiam o nome de Helin várias vezes. Ele visualizou seu rosto, que tinha formato de coração. Havia uma pureza interna que se refletia no seu rosto. Ela lhe pareceu corajosa e confiante, mesmo que um pouco estranha, pois assobiava e não tinha medo de cobra. Talvez ela parecesse excêntrica para os parâmetros gerais, mas era atraente. A contradição entre a cor de seus olhos de mel e sua pele morena clara tornava-a ainda mais atraente. Mas, acima de tudo, havia nela algo cheio de vida e raro, só dela, que ele não sabia como descrever.

Quando a baleia engole a lua

Elias não bateu à porta porque estava completamente aberta; mas, como não havia nenhum movimento que indicasse que havia alguém lá dentro, ele permaneceu parado na soleira por alguns minutos até ouvir um assobio de certa forma longo. Virou-se na direção do som e viu Ramziya, mãe de Helin, com a palma da mão esquerda na boca. Ela foi até ele; vestia a roupa branca larga amarrada na cintura por um cinto amarelo de linho e o turbante redondo e branco na cabeça. Cumprimentou-o calorosamente e, antes que ele respondesse ao cumprimento, chegou ao ouvido deles um assobio vindo de longe, depois outro de tom diferente, como formado por duas partes em vez de uma só.

"Essa é a minha vizinha", disse, "eu a convidei para tomar chá e ela respondeu que vai terminar o que está fazendo e já vem."

"Muito amável, mas pensei ter ouvido dois assobios."

"Sim, como aquela vizinha está longe, a minha vizinha mais próxima passou a mensagem para ela e me devolveu a resposta."

Elias sorriu. O assobio deles lhe pareceu em sintonia com o pio do pássaro *qabaj*, como se um fosse a voz e o outro, o eco.

Ele disse: "Desculpe, me atrasei duas semanas porque meu filho adoeceu. Caso contrário, não teria perdido a oportunidade de celebrar com vocês o Dia do Pássaro".

"Não se preocupe com isso. Hoje também é feriado, pois toda vez que recebemos um convidado o dia se torna um feriado. O importante é: como está seu filho?"

"Está bem, obrigado. Ele pegou sarampo, mas já sarou."

"Graças a Deus", disse Ramziya, estendendo a mão na direção da casa. "Entre. Chammo está no pomar de sumagre e vem para casa daqui a pouco."
"Eu poderia ir até lá?", perguntou Elias.
"Por que não? O pomar ficar perto daqui, vamos caminhar até ele."
"Eu me perdi um pouco, mas uma pastora me indicou o caminho até a casa de vocês, pelo pomar de sumagre", contou Elias enquanto caminhavam.
"Não existe outro pomar de sumagre no vilarejo. Era de figo antes, mas por negligência se transformou em sumagre."
"Não sabia que o figo podia se transformar em sumagre", disse Elias.
"O sumagre se fortifica na terra negligenciada, seca, na qual há problemas", ela explicou, "por isso temos um provérbio que diz: 'Foi-se o figo e veio o sumagre', para descrever um filho insensato de um pai sensato."
"Ahá! O sumagre é o rei dos problemas então? Mas é muito saboroso, especialmente com cebola."
A mãe de Helin riu, dizendo: "Sim, é verdade. Nós o usamos para temperar muitas comidas. Até mesmo Umm Khairi vem às vezes pegar um pouco da planta, pois diz que é anti-inflamatória. Ela é muito inteligente, meu Deus! Não há doença que passe por ela sem que encontre uma solução".
"Ela é médica?", perguntou Elias.
"Umm Khairi é a médica do vilarejo, apesar de não ter estudado em escolas. Ela herdou o conhecimento do pai, de quem aprendeu a curar com ervas. O sarampo, por exemplo, ela cura com a folha da oliveira. E, se não puder curar uma doença, ela fornece um sedativo de ervas fervidas para que o doente possa descer até a clínica em Sinjar."

Quando entraram no pomar, Chammo estava debruçado em um arbusto com Azad ao lado.

Ramziya chamou: "Venha, Azad, cumprimentar o nosso convidado".

Depois do cumprimento e do abraço, Chammo esfregou na mão uma folha oval verde e pontuda, pedindo para Elias: "Cheire isto".

Elias cheirou e disse: "Parece limão". Depois acrescentou: "Deixe-me ajudá-lo hoje com o trabalho no pomar; eu ficaria feliz em aprender mais".

"Agora não, porque precisamos preparar o jantar e depois o chá para os vizinhos", disse Chammo, e se virou para Ramziya, perguntando: "Você disse aos vizinhos para virem, não é, Ramziya?".

Ramziya balançou a cabeça afirmativamente e disse: "Vou indo para casa preparar o triguilho".

Azad também pediu licença, dizendo: "Estarei com Dakhil até a hora do jantar".

"Se você quiser me ajudar com o trabalho no pomar, podemos voltar amanhã antes do eclipse da lua", Chammo sugeriu a Elias.

"Ah, verdade, amanhã é 11 de agosto, o dia do eclipse total, e daqui de cima da montanha a vista será a mais nítida."

"Vai dar tudo certo; se Deus quiser, faremos o que estiver ao nosso alcance para salvar a lua da baleia", disse Chammo e começou a juntar numa cesta de palha pequenas frutas vermelhas colhidas de ramos de flores rasteiras. Ele parou para explicar para Elias: "As sementes de sumagre frescas como estas, pegamos para nós, borrifamos água e sal e cobrimos com um pano sem deixar que ele toque as frutas. Deixamos descansar um ou dois dias e, quando estiverem secas, colocamos numa peneira e esfregamos até separar a casca do caroço. Depois de nos livrarmos dos caroços, deixamos a casca um pouco na sombra até ficar da cor vermelha bonita que você conhece. Talvez você possa levar um pouco para Mossul".

"Eu gosto do sumagre vermelho. Por sinal, eu tenho um presente vermelho para vocês também", disse Elias levantando a sacola na mão.

"O que será isso? Espere, vamos primeiro para casa para que todos vejam", disse Chammo sorrindo.

Na caminhada após deixar o pomar, a uma distância de cinco arbustos da casa, eles encontraram Azad novamente. Ele acariciava uma cobra acompanhado de outro jovem. Chammo parou por um instante e explicou para Elias: "Azad e Dakhil são amigos dessa cobra desde pequenos. Eles passam por ela todos os dias no caminho de casa, e é como se ela os conhecesse e esperasse por eles, porque desce até aquele tronco justamente quando passam, parando diante dos dois".

"Helin me disse que as cobras aqui são mansas", disse Elias, esperando ouvir algo sobre Helin, mas Chammo se limitou a dizer: "Sim, são realmente mansas".

Ramziya grelhava berinjela no carvão quando entraram na casa. Após quinze minutos, Azad chegou e se dirigiu diretamente à grelha. Ele pegou uma berinjela e começou a remover a casca chamuscada, enquanto Ramziya colocava azeite numa frigideira grande para fritar a berinjela descascada. Chammo deu um assobio, e Elias desejou que fosse para chamar Helin. Seu desejo se realizou. Passados alguns minutos, Helin entrou carregando um pote de água. Ela o cumprimentou e foi para a cozinha, de onde voltou trazendo fatias de pão. Borrifou água para o pão ficar macio e o arrumou numa cesta artesanal de palha, junto à comida que estava posta sobre um colchão no chão. Chammo entrou na cozinha com a panela de triguilho, perguntando: "Ramziya, esquecemos de alguma coisa?", então a esposa trouxe sumagre em pó.

"Perfeito. Vamos, Elias, sente-se", convidou Chammo.

Eles se sentaram em torno do colchão e esperaram que Elias começasse, como é de costume quando comem com um convidado. Elias colocou um pouco de salada no prato e todos fizeram como ele. Helin salpicou uma pitada de sumagre na salada, então Elias a imitou.

Chammo sugeriu para Elias: "Não deixe a berinjela passar", então Elias pegou um pouco. Como eles embrulhavam a berinjela no pão fino, Elias fez o mesmo.

Quando terminaram de comer, Elias disse: "Eu trouxe este presente, espero que gostem".

Colocou na frente deles o rádio Al-Qithara vermelho, acrescentando: "Talvez possam se entreter, pois traz as notícias do mundo".

Eles pareceram todos animados, o que deixou Elias feliz, principalmente quando Helin voltou com Azad para a sala para ver o rádio.

"Só tem um rádio no vilarejo, na casa de Aliko", disse Ramziya, "e ele tem muito cuidado com o rádio, não deixa ninguém tocar nele. Aliko o chama de caixa mágica."

Elias girou o botão, passando pelas estações, e parou numa música de Demis Roussos intitulada "Far Away".

Azad deu um pulo e executou uns movimentos de dança no ritmo da música, fazendo todos rirem.

"Esse é um presente incrível", disse Helin.

Chammo concordou, dizendo: "Obrigado, Elias, por esta caixa mágica".

"Fico feliz que tenham gostado", respondeu Elias, contente por ter trazido o rádio, apesar do pouco dinheiro que recebeu naquele mês por seu trabalho.

Ao pôr do sol, Azad e Helin acenderam um candeeiro cada um, colocando-os em frente da casa como sinal de preparação para receber os convidados. Chammo carregou um grande *qauri* de chá, colocando-o na grelha de carvão acesa na frente da casa. Perto da grelha havia uma bandeja grande com copos de chá de vidro e uma vasilha com cubinhos de açúcar.

Os convidados começaram a se reunir naquela ampla área ao ar livre, à sombra das amoreiras, trazendo seus instrumentos musicais. Na frente de cada casa havia uma área aberta como aquela, para as visitas e as festas. Colocaram os instrumentos embaixo das amoreiras e foram se servir de chá, conversando uns com os outros. A maior parte dos homens vestia um traje parecido: calças largas e túnica da mesma cor e tecido, com cinto largo de tecido de cor diferente. Alguns usavam na cabeça uma *taqiya* de tecido branco. As jovens não cobriam a cabeça. Somente as mulheres mais velhas usavam turbantes largos. Chammo levou Elias para apresentá-lo às visitas. Um jovem de bigode e barba ralos veio na direção deles para cumprimentá-los. Chammo o apresentou: "Este é Abdullah, meu sobrinho que mora em Sinjar".

Elias contou para Abdullah que ele era de Sinjar, e os dois começaram a conversar. Eram muito parecidos: tinham cerca de um metro e oitenta de altura, a mesma cor de pele, morena clara. Ambos vestiam camisa branca e calça moderna, com a diferença de que a calça de Abdullah era de tecido cinza e a de Elias, um *jeans* azul. Se Elias perdesse alguns quilos, ficaria esbelto como Abdullah.

"Este é o vilarejo da minha infância", disse Abdullah, "e por isso venho visitar de tempos em tempos."

"Quando você se mudou para Sinjar?", perguntou Elias.

"Há mais de vinte anos, quando meu pai foi trabalhar com o irmão plantando legumes. O sonho dele era ter um sítio, mas ele morreu antes de poder realizá-lo, e desde então eu me empenhei em cumprir o mesmo sonho."

Elias queria perguntar se ele realizara o sonho ou não, mas Abdullah pediu licença porque outro homem o chamou. Elias olhou na direção de Helin, que estava de pé ao lado de uma moça que lhe parecia familiar. Após alguns momentos, ele a reconheceu: era a pastora que lhe indicara o caminho. Foi até elas, e então Helin os apresentou, dizendo: "Amina, minha amiga. Elias, nosso convidado".

Elias apertou a mão de Amina, sentindo-se em êxtase porque Helin pronunciara seu nome.

"Obrigado por me indicar o caminho até aqui, eu estava perdido", disse para Amina.

"Tem três meninas chamadas Helin neste vilarejo", disse Amina, "mas eu imaginei que você estava perguntando sobre a casa da minha melhor amiga."

Os três sorriram. Elias se perguntou se Helin contara para a amiga alguma coisa sobre ele. Será que ela nutria algo especial por ele? Ela sabia quanto ele se sentia feliz perto dela?

Os convidados começaram a se sentar no chão formando dois semicírculos, o dos adultos atrás do das crianças.

"Está na hora de se sentar, não é?", Elias perguntou a elas.

"Sim", respondeu Helin, "alguém vai contar uma história, e a plateia pode fazer perguntas no final."

Elias balançou a cabeça e abriu espaço para as duas se juntarem aos outros. Ele notou o gesto de Chammo, convidando-o a se sentar ao lado dele, e assim o fez. Abdullah estava de cócoras diante de todos, pois naquela noite era sua vez de contar uma história. Quando todos os olhares se concentraram nele, Abdullah começou a falar:

"Era uma vez um imperador chamado Gengis Khan. Ele expandia seu império por meio do derramamento de sangue, do genocídio e da invasão de cidades. Quando estava no leito de morte, encarregou seu neto Hulagu de continuar suas conquistas iniciadas na Ásia. Hulagu executou a recomendação de seu avô da forma mais violenta que pôde. Naquele tempo, Bagdá era a capital do Estado Abássida e ponto de encontro de eruditos de todos os lugares. Sua celebridade chegou aos ouvidos dos que estavam perto e dos que estavam longe, dentre eles Hulagu, que então decidiu invadi-la. Rumou até ela com seu exército, cercando a cidade. Após derrubar os muros, matou milhares de residentes e destruiu os emblemas da civilização e da prosperidade. Seu primeiro alvo foi a biblioteca conhecida pelo nome de Casa da Sabedoria. Ele jogou no rio Tigre todos aqueles livros que eruditos e literatos se empenharam em compor, até as águas do rio ficarem tingidas de negro. Quando viu que as pessoas da cidade estavam no auge da fúria, Hulagu ordenou que trouxessem o maior erudito de Bagdá à sua presença. Nenhum dos sábios queria se encontrar com o governante opressor, exceto por um jovem cuja barba ainda não crescera, que aceitou ir até ele com a condição de levar consigo um camelo, um bode e um galo. No dia do encontro, Hulagu olhou para o jovem de cima a baixo e perguntou: 'Não encontraram um erudito maior que você para enviarem a mim?'. Ao que ele respondeu: 'Se você procura por um maior, tenho um camelo, e, se quiser um com mais barba, tenho um bode, e, se quiser um com voz mais potente, tenho um galo, que também está esperando lá fora'.

Hulagu percebeu que estava diante de alguém incomum. Esfregou o queixo, perguntando: 'Você sabe o motivo de eu ter vindo até aqui?'.

O jovem respondeu: 'Foram as nossas ações e ofensas que o trouxeram. Não valorizamos a graça de Deus sobre nós, então nos dedicamos a criar problemas em vez de soluções'.

'Vocês querem me expulsar daqui?', perguntou Hulagu.

'Se deixarmos de lado nossas diferenças, você não conseguirá ficar aqui', respondeu o jovem."

Abdullah parou de falar, e então uma menina levantou a mão para fazer uma pergunta. Abdullah fez um sinal com a cabeça, olhando na direção dela, que perguntou: "Por que o primeiro alvo de Hulagu foi a biblioteca?".

"Porque ele sabia que a biblioteca era um símbolo de orgulho e força do povo de Bagdá naquele tempo", respondeu Abdullah. "Dizia-se que o mundo todo se abre em suas mãos no momento em que você abre um livro."

"Eu não tenho um livro para abrir", replicou a menina.

Então, um menino levantou a mão, perguntando: "Como eu posso ver o mundo todo num livro?".

"Tudo no universo está escrito em letras pequenas", respondeu Abdullah, "e as letras formam palavras cujo sentido o leva a qualquer lugar do mundo, enquanto você está sentado em seu lugar lendo."

Elias levantou a mão, e Abdullah olhou para ele esperando a pergunta. Elias propôs: "Tenho uma ideia. Eu sei que as escolas ficam longe daqui. O que vocês acham de eu me voluntariar para ensinar quem quiser a ler e escrever?".

Um murmúrio correu entre os ouvintes e todos passaram a falar de seu lugar sem levantar a mão porque o entusiasmo deles os fez esquecer as convenções. De seu lugar no meio do pátio, Abdullah se dirigiu a todos: "Peço silêncio por um momento porque gostaria de dizer algo ao nosso convidado".

Quando se calaram, Abdullah retomou: "Em nome da tribo do Halliqui eu lhe agradeço, Elias, por esse seu compromisso. Os que sabem ler e escrever aqui são menos do que os dedos de uma só mão, mas, apesar de serem poucos, talvez possam ajudá-lo nesse grande empreendimento".

E voltou a falar com as pessoas do vilarejo, perguntando: "O que vocês acham, meus irmãos e irmãs?".

Chammo disse, brincando: "Abdullah é o melhor entre nós em dar sermão".

Abdullah riu, dizendo: "Estou pronto para ajudar Elias com o pouco que sei".

Elias olhou para Helin sorrindo, e ela entendeu o sinal dele. Disse: "Eu me voluntario".

"Azad também sabe ler e escrever", disse Ramziya.

Azad atendeu ao pedido, dizendo: "Nada me impede".

Chammo disse: "Elias, nossas casas estão abertas para você, como sabe, mas temo que iremos ocupar muito do seu tempo, já que você mora a horas do vilarejo".

"Eu gosto deste lugar", disse Elias, "e ficarei feliz se puder vir, por exemplo, uma vez por semana. Se eu ensinar uma letra por semana, dentro de alguns meses todos terão aprendido a ler e escrever."

Abdullah deixou seu lugar, dizendo: "Então vamos celebrar. É hora de música".

Adultos e crianças se levantaram para recolher seu instrumento musical. Um grupo de crianças subiu nos galhos da árvore para assistir de lá. Uma parte dos adultos foi beber mais chá, e outros se sentaram preparados para tocar. Quando um deles começou a dedilhar as cordas do *tanbur*, os outros o seguiram como uma orquestra treinada.

Elias não pôde resistir e olhou para Helin, que tocava flauta. Ela lhe parecia ainda mais bonita. Usava um vestido violeta--claro que descia até os pés, com mangas longas bordadas e largas no final em formato de barbatana de peixe. Uma pessoa começou a cantar um *mawwal** em voz baixa, e outra respondeu com um trecho análogo; enfim, todos se juntaram cantando uma música em grupo. O volume se elevou e o ritmo se acelerou. Azad tocou o *tanbur* e outro jovem o seguiu com batidas rápidas no tambor, com o que introduziram uma canção de *dabke***.

Chammo se levantou para abrir a dança com Ramziya, que se juntou a ele. Outras pessoas os seguiram. Deram-se as mãos, subindo com o corpo e descendo até o chão, formando uma grande roda. Chammo deixou a roda e foi tirar Elias para dançar com ele no meio do círculo, como uma saudação especial ao convidado. Dançaram descalços subindo uma mão e descendo a outra; parecia a dança de dois pássaros amigos.

No final, tocaram uma melodia calma que seduziu o coração de Elias, e ele passou a cantarolar com todos. Ao som dessa melodia, quatro meninas dançaram de forma individual. Levantaram-se com graça, as bordas largas de suas roupas balançando com elas. Movimentaram-se para a direita e para a esquerda, levantando as mãos acima da cabeça e abrindo-as ao horizonte como galhos de árvore. Uma andava na frente da outra, sacudindo a mão direita em direção à plateia; depois uma delas foi para a frente e deu vários giros, com o volume da

---

* Gênero musical apresentado antes de iniciar uma música, caracterizado por um lamento em batida lenta, prolongando-se as vogais.
** Dança popular de diversos países árabes, cuja etimologia remete a "bater os pés" e, logo, caracteriza-se por fortes movimentos de sapateado.

música se intensificando enquanto ela rodopiava. Enfim parou sem se mover e inclinou um pouco a cabeça, descendo com o corpo até o chão como um pássaro ferido. As três outras dançarinas estenderam a mão em sua direção; ela se levantou e as quatro caminharam juntas com leveza, voltando a seus lugares enquanto a música ia cessando pouco a pouco com o fim da dança.

    Já era quase meia-noite quando os vizinhos colocaram os instrumentos nas costas e partiram. Elias se sentiu envergonhado ao pensar que dormiria com a família na casa deles; então, como se lesse seus pensamentos, Chammo disse: "Seja bem-vindo, Elias. Sabe, esquecemos de mostrar o rádio para os nossos convidados. Quem sabe da próxima vez possamos ligar o aparelho e surpreendê-los. Venha comigo, vou lhe mostrar sua cama".

    Elias seguiu Chammo até a laje da casa. Havia ali duas camas baixas a apenas duas polegadas do chão. Ao lado, via-se uma terceira, mais elevada, e em cima dela uma corda segurando um tecido dobrado de linho suspenso sobre a cama e amarrado por ganchos, de modo a parecer uma tenda branca. Elias imaginou que fosse a cama de Chammo e Ramziya. Do outro lado, havia uma cama com um lençol cheio de pilhas de figo seco. Chammo dobrou o lençol pelas pontas deixando os figos dentro e o colocou sobre uma grande pedra retangular ao lado. Sacudiu a cama e disse para Elias: "Esta é sua cama".

    Elias se deitou pensando que não teria se importado se Chammo tivesse deixado os figos na cama com ele, pois tinha vontade de comer um pouco. Mas, depois de alguns instantes, afastou a vontade, sorrindo, porque, caso seu desejo se realizasse, ele levantaria de manhã mais gordo. Havia um tempo em que ele tentava perder peso, porém seu ponto fraco era comer de noite, principalmente pistache. Olhou para as estrelas brilhantes no céu e pensou que pelo menos ele perderia peso ao andar até o vilarejo toda semana para dar aula. Viu uma esperança brilhar como uma estrela extra no céu. Imaginou Helin dormindo, então fechou as pálpebras para cobri-la. O sol forte da manhã o acordou e, como não havia mais ninguém na laje, ele desceu. Todas as janelas da casa estavam abertas, mas não havia ninguém ali. Olhou pela janela e viu Ramziya assando pão no forno e crianças dormindo embaixo das árvores. O rádio estava ao lado da flauta no tronco usado como mesa na sala de estar. Ele o recolheu e percorreu as estações até parar em Fairuz cantando: "Olha o mar como é grande/ Eu te amo como a imensidão do mar". Pouco antes do final da música, Helin entrou na sala carregando uma pequena cesta com ovos. Ela parou para ouvir Fairuz e os olhares sorridentes deles se encontraram, aquecendo o coração de Elias.

"Você dormiu bem?", ela perguntou.

"Sim, e você?", disse, desejando perguntar: "Como você dormiu nos meus olhos ontem?".

"Não me veio o sono", respondeu.

"Por quê?"

"Não sei."

Azad entrou e disse a Helin: "Não sei se poderemos ir até a fonte hoje, pois mal vamos conseguir moer as cascas de romã e de carvalho antes dos preparativos para o eclipse".

"Deixe-nos tomar café da manhã primeiro", disse Helin.

"E se eu for à fonte e trouxer água, assim vocês conseguiriam terminar os outros afazeres?", propôs Elias.

"Mas nós vamos à fonte para lavar os lençóis e não somente para trazer água", respondeu Helin.

Elias não disse nada, então ela acrescentou: "Vamos com os meninos e as meninas, nossos vizinhos, porque lavamos todos juntos e nos divertimos fazendo isso. Talvez você queira vir conosco desta vez?".

"Eu adoraria", disse Elias.

"Então Elias pode ir no meu lugar hoje", disse Azad olhando para a irmã, "e eu vou moer as cascas, mas precisamos nos apressar."

"Deixe-me avisar os vizinhos que vamos nos juntar a eles daqui a pouco", disse Helin.

Helin saiu e soltou um assobio de duas partes. Veio a reposta num assobio cortado. Azad trouxe o *qauri* de chá tirado de cima das brasas de carvão e Helin veio da cozinha carregando iogurte, ovos cozidos e pão quente. Depois do café da manhã apressado, ela saiu e voltou com o burro que Elias já conhecia.

"Vamos?", perguntou Helin.

"Estou pronto, mas não precisamos levar os lençóis?", perguntou Elias.

"Não, não é a nossa vez hoje", disse Helin. "Cada dia lavamos os lençóis de uma das casas. Ajudamos uns aos outros, assim não nos cansamos."

Elias e Helin caminharam com o burro até uma casa diante da qual se reunia um grupo de rapazes e moças com seus burros também. Elias reconheceu alguns da festa do dia anterior. Depois de se cumprimentarem, os rapazes distribuíram os lençóis nas costas dos burros, colocando uma parte na costa do burro de Helin, e então começaram a viagem de descida até o vale, conversando e brincando ao longo da trilha.

Elias disse para Helin: "Estou vendo que as meninas e os meninos se misturam aqui e saem juntos, ao contrário da situação que temos na cidade".

"Aqui nós todos nos conhecemos", disse.

"Quantas pessoas mais ou menos moram no vilarejo?"

"Umas quinhentas."

"A maior parte tem famílias grandes, não é?"

"Verdade. Nós somos uma das famílias pequenas do vilarejo. Eu ouvi de minha mãe que nossa chegada ao mundo, minha e de Azad, foi um milagre, porque ela e meu pai já eram de mais idade e não conseguiam ter filhos, mas aconteceu o inesperado e minha mãe engravidou de gêmeos. Azad diz que ele é mais velho do que eu, apesar de ter somente vinte minutos a mais."

"Vocês são o milagre mais encantador."

Helin sorriu.

Na fonte, espalharam os lençóis um por vez. Despejavam água sobre cada um e distribuíam o sabão em pó, depois ficavam todos de pé em cima do lençol. Davam as mãos uns aos outros e batiam no lençol com os pés, como uma dança em grupo. Quando estava limpo, os rapazes o estendiam num pedaço de madeira grande para secar. Helin estava ao lado de Elias, então segurou a mão dele, como se fazia. Eles pulavam com o grupo e o coração dele quase saltava do peito para o lençol. Eles repetiram isso com os vários lençóis que trouxeram para lavar. Elias desejou que pudessem ir mais devagar, para que a mão dele ficasse mais tempo na mão dela. Mas nunca seria tempo suficiente, Elias disse para si mesmo.

"O tempo nunca é suficiente", ela disse.

Ele a fitou. Será que ela ouvira as batidas do coração dele, para ter dito isso?

"Porque precisamos nos apressar antes de a baleia engolir a lua", ela acrescentou.

Helin e o restante das moças recolheram pedras pequenas do chão para esfregar nos calcanhares, perto da fonte. Enquanto isso, os rapazes se ocuparam em amontoar os lençóis limpos em cima dos burros.

Quando Helin voltou para casa com Elias, a família estava à espera para jantarem cedo, antes de se reunirem com os outros. Todos se dirigiriam para uma montanha que chamavam de Dente Canino, porque era cercada por montanhas e colinas menos altas, destacando-se entre elas como um dente canino. Chammo pegou um lampião e Ramziya distribuiu pratos e colheres grandes para Helin, Azad e Elias, dirigindo-se todos ao topo da montanha. Eram cerca de quatrocentas pessoas carregando lampiões, panelas, bandejas, pratos e colheres, todos equipados para salvar a lua. Principalmente por estarem num local elevado, esperavam que fosse o suficiente para produzir o barulho que chegaria até os ouvidos da baleia, que se assustaria e fugiria deixando a lua passar em paz. É claro que a população do Halliqui não abandonaria a lua em situação crítica, lutando na barriga da baleia, para que não ficasse vermelha pelo sangue derramado, pois ocorreriam desastres e guerras no país.

A primeira vez em que Elias ouvira falar sobre a baleia engolir a lua fora em julho de 1980, quando tinha seis anos e escutou a mãe dizer à vizinha, através de uma nuvem de fumaça de cigarro: "Você soube da profecia do *hajji* Abu Al-Timman? Ele publicou no jornal que haveria um eclipse lunar sobre o Iraque, e que uma baleia engoliria a lua, de modo que reinaria a escuridão e um grande desastre aconteceria no país. A profecia dele inevitavelmente se realizou, pois quem imaginaria que aconteceria a guerra contra o Irã?".

"Eu soube da profecia", disse a vizinha em voz baixa, "mas ouvi dizer, e que fique entre nós, que foi o governo que inventou a personagem do *hajji* Abu Al-Timman para que o povo colocasse a culpa na pobre baleia por trazer a guerra e tudo o mais. Se o *hajji* Abu Al-Timman for uma pessoa de verdade, e não uma invenção, sem dúvida é um louco; senão, como pode recomendar às pessoas que subam na laje de suas casas e batam panelas e bandejas? Tudo isso para assustar a baleia?!"

A guerra persistiu. Com o passar dos dias e o aumento do número de mortos e feridos na cidade, as pessoas voltaram a falar da baleia que trouxe desgraças ao país. A única coisa que podiam fazer era subir nas lajes e bater com toda a força, olhando fixamente em direção ao céu e repetindo: "Ó Alto inalcançável, nossa lua está em grave aflição, rogamos que nos liberte desse sofrimento".

Dois dias antes do fim da guerra, o pai de Elias foi morto na frente de batalha. Trouxeram-no embrulhado na bandeira do Iraque com um cartaz preto escrito em letras brancas: *Mártir em defesa da honra da nação*. Esse foi um dos milhares de cartazes pendurados nas fachadas das casas durante os oito anos de guerra.

Dois anos e meio mais tarde, Elias subiria novamente com a mãe e a irmã na laje da casa, assim como o restante das pessoas da região, carregando colheres e panelas, pois mais uma vez a baleia apareceria para engolir a lua. Naquela altura com dezessete anos, o coração de Elias se contraiu ao ver a lua desaparecer aos poucos no céu, sobretudo tendo em vista as ameaças recentes dos Estados Unidos de declarar guerra ao Iraque. Depois disso, a "Tempestade do Deserto" trouxe tropas de diferentes cantos do mundo porque o Iraque engolira o Kuwait, assim como aquela baleia, e eles tentavam assustar o Iraque para resgatar o Kuwait de sua barriga. Porém, usaram bombas e mísseis em vez de colheres e panelas. Elias se lembrou das constantes quedas de eletricidade, das ambulâncias que passavam apressadas para levar os feridos aos hospitais e do aumento contínuo das incursões que precediam os bombardeios aéreos. Toda vez que ressoava uma explosão perto de casa, a mãe de Elias dava um pulo, assustada, e dizia: "Maldita seja a baleia, quantas desgraças ela nos trouxe!". No dia em que a guerra terminou, as pessoas disseram: "Enfim a baleia soltou a lua. Teve medo e a soltou". Trocaram felicitações, e os gritos de alegria se mesclaram com tiros no ar. As pessoas voltaram a seus afazeres diários até quase esquecerem o costume de bater as bandejas, se não fosse pela guerra que retornou no fim de 1998, então com o nome de "Raposa do Deserto". Logo, lembraram-se da baleia. Não houve eclipse lunar daquela vez, mas fizeram a reza do eclipse e apresentaram oferendas para defender o país do mal. A mãe de Elias não testemunhou a guerra "Raposa do Deserto" porque morrera um ano antes de sua eclosão. O médico havia recomendado que parasse de fumar, mas ela não seguiu a recomendação. Dizia: "Se eu parar de fumar, morrerei no mesmo fadado dia, só que com boa saúde".

 O sentimento de Elias diante desse eclipse era diferente. Sua mente não estava ocupada com a lua tanto quanto com uma menina do vilarejo, de sorriso quente como um pão redondo no forno. E, apesar do alerta de homens religiosos de que a chegada da escuridão durante o último eclipse do século XX anunciava o fim do mundo, Elias não estava preocupado. Sua mente estava agitada, mas não por causa da ideia do fim do mundo; pelo contrário, ele sentiu que seu mundo começava justamente ali, no topo do Dente Canino.

 O horizonte parecia dividido em duas partes, uma mais escura do que a outra. Durante os minutos em que reinou a escuridão, o barulho se intensificou para assustar a baleia teimosa que emboscava a lua.

 O coração de Elias também bateu agitado porque Helin, naquele momento, se virou para ele, detrás de Azad, que estava entre os dois. Ele trocou um olhar com ela, depois olhou para a lua, então para ela de novo. O fogo dos lampiões os rodeava de todos os lados como um colar brilhante na escuridão. Elias pensou ter ouvido o assobio dos pássaros *qabaj* ao longe, como se participassem com eles da salvação da lua.

A de amor

"O eclipse não durou mais do que dois minutos aqui em Mossul", disse Saná para Elias, "mas fizeram um grande barulho por causa dele. Enfim, não importa. Conte-me, como foi sua viagem?"
Elias respondeu sorrindo: "Escute, tem uma jovem com quem tenho a intenção de me casar".
"Verdade? Que ótima notícia! E de onde ela é?"
"Da tribo do Halliqui. Ela mora lá no alto das montanhas."
"Vá e peça a mão dela. Vá amanhã."
"Eu vou na sexta, dia 20 deste mês. Combinamos que eu subiria até o vilarejo toda sexta."
"Meu irmão, você é complicado."
"Será que você poderia fazer um favor para o seu irmão complicado e cuidar de Yahia toda sexta-feira?"
"Yahia não é um problema. Mas case com a moça para que ela se torne uma mãe para ele. Espere, acabei de me lembrar. Esta sexta eu tenho um compromisso à noite."
"Então eu vou na outra sexta."
"Não, vá no dia combinado, mas volte antes das seis da tarde."
"Tudo bem."

Elias deixou o vilarejo após o eclipse lunar, mas Helin continuou a pensar nele durante a tarde. De noite, ao fechar os olhos, viu seu rosto oval. Seus olhos expressivos brilhavam de forma pura quando ele sorria, e também quando estava triste.

Nos dois casos, sorrindo ou tristonho, o olhar dele lhe passava um calor excepcional, que penetrava seu coração, abrindo-o como um grão de pistache. Ela ficou acordada até tarde pensando nas mãos deles se tocando quando lavavam os lençóis perto da fonte e como olharam juntos para a lua ao tentarem salvá-la. No final, a lua retornou bonita e ilesa.

Helin acordou ao amanhecer e se descobriu apaixonada por Elias. Ela sentiu que duas asas haviam crescido em seu espírito, voando até ele, e o corpo dela sentia falta daquele espírito, ansiava tornar-se um só com ele. Sentiu que queria contar para todo mundo que estava apaixonada por Elias, mas com certeza não contaria para sua família. Na verdade, ela queria contar apenas para sua amiga Amina. Diante da porta da casa, soltou um assobio para avisar Amina que iria acompanhá-la no pastoreio. A amiga respondeu com um assobio, confirmando.

Naquela manhã, a grama balançava de leve com o vento, assim como as cabeças das ovelhas ao se demorarem para comê-la, apressando-se em seguida para voltarem a andar diante das duas amigas. Helin perguntou a Amina: "Por que você não subiu o Dente Canino no dia do eclipse? Eu procurei por você, mas não a encontrei".

"Não ria de mim", respondeu Amina. "Caí num sono profundo ao lado de uma árvore enquanto pastorava as ovelhas e me assustei ao ouvir o som das batidas das bandejas; pensei por um instante que fosse o som dos sinos no pescoço das ovelhas e fiquei aflita de imaginar que elas tinham fugido para longe enquanto eu dormia. Como eu fiquei feliz ao encontrá-las todas perto de mim, sem faltar nenhuma. Minhas ovelhas não fogem de mim, nem mesmo quando meu pai abate uma diante das outras. Elas se entristecem, mas nunca fogem. Sempre que isso acontece, fecho os olhos para não ver o sangue escorrendo."

"O amor dos animais por nós é um amor verdadeiro", disse Helin.
"Estes cordeiros me conhecem melhor que minha família. Ninguém me entende exceto você e minhas ovelhas", disse Amina.
"Eu te amo, minha amiga."
"Você parece estar com um humor realmente bom hoje, Helin."
"Estou feliz e sinto que amo todos mais do que antes, até mesmo as suas ovelhas."
Amina riu e Helin disse: "Quero te contar um segredo".
Amina aguardou, e enfim Helin contou: "Eu amo Elias".
"O convidado de vocês? Ele te olhava apaixonado enquanto você tocava flauta."
"Eu o esperei com impaciência quando ele partiu a primeira vez."
"Tenha cuidado. Não deixe ninguém notar isso."
"Está fora do meu alcance, mas vou tentar esconder o meu amor por ele."
"Ele vai ensinar a ler e escrever como prometeu?"
"Vai começar na próxima sexta. Você vai, não é?"
"Não, eu estou ocupada durante o dia, como você sabe."
"Não vai acontecer nada se você deixar as ovelhas por um dia. Venha na sexta, por mim."
"Está bem, vou quando ouvir o assobio."

Na tentativa de esconder seus sentimentos por Elias, Helin decidiu evitar encará-lo, com receio de que seus olhos a entregassem, mas logo se esqueceu de sua decisão e trocou um olhar sorridente com ele. Elias parecia entusiasmado para dar aula, pois trouxera consigo papéis, canetas e uma caixa de giz. Estava sentado com os três voluntários sob a sombra de uma amoreira para preparar a aula antes da chegada dos alunos.

"O que vocês acham? Ensinamos uma ou duas letras hoje?", ele perguntou.

Abdullah sugeriu: "Vamos dar duas letras e ver como vão as coisas".

"Está bem", disse Elias. "Vamos distribuir papel e caneta para praticarem. Eu sugiro dividir os alunos em grupos para que cada um de nós trabalhe com um grupo pequeno. Se estiverem prontos, podemos começar."

Azad soltou um assobio alto para anunciar o começo da aula, e os alunos vieram apressados até a área ao ar livre em frente da casa. Helin olhou ao redor para ver se Amina estava entre eles; a amiga veio por trás e colocou as mãos nos olhos de Helin.

"Eu te reconheci pelo cheiro das ovelhas nas suas mãos", disse Helin.

Amina tirou as mãos, colocando-as na cintura em protesto, então Helin deu uma piscada para ela. Amina tomou um lugar junto aos demais alunos que preencheram o espaço no chão. As idades variavam entre seis e setenta anos; os avós ficaram no fundo, atrás dos netos.

Elias deu-lhes as boas-vindas e disse: "Estão todos encantadores com as amoreiras ao fundo!", ele procurava por Helin na plateia. "Hoje vamos aprender duas letras. A primeira se chama *alif*. Se escreve como o número 1, assim", disse segurando um pedaço de giz.

Ele parou por um instante e então disse: "Ah, eu me esqueci de trazer uma lousa para escrever, mas não tem problema". Escreveu a letra no tronco da árvore a seu lado. Os voluntários se apressaram em distribuir papel e caneta para os alunos copiarem a escrita da letra, contudo, uma parte deles preferiu usar um graveto para desenhar a letra no chão diante de si.

Elias continuou: "A segunda letra se chama *ba*'. Nós a escrevemos como um prato de arroz com um ponto embaixo. E, se colocarmos o *alif* com o *ba*', obtemos a palavra *ab* — pai. Assim".

"Agora vou passar uma questão para vocês resolverem", disse Elias. Escreveu: $b + a + b + a =$.

Os voluntários trocaram sorrisos ao ouvirem uma das avós lembrar seu neto de colocar um ponto embaixo do prato de arroz.

Elias dividiu a sala em grupos para completarem os exercícios com a ajuda dos voluntários.

"Eu preciso pedir licença para partir cedo hoje", disse Abdullah.

"Espere por mim, vou descer com você", disse Elias, "pois eu também preciso partir. Azad e Helin podem completar os exercícios com os alunos."

Elias se aproximou de Azad e disse: "Peço desculpas, mas hoje eu preciso pegar meu filho antes das seis. Cumprimente a sua família por mim, vejo vocês na próxima sexta".

Ele levantou a mão para se despedir, olhou para Helin e então partiu com Abdullah.

Os dois desceram as colinas do vilarejo calados, até que Elias cortou o silêncio, dizendo: "O ar é muito puro aqui. Nada o polui".

"Eu passo um tempo no vilarejo sempre que posso", disse Abdullah, "mas hoje tenho um compromisso com um amigo comerciante em Sinjar."

Passaram-se outros momentos de silêncio até que Elias disse: "Você me contou, Abdullah, que sonhava desde pequeno em ter um sítio. Eu queria perguntar, você realizou esse sonho?".

"Eu tinha treze anos quando deixei a escola para trabalhar no sítio do meu tio. O que mais me fascinava no pomar dele era a colmeia de abelhas. No dia em que meu tio permitiu que eu cuidasse daquela colmeia, ela se tornou meu mundo secreto, do qual tomei consciência. Eu observava como as abelhas trabalhavam. Descobri que a sociedade delas é extremamente organizada e produtiva. Se as vemos de longe, pensamos que se movem aleatoriamente, mas, assim que nos aproximamos do mundo delas, vemos sua precisão. Meu irmão, até os barulhos que fazem é como uma sinfonia conduzida pela rainha que voa alto. Porém, às vezes eu tive que matar algumas rainhas."

"Por quê?", perguntou Elias.

"Pelo bem do reinado", esclareceu Abdullah. "Às vezes, as colmeias se enfraquecem e eu as combino para que se fortaleçam. Mas, se ficar mais de uma rainha, uma delas voa e leva consigo um exército de abelhas, o que acarreta uma perda maior. Portanto, assim como não é permitido mais de uma esposa na casa, também não é permitido mais de uma rainha na colmeia. Minha comunidade iazidi sabe como eu odeio a poligamia."

"Eu imagino que seja difícil satisfazer duas esposas", disse Elias. "Infelizmente isso virou moda por aqui. Mas, me conte, você ainda cuida das abelhas?"

"Claro", disse Abdullah. "Vou te contar. Certo dia eu vi um pomar à venda na nossa rua. Pedi a meu tio que fosse comigo para negociar o preço. Eu já havia economizado mais ou menos mil dinares, mas o proprietário do pomar pedia 9 mil dinares, isto é, o equivalente ao valor de duas casas em Sinjar. Toda a minha família se reuniu para discutir o assunto. Claro que eu esperava que me dissessem que comprar aquele pomar seria impossível, mas em vez disso fui surpreendido com a reação da minha mãe. Ela me deu uma pequena caixa de ouro, que era seu dote, e os presentes que recebera do meu falecido pai durante os anos de casamento. Ela disse: 'Venda tudo isso e junte o dinheiro com o que você tem'. A esposa do meu irmão fez a mesma coisa e me deu todo o seu ouro. Quando comprei o pomar, havia dez colmeias. Após três anos, eram mais de cem. Toda vez que observo as rainhas e seu movimento, lembro a posição das mulheres na minha vida e sua generosidade comigo. Com a renda do pomar eu me casei e criei meus filhos. O mel me possibilitou ganhar o meu sustento, porém, mais importante que isso, graças a ele ganhei amigos."

"Você se casou por amor ou seu casamento foi tradicional?", perguntou Elias.

"Nem um, nem outro", disse Abdullah. "Sari era uma menina da minha idade que morava no mesmo quarteirão. Em geral, íamos juntos para o rio, onde se encontravam os rapazes e as moças do nosso vilarejo para lavar a louça e os pés, principalmente no verão. Surgiu entre nós uma amizade verdadeira, pois conversávamos sobre tudo o que nos importava naquele tempo, e até mesmo nas festas do vilarejo dançávamos juntos. Minha mãe imaginou que entre nós havia uma relação de amor, então se adiantou para falar com a mãe de Sari sobre casar a filha comigo. Sari aceitou. Minha mãe ficou surpresa quando me encontrou descontente com o que fizera. Ela disse: 'Eu vi vocês dois felizes juntos e quis tornar a felicidade oficial'. Quando Sari ouviu que eu não pretendia me casar com ela, seus sentimentos ficaram feridos. Ela é muito sensível. Ficou chateada comigo e ia embora do rio assim que eu chegava. Eu me arrependi de perder a amizade dela porque ela significava muito para mim. Me vi sentindo falta da presença dela ao meu lado. Disse para minha mãe que ela fizera bem em pedir sua mão. Mas dessa vez Sari recusou o meu pedido e disse que nunca aceitaria se casar comigo. Certo dia, esperei por ela no rio e, quando chegou com a louça para lavar, pedi: 'Eu tenho algumas palavras e peço que me ouça'. Ela enfim olhou para mim, e eu disse: 'Você será sempre a minha amiga mais próxima e eu espero que você se case com a melhor pessoa do mundo, mas também espero que permaneçamos amigos para a vida toda'. Ela sorriu, perguntando: 'Você vai à festa no fim de semana?'. Respondi que sim, eu iria. Entretanto, com o passar dos dias, nossos encontros no rio se tornaram mais bonitos porque nossos corações se encontraram sozinhos. Quando pedi para minha mãe que pedisse a mão de Sari novamente, ela disse: 'Não, não vou fazer isso, a menina já recusou'. Eu enfim convenci minha mãe de que Sari havia concordado e que era preciso falar com a mãe dela sobre isso. Hoje temos dois meninos e duas meninas, e graças a Deus somos uma família feliz."

Abdullah parou para tomar fôlego, então disse: "Falei muito, não é?".

"Não, pelo contrário. Conte-me como o mel fez você ganhar amigos."

"Como você sabe, nossa região fica perto da Síria, então um dia eu pensei em fazer uma viagem para lá, de negócios e lazer, como dizem. Aquela foi minha primeira viagem ao exterior. Levei comigo potes de mel para vender e com o que ganhasse eu visitaria alguns lugares. Por sorte, um grande comerciante de lá gostou do meu mel e se ofereceu para me ajudar a exportá-lo de forma regular para a Síria. Foi assim que meu trabalho floresceu, minhas viagens se multiplicaram e eu conheci mais comerciantes e amigos maravilhosos."

"Como o amigo que você vai encontrar hoje?"

"Sim, Salih é um amigo querido; eu o apresentei à família do meu tio e ele compra figos do pomar deles para distribuir nas lojas. Na casa do meu tio eles têm uma bacia de pedra onde trituram o figo com madeira de carvalho até amaciar, como uma massa, que usam para preparar tortas variadas de figo em formato de animais e pássaros, além de fazerem colares de figo seco."

"Eu provei desses figos. Muito saborosos. E ouvi seu tio Chammo falar desse comerciante."

"Hoje ele quer encontrar comigo para tratar de um assunto muito especial."

"Espero que seja algo bom."

"Deixe eu te contar, mas que o assunto fique só entre nós, porque ainda é conversa."

Elias balançou a cabeça afirmativamente.

"Ele quer pedir a mão da minha prima Helin", disse Abdullah, "e quer que eu vá com ele para fazer o pedido."

Elias ficou calado por um instante para recuperar o fôlego, antes de perguntar: "Quando?".

"Ainda não sei. Quando eu o encontrar hoje, vamos combinar uma data apropriada."

"E qual é a opinião de Helin?"

"Ela ainda não sabe. Hoje eu falei com o pai dela, e ele vai falar com a mãe para que lhe exponha o assunto. Eu espero que corra tudo bem, pois ao meu amigo não falta nada, qualquer jovem seria sortuda de se casar com ele."

"Ele também é sortudo porque Helin tem um coração muito bom."

"Claro, minha prima é uma das melhores."

Com passos pesados, Elias chegou à casa da irmã, e ela logo perguntou: "E aí? Pediu a mão dela?".

"Alguém pediu antes de mim."

"E ela aceitou?"

"Não sei."

"Quer dizer que você não chegou a dizer nada?"

"Não."

Ela se calou por um instante, então disse: "Não se preocupe. Se ela for o seu destino, nenhuma outra pessoa a tomará de você".

A semana mais longa da história para Elias foi aquela entre as duas sextas. Entre o anseio por Helin e as indagações se ela teria aceitado se casar com o comerciante de figo, ele foi tomado por um desamparo que tirou o sono de seus olhos. Às vezes ler o ajudava a ter sono, por isso na noite de quinta pegou uma revista e começou a folhear as páginas na cama. Não era de seu costume se interessar por astrologia, mas ele ansiava por receber qualquer mensagem, mesmo que fosse das estrelas a milhares de quilômetros, por isso deu uma lida na página do horóscopo. Seu signo o informou sobre dinheiro, suporte e desafios. Sua mente se distraiu imaginando várias possibilidades difíceis, como um cenário inquietante no qual, depois de completar a aula, Chammo o convidava a passar a noite com eles para comparecer à festa de casamento de Helin.

Sentiu a garganta seca e levantou da cama para ir à cozinha. Após encher um copo de água, aproximou-se do seu pássaro fêmea na gaiola. Imaginou que ela deveria estar infeliz. "Eu prometo te soltar se Helin for meu destino."

Porém, ele não esperou seu desejo se realizar para cumprir a promessa; em vez disso, levantou-se cedo ao amanhecer e foi para a cozinha. Colocou comida e água para o pássaro, como de costume, e, assim que viu que ela terminara sua refeição matutina, abriu a portinha da gaiola convidando-a a sair.

Elias esperou um minuto, mas ela não saiu da gaiola. Então, ele mesmo a retirou, concluindo que embora a vida do lado de fora fosse mais perigosa do que na gaiola, valia a pena vivê-la. Deixou-a um minuto na palma da mão, depois abriu a porta da casa e a convidou a descobrir a luz da manhã e tomar seu próprio rumo. A fêmea *qabaj* deu dois passos na mão dele. Permaneceu no mesmo lugar como se temesse o grande mundo diante de si. Elias a colocou de volta na gaiola e decidiu não a soltar ali, e sim em outro ambiente ao qual estivesse acostumada, lá perto das figueiras. Elias ficou muito satisfeito com essa decisão, sentindo que sua promessa fora aceita com antecedência e que ele estava prestes a ter seu desejo realizado.

A última canção

A caminho do vilarejo, na manhã da segunda sexta-feira de aula, Elias imaginou encontrar Helin na figueira onde a vira pela primeira vez, quando se conheceram. Naquele dia em que ela o fez chorar por recordar sua dor. Ele tinha vontade de chorar de novo. O amor o fazia querer chorar. O estranho foi que ela estava mesmo ali, como ele desejara, sentada de costas para a figueira, como se o esperasse. De tão feliz, nem a cumprimentou. Sentou-se ao seu lado sem pronunciar uma palavra. Notou a letra *ta'* e a palavra *tin* — figo — escritas com giz no tronco da árvore. Perguntou-lhe: "De quem é essa letra?".

"Não sei", ela respondeu, "mas você vai encontrar letras e palavras escritas por todo lado: nas árvores, nas pedras e no chão."

"Verdade? Como assim?"

"O grupo estava muito animado, então eu e Azad ensinamos mais duas letras. E parece que eles têm desenhado as letras e as palavras com giz e graveto onde bem entendem. Mesmo nos encontros noturnos habituais, eles as recitam com música", disse Helin, e acrescentou: "Eles estão esperando ansiosos pela segunda aula. Quais letras você trouxe hoje?".

Elias tirou um pedaço de giz do bolso, dizendo: "Deixe-me mostrar para você".

Escreveu no tronco da árvore: $h + b = hubb$ — amor. "Por exemplo: Te amo."

"Leia", ele pediu.

"Mas eu não te amo", ela respondeu.
"É só um exemplo", ele disse.
Helin riu e leu: "Te amo". Então repetiu: "Te amo, eu te amo, Elias".
Ele escreveu o nome dela no tronco da árvore e desenhou um coração em volta. Helin pegou o pedaço de giz da mão dele e desenhou uma flecha de cupido atravessando o coração.
Ele perguntou: "Você se lembra do pássaro *qabaj* que eu ia caçar, mas você me impediu?".
Ela olhou para ele, mas não respondeu; então, ele continuou: "Eu quero queimar todas as gaiolas, menos uma".
"Qual?"
"A gaiola de ouro. Para que entremos nela."
"Não entro numa gaiola nem se for de ouro. Meu espírito é um espírito de pássaro", ela disse.
"E eu sou um pássaro como você. Como o significado do seu nome é 'ninho de pássaro', vamos nos casar no ninho e não na gaiola", disse Elias.
"Como?"
"Você quer saber como nos casaremos? Ou como casam os pássaros?", perguntou Elias, rindo.
"Eu quero dizer que talvez minha família não aceite."
"Então eu te sequestro."
"Como na história de Khansi e Racho?", ela perguntou.
"Não conheço essa história. Conte-me."
Helin hesitou um pouco. Elias olhou para ela sorrindo e se inclinou em sua direção, esperando. Então Helin deu início à narrativa: "Racho era um órfão que vivia sozinho no vilarejo Karsi, em Sinjar; ele era cantor e um flautista habilidoso. As pessoas do vilarejo se acostumaram a vê-lo nos becos descalço e de roupas esfarrapadas, mas sua voz penetrava os corações

e as fazia parar para ouvir suas músicas. Algumas pessoas lhe traziam comida para aliviar a fome. Certo dia, um grande comerciante de romã o viu e gostou do modo como ele cantava; então se sentou para conversar com ele, e acabou levando o garoto para sua casa. Cuidou dele como se fosse um membro da família. Racho os ajudou na plantação de romã e sua situação melhorou, pois tinha uma casa onde se abrigar e roupas novas. O comerciante tinha uma filha chamada Khansi e com o passar dos dias cresceu uma paixão entre ela e Racho, que cantava sobre os olhos pretos da amada e seu sorriso cativante, ao que ela ouvia, apaixonada. O amor entre eles cresceu em silêncio e pesou como um fruto de romã maduro. Certo dia, Racho se demorou no pomar e não foi almoçar, então Khansi foi até ele com uma refeição que ela mesma preparara. Enquanto comia, eles trocavam olhares de amor sentados no chão. Racho disse: 'Nós precisamos enterrar nosso amor dentro de nós, porque, se seu pai souber, ficará muito bravo. Ele tem o direito de esperar que você se case com alguém mais adequado do que eu, mesmo que tenha menos amor por você, pois ninguém seria capaz de te amar tanto quanto eu'. Khansi respondeu: 'Não casarei com ninguém além de você, então me sequestre agora mesmo'."

Helin imitou a voz dos dois personagens, assim era fácil distinguir as falas de cada um.

Racho: "Eu comi do pão de seu pai e não farei algo que lhe trará vergonha".

Khansi: "Não seja covarde, levante e me sequestre".

Racho: "Não, não farei isso".

Khansi: "Você está vendo aquela pedra grande? Se eu chegar até ela e você não tiver me sequestrado, depois de hoje não serei mais do que uma irmã para você".

Racho: "Então que assim seja. Eu não trairei a relação".

Khansi caminhou uns dez passos e se virou, dizendo: "Este é o último passo".
Racho: "Pare, sua louca!". Ele a alcançou, indagando: "Se eu te sequestrar, para onde vou te levar?".
Khansi: "Não sei, e não me importo".
Racho: "Vamos até a casa de Khalaf Khan Ali. Ele é o chefe da tribo de Haskan em Sinjar".
Quando chegaram lá, Khalad ofereceu-lhes chá e *kleicha* de tâmara*, e perguntou: "De onde vocês são e aonde estão indo?".
Racho respondeu: "Não comeremos nem beberemos até que você nos garanta que estamos seguros aqui".
"Eu lhes garanto", disse Khalaf.
"Eu sou Racho, um homem pobre, e esta é Khansi, filha da conhecida tribo de Qirani. Eu a sequestrei e procuro Deus e sua ajuda para nos casarmos."
Khalaf disse aos homens ao seu redor: "Preparem-se para irmos até a família de Khansi e tranquilizá-los de que a filha deles está conosco e em segurança".
Assim, como era costume na nossa região, o problema foi resolvido com a intervenção dos chefes das tribos. Quando Khalaf retornou da família de Khansi, disse aos seus homens: "Tragam o tambor e o *mizmar***. Hoje é o casamento de Khansi e Racho".
Porém, a felicidade dos dois amantes não durou muito: uma praga se espalhou e muitos moradores da região morreram. A doença chegou à casa de Khalaf alguns dias após o casamento. Sua esposa e sete filhos morreram, assim como muitos de seus parentes. Quando Racho sentiu que não estava bem, disse para

---

* Doce típico iraquiano, parecido com o *mahmoul* da Síria e do Líbano.
** Instrumento de sopro.

Khansi: "Vou andar um pouco". Depois de alguns passos, ele caiu e soube que seu fim estava próximo. Rastejou até uma pedra grande, na qual se amparou. Khansi correu até ele, colocando a cabeça do amado em seu colo. Ela o ouviu cantar sua última canção. Chamam-na de "Canção de Khansi e Racho".
"Qual é a letra da canção?", Elias perguntou a Helin.
"Não sei, não decorei."
Elias olhou para o céu como se tentasse lembrar. Disse: "Eu sei. Espere um minuto".
Dessa vez Elias trouxe na mochila uma pequena lousa para usar no ensino das letras. Retirou a lousa e começou a escrever com giz. Deitou no chão e pareceu completamente absorto na escrita.
Helin subiu numa pedra retangular, equilibrando-se no topo e olhando para os morros ao longe, tingidos de amarelo e verde. Ela notou um menino ocupado em recolher objetos caídos das costas de seu burro. Depois de um tempo, viu Elias caminhando em sua direção, então desceu da pedra e se dirigiu a ele.
Ele disse: "Escute, vou ler para você a letra da canção de Racho".

Esta manhã
Acordei apaixonado por você
Ouvi o pássaro cantando para você
E o amor dos pássaros está todo nas canções

Esta manhã
Subirei as montanhas
As estrelas do céu são mais bonitas lá
Porque brilham nos seus olhos

Esta manhã
Seguirei a canção dos pássaros
Por onde for
Porque me levará até você

"E como você sabe a canção, mas não conhece a história?", Helin perguntou.
Elias riu e não disse nada.
"Você inventou a canção agora, não foi?", ela indagou.
"A canção de Racho com certeza é mais bonita", disse Elias, "pois a minha foi escrita às pressas."
"Você escreve canções?"
"Às vezes escrevo canções e às vezes escrevo anúncios para revistas."
"Anúncios sobre o quê?"
"Sobre qualquer coisa. Por exemplo: sobre o repelente Tarzan contra insetos e ratos, ou sobre a bebida energética que dá força, inspiração e disposição."
Riram juntos. Ele olhou para ela, que desviou o olhar por um instante e depois voltou a encará-lo.
"Vá até aquela pedra e me peça para eu te sequestrar", ele disse.
"Não, não direi isso nem mesmo se você se jogar de cima da montanha", ela respondeu.
Riram outra vez. Ele colocou a mão no tronco da árvore atrás dela, aproximando-se mais. Estava prestes a beijá-la. Veio-lhes um assobio de longe, então Elias deu um passo para trás. Helin olhou procurando de onde viera o som e descobriu que foi daquele menino com o burro.
"O assobio dele é um convite para nos levar para casa", ela explicou.

"E se você for com ele no burro e eu seguir vocês?", ele propôs.

"Não, eu gosto de caminhar", ela respondeu.

O menino desceu até eles e disse, dirigindo-se para Elias: "Olá, professor, hoje temos aula?".

"Sim, assim que chegarmos."

"Eu posso levá-los no meu burro."

"Obrigado, meu querido", disse Elias, "mas vamos caminhar e recolher um pouco de lenha no caminho. Nós nos vemos daqui a pouco."

Depois que o menino partiu com o burro, Helin concluiu: "Não seria possível montarmos o burro com todos aqueles objetos nele".

"Ainda mais eu, que sou gordo e pesado", disse Elias colocando a mão na barriga.

"Nem tanto", ela disse.

"Principalmente esta semana eu saí da linha e comi muita batata frita. Quando estou ansioso, fico com vontade de algo salgado."

"Por que você estava ansioso?"

"Primeiro conte-me você, por que disse que sua família não aceitaria que eu me casasse com você?"

Helin hesitou em falar, então Elias parou. Depois de um momento, quando voltaram a andar, ela respondeu: "Porque eles deram a palavra para outra pessoa, e quebrar a palavra seria uma vergonha para a nossa gente".

"Quem é essa pessoa?"

"Um comerciante de figo que faz negócios conosco há tempos."

"E o que você acha dele?"

"Salih é uma boa pessoa."

"Quer dizer que você vai se casar com ele?"

"Não sei."

Elias se calou. Subiram o morro sem conversar.

Depois, ela perguntou: "Você ficou chateado?".

"Não, por que eu ficaria chateado? Você é livre para se casar com quem quiser."

"Não, não sou livre."

"Como?"

"No nosso vilarejo, uma menina não pode recusar uma boa proposta de casamento, só se tiver um motivo relevante."

"Eu amo você e você me ama. Esse não é um motivo relevante?"

"Só amor não basta para nossa gente."

"Talvez eu possa convencê-los e pedir sua mão oficialmente?"

Ela deu um sorriso, concordando.

Ele olhou profundamente nos olhos dela. A cor de mel não dava mais conta de descrevê-los. Viu neles um oceano de mel e uma luz solar que encheu seu mundo de um brilho quente.

"Mostre-me a sua mão, a qual vou pedir." Aproximou a mão dela de seus lábios e imprimiu-lhe um beijo delicado.

Elias achou a distância até a casa de Helin mais curta do que antes, pois não sentiu o tempo passar ao lado dela. Admirou-se de como o tempo fica mais longo ou mais curto conforme o envolvimento da pessoa no que está fazendo.

"Quero viver com você um tempo muito longo. Não quero morrer jovem", disse para ela.

Helin achou estranho ele ter dito isso.

Alguns alunos já estavam sentados na área de reunião diante da casa, aguardando a aula. Quando Helin chegou com Elias, disse: "Vou avisar os demais alunos que a aula já está para começar".

"Sim, solte seu assobio, querida pássara", Elias murmurou para ela.

Quando a área se encheu com mais alunos até não sobrar espaço algum vazio, Elias começou a aula. Tirou a lousa da mochila para usá-la, e a canção que compusera para Helin ainda estava ali. Ele não havia levado um apagador, por isso arrancou uma folha de amora da árvore às pressas para apagar a letra da música romântica. Escreveu a letra *ha'*, dizendo: "Deixem-me escrever uma grande palavra mas composta de poucas letras. *Hubb* — amor".

Os alunos copiaram a palavra com atenção. Alguns escreveram no papel e outros no chão diante de si.

Lá do fundo, Abdullah comentou: "Eu queria que essa palavra fosse um pouco mais longa, para que passássemos mais tempo a escrevê-la".

Elias riu, assim como todos os demais. Ele distribuiu os exercícios da aula entre os voluntários para que cada um orientasse um grupo de alunos.

Ao final da aula, Elias conseguiu ficar a sós com Helin e murmurou que queria falar com o pai dela. Ela disse que naquela hora ele costumava estar no pomar de sumagre. Elias encontrou Chammo lá, cortando alguns arbustos. Vestia, como de costume, uma camisa de mangas longas e calças largas na região das coxas e apertadas nos tornozelos, amarradas na cintura com uma corda trançada.

Depois de cumprimentá-lo, Elias disse: "Eu tenho um pedido especial, espero que você não o recuse".

"Você é muito querido, o seu desejo é uma ordem", respondeu Chammo.

"Muito resumidamente, eu quero pedir a mão de sua filha Helin."

Chammo se calou e ficou pensativo, transparecendo surpresa. Enfim, disse: "Vou consultar minha família e dou uma resposta da próxima vez".

Elias agradeceu e começou a se despedir, mas Chammo interveio: "Peço que não parta sem almoçar".

"Está bem."

"Eu soube que as pessoas estão felizes com as suas aulas", disse Chammo enquanto caminhavam para a casa.

"Fico muito contente de ouvir isso."

"Quero te contar algo e peço que me entenda."

"Diga-me."

"Tem outro homem que falou comigo em relação a Helin e eu me comprometi com ele. Eu não o prefiro a você, mas, como dizemos, a bênção se dá a quem pede primeiro."

Helin notou que Elias parecia abatido durante o almoço e mal comeu o arroz e o caldo. Ela temeu que o pai já houvesse recusado o seu pedido. Logo após o chá, Elias pediu licença para partir.

"Não seria melhor você ficar até o nascer do sol?", perguntou Chammo.

"Fico agradecido, mas já conheço bem a trilha e não terei problemas mesmo no escuro", respondeu Elias.

A montanha-russa

Na sua cama na laje, embaixo da cobertura de linho, Chammo tocou no assunto com Ramziya: "Hoje Elias expressou sua vontade de se casar com Helin. Nós tínhamos aceitado o pedido de Salih, mas precisamos contar para Helin, para que ela saiba".

"Não se preocupe, eu falo com ela. Ao Salih não falta nada, ele é o mais apropriado para Helin", disse Ramziya.

"Elias também é uma boa pessoa", argumentou Chammo.

"Mas ele já foi casado e tem um filho, sem contar que não tem uma renda fixa", retrucou Ramziya.

No dia seguinte, na sala de estar, Ramziya aproveitou que estava a sós com a filha, que confeccionava uma camisa laranja desenhada por ela mesma, e disse: "Você não vai se casar com Elias, não é mesmo?".

"Por que não?", indagou Helin.

"Minha filha, pense bem, o casamento não é só para um ou dois dias. É para a vida toda. Salih sem dúvida fará com que você tenha uma vida confortável. Ele tem muitas posses, uma casa e lojas. Elias, sem dúvida, é uma pessoa de cultura, mas não tem emprego; então como iria sustentar uma família?"

"Mãe, você não diz sempre que Deus ajuda quando as intenções são puras?"

"Salih também tem intenção pura."

"Por que você odeia o Elias?"

"Eu não o odeio. Pelo contrário, ele é uma boa pessoa e tomara que encontre uma moça boa. Só espero que não seja você."

"Louca." Assim Amina a descreveu quando soube da intenção de Helin de recusar o comerciante rico e se comprometer com Elias, que não possuía nada. As duas amigas estavam a caminho do vale e carregavam lenha para a família.
"Qual é a relação do amor com o casamento?", questionou Amina. "Ame quem quiser, mas se case com a pessoa adequada."
"Quem é a louca aqui, Amina?"
"Minha mãe diz que os homens são todos parecidos. De qualquer forma, por que você gosta de Elias mais do que de Salih?"
"Não sei exatamente. Não é algo específico que eu possa descrever. Mas o mundo todo é diferente quando estou com Elias. Até mesmo as músicas, minha percepção delas se tornou mais profunda, como se tivessem sido escritas só para mim."
"O seu amor é fogo", cantou Amina, alongando o primeiro "o" de fogo como faz Abdel Halim Hafez.

Naquela noite, quando Helin retornou para casa, a mãe disse que eles convidaram Salih e Abdullah para jantar dali a dois dias. "Você precisa se preparar", disse Ramziya, "esta é uma oportunidade para as mentes e corações se aproximarem."
Helin não disse nada. Subiu correndo até a laje. Apesar de ainda não estar na hora de dormir, deitou-se na cama até a manhã seguinte. Elias estava em seu sonho enquanto dormia, e, ao acordar, viu seu sorriso antes de qualquer coisa. Ela não estava preparada para trocar aquele sorriso por todas as riquezas do mundo. Por que ela precisava encontrar o outro homem? E o que diria para ele? Que ela amava Elias? Helin estava incomodada, não somente por causa do encontro com Salih, mas por sentir dor de barriga e tontura.

De manhã tomou um chá, porém não comeu nada. Permaneceu durante o dia sentindo enjoo e falta de apetite, o que chamou a atenção da mãe. "Venha, minha filha, vamos até Umm Khairi", disse Ramziya. Umm Khairi era uma mulher solteira de cinquenta e poucos anos, que vivia com o filho, Khairi, a mãe e a tia, ambas viúvas. Khairi era órfão, e ela o adotara como filho quando tinha trinta anos. Os habitantes do vilarejo dizem que ela não havia nascido para o casamento, pois era inteligente demais. Quando Ramziya e Helin chegaram à casa dela, Umm Khairi as conduziu por um corredor até um quarto largo transformado em clínica. Num lado do quarto havia uma cama estreita e uma cadeira. Do outro, ficava a mesa de Umm Khairi com frascos de tamanhos diferentes e pequenos instrumentos. Acima da mesa, na parede, havia uma imagem de uma serpente enrolada num bastão com duas asas na parte superior. As outras duas paredes estavam cobertas por estantes com potes de vidro cheios de ervas. Helin se sentou na cama e Ramziya, na cadeira. Após examinar Helin, Umm Khairi disse: "É um vírus, não há remédio senão beber bastante líquido. Porém, vou te dar uma erva calmante, porque às vezes a dor de barriga pode ser causada pelo estresse".

No dia seguinte, Helin ficou a maior parte do dia deitada num canto da sala de estar. No final da tarde, quando o pai passou por ali, parou e se sentou a seu lado, colocando a mão em sua testa. Depois, espremeu duas romãs na cozinha e trouxe o suco para que bebesse. Ela tomou um gole para não deixá-lo decepcionado. Chammo pedira a Abdullah que adiasse o encontro com Salih até que Helin estivesse se sentindo melhor.

Na sexta, Helin não compareceu à aula de Elias. Não somente porque ainda estava fraca, mas também porque temia que o pai a visse com ele depois de saber que o amava. Era normal no vilarejo que ela convivesse com qualquer homem sem constrangimento, mas não quando havia entre eles uma relação de amor.

Elias ensinou novas letras, entretanto sua mente estava distraída. Quando terminou a aula e os alunos começaram a sair, ele ficou de pé para conversar com Abdullah. Comentou: "Helin não costuma se ausentar da aula".

"Ela está doente", respondeu Abdullah.

"O que ela tem?"

"Só não está se sentindo bem."

Elias hesitou um pouco antes de dizer: "Abdullah, preciso da sua ajuda num assunto particular".

"O que eu puder fazer, não hesitarei."

"Podemos falar a sós?"

"Você está descendo do vilarejo agora ou vai ficar?"

"Vou descer."

"Estão desço com você e conversamos no caminho."

Elias não sabia como começar a falar. Abdullah o abordou, perguntando: "Como estão as coisas com você, Elias?".

"Tudo bem, mas quero sua opinião sobre algo porque você me parece compreensivo e romântico também."

Abdullah riu e perguntou: "Como sabe que sou romântico?".

"Pela sua resposta à palavra 'amor' na aula. Gostei do seu comentário."

"Talvez eu não aparente, mas no meu interior sou mesmo um romântico. E você?"

"Não sei se sou romântico, mas estou apaixonado."

"Isso é bom."

"Mas eu tenho um problema."

"Qual? Não me diga que é um amor não correspondido."

"Não."

"Graças a Deus. Como eu odeio o amor não correspondido."

"Mas e se houver uma terceira pessoa?"

"O que você quer dizer?"

"Suponhamos que duas pessoas estão apaixonadas e que concordaram em se casar, mas vem um sujeito e as separa, porque quer se casar com a moça."

"Ahá! Isso não é permitido, principalmente se ela não o quiser."

"Obrigado. E se essa terceira pessoa fosse seu amigo?"

"De quem você está falando?"

"Salih, o comerciante que quer se casar com Helin."

Abdullah ficou calado por um momento e depois disse: "Salih não sabe que tem outra pessoa envolvida nesse assunto".

"Eu a amo e ela me ama, e ela não quer se casar com seu amigo. Você pode nos ajudar?"

Abdullah não respondeu, então Elias acrescentou: "Claro que seu amigo é mais rico do que eu e muito distinto, mas tenho certeza de que ele não me ultrapassa na extensão do meu amor e do meu respeito por Helin".

"Dinheiro não é tudo, Elias. Está bem, deixe o assunto comigo. Vou falar com meu tio."

Elias não comentou, mas estava muito agradecido a Abdullah.

"Para todo problema há uma solução", disse Abdullah. "No entanto, se o amor for um problema, então o melhor é que fique sem solução".

"Não disse que você é um romântico?"

No dia seguinte, Abdullah se reuniu com Chammo e Ramziya no pomar de sumagre.

"Estive aqui na companhia de meu amigo Salih para pedir que consentissem que ele se casasse com Helin, mas agora peço que recusem", disse Abdullah.

"Louvado seja Aquele que tudo pode mudar", disse Ramziya.

"Isso porque eu amo meu amigo e não quero que ele enfrente uma causa perdida", disse Abdullah.

"Quer dizer que casar com Helin seria uma causa perdida?", perguntou Ramziya.

"Helin tem o direito de escolher o seu parceiro de vida, porque... porque é a vida dela. Não é?", disse Abdullah.

Chammo balançou a cabeça, concordando, e disse, sério: "Por Deus, esta é a primeira vez em que vejo minha querida filha tão debilitada. A pobrezinha não come nem bebe. Porém, também estou constrangido de quebrar a palavra que demos a Salih".

"Antes quebrar a palavra do que o coração", interveio Abdullah.

"Sim, nos dê o seu lindo sermão, Abdullah", disse Chammo.

"Deixe a palavra quebrada comigo", disse Abdullah. "Vou corrigi-la e conversar com Salih, pois ele é um homem aberto e compreensivo."

"Sim, por Deus, ele é uma boa pessoa", completou Ramziya.

"Que Deus o proteja e o mantenha com a sua família", disse Chammo para Abdullah; depois se virou para a esposa, pedindo: "Vá contar para Helin para que ela se alegre e melhore".

Antes do meio-dia do dia 7 de julho, Helin se apressou para sair de casa, desejando contar para Amina que sua família aceitara Elias como seu marido. Sempre acontecia de coincidir de as duas amigas terem a mesma ideia, como que por telepatia, pois foi só pensar nela que ouviu um assobio convidando-a para acompanhá-la até as amendoeiras no alto da montanha. Nessa época do ano, os moradores do vilarejo tinham o costume de colher amêndoas "antes que o urso as comessem", como dizia Chammo. Helin respondeu com um assobio breve, para avisá-la de que logo se juntaria a ela. Caminhou em direção à pequena encosta a meio caminho, onde as duas amigas em geral se encontravam antes de começarem a subida até o cume da montanha. Amina já estava lá e, assim que Helin chegou, puseram-se a caminhar juntas.

"Dizem que o amor faz a razão voar... também faz os vírus voarem", brincou Amina.

Helin riu, dizendo: "Sua boba, você precisa se preparar porque vai se sentar ao meu lado no casamento, como madrinha".

"Quando vai ser o casamento?"

"Não sei exatamente. Elias ainda não sabe que minha família consentiu com o pedido dele. Vou contar para ele depois da aula."

"Sim, não conte antes."

"Por quê?"

"Para que não enlouqueça de alegria, não sabendo como nos ensinar."

Elas riram.

"Ele é um bom professor. Olhe", disse Amina ao escrever o próprio nome no chão com um pequeno galho.

Depois da aula de sexta-feira do dia 10 de julho, Helin esperou que todos fossem embora para se aproximar de Elias. Ele estava perto da amoreira, a mochila nas costas e uma gaiola na mão. Elias ergueu a gaiola até a altura do peito e perguntou para Helin: "Talvez esta gaiola sirva para queimar no Dia do Pássaro?".

Helin ficou um momento olhando para a gaiola vazia antes de responder: "Sim, serve para a celebração".

Elias lhe entregou a gaiola, dizendo: "Hoje, a caminho daqui, eu parei na figueira e soltei meu pássaro".

"Você tinha um pássaro?", Helin perguntou.

"Sim. Eu cuidava dela", disse Elias, "achava que ela era feliz, mas aprendi com vocês que a felicidade sem liberdade é uma felicidade incompleta. No início ela hesitou em voar, mas, após ouvir a voz de seus amigos *qabaj* por alguns minutos, juntou-se a eles."

Helin sorriu para ele e disse: "Obrigada por soltá-la".

"Fiquei feliz de ter feito isso. Espero que um pássaro bata à minha janela trazendo boas notícias."

"Estou ouvindo um pássaro agora me informando que você pode falar com minha família em relação ao casamento", disse Helin. Mas ela não esperava a reação estranha dele. Elias colocou os dedos na boca e soltou um assobio alto.

"Para quem foi isso?", ela perguntou.

"Por Deus, não sei. Para os pássaros, para as montanhas e para todas as pessoas! Para informá-los de que estou feliz."

"Que louco. Você deu o aviso de fogo."

"É o fogo no meu coração", disse, apontando com a mão.

Dentro de segundos, Chammo veio correndo do pomar de sumagre, alarmado com o alerta de fogo. E, após alguns minutos, chegou o filho dos vizinhos, Dakhil, sem fôlego, carregando um grande recipiente de água.

"Desculpe, o assobio foi um engano", disse Helin.

Elias cobriu o rosto com as mãos sentindo-se horrivelmente constrangido. Dakhil partiu e Helin se retirou, deixando Elias com o pai.

Chammo deu um suspiro profundo porque não havia fogo. Cumprimentou Elias calorosamente, então Elias também relaxou.

"Por favor, Elias", disse Chammo, apontando com a mão para a porta da casa. Elias entrou e se sentou no chão, no lugar onde se sentava toda vez.

"Com certeza você está morto de fome depois da viagem e da aula", disse Chammo. "O que você acha de um pouco de iogurte até o jantar ficar pronto?"

"Nunca digo não para o iogurte."

"Com figos?"

"Também não digo não para os figos."

"Para que você diz não?"

"Digo não à colonização", Elias respondeu brincando.

Rindo, Chammo entrou na cozinha e voltou com um copo de iogurte e uma cesta de figos. Sentaram-se um ao lado do outro, comendo juntos amigavelmente. Após alguns minutos, Ramziya entrou na sala, ofegante: "Dei uma volta atrás da casa para ver se tinha algum fogo esquecido, pois alguém soltou o assobio do fogo. Graças a Deus, não tem fogo. Como vai, Elias?".

"Estou bem, obrigado. E você?"

"Tudo bem", disse e entrou na cozinha.

Elias olhou para o quadro de Helin na parede, depois para Chammo, e disse: "Gostaria de saber se vocês tiveram a oportunidade de conversar sobre o meu pedido de casamento".

"Estamos de acordo. Quanto aos detalhes, melhor falar com Ramziya."

Elias se levantou, abraçou e beijou Chammo.

Quando Ramziya voltou com a bandeja de chá, Chammo disse: "Informei Elias de que nós concordamos que ele se case com nossa filha".

Ramziya se sentou ao lado do marido.

"Helin estará sempre nos meus olhos", disse Elias olhando para Ramziya.

"Que Deus proteja os seus olhos", disse Ramziya.

"Por sinal, eu me candidatei para trabalhar na revista *Nínive*, e me prometeram um cargo", disse Elias. "Um funcionário vai se aposentar no mês que vem e vou assumir seu lugar."

"Parabéns!", exclamou Ramziya. "Essa é uma boa notícia."

"Estou financeiramente preparado para o casamento. Fazemos a festa daqui a duas semanas?"

"Não, Elias", ela respondeu. "Precisamos de mais tempo para os preparativos. Como você sabe, aqui no vilarejo fazemos tudo com nossas mãos e agora não é nem mesmo a época de lã. Vamos precisar também descer até a cidade para comprar os suprimentos para a festa. Portanto, digamos que... daqui a dois meses pelo menos."

"Isso quer dizer que podemos marcar o casamento para a última quinta-feira de novembro, por exemplo?", perguntou Chammo.

"Sim, isso seria razoável", disse Ramziya.

Sentindo-se em êxtase, Elias disse entusiasmado: "O que vocês acham de descerem todos comigo até Mossul? Eu posso levá-los ao mercado e no caminho passamos na casa da minha irmã para que possam conhecê-la".

Ramziya olhou para Chammo de forma interrogativa, ao que o marido disse: "Ótima ideia. Você e Helin podem descer com Elias, mas não se esqueça de comprar um pouco de chiclete da marca da flecha para mim e para Azad".

Elias sorriu, dizendo: "Vou trazer o chiclete comigo quando vier na próxima sexta. E depois da aula descemos juntos? Claro que vocês podem passar a noite na minha casa e na casa da minha irmã. Combinado?".

Ramziya fez que sim com a cabeça e Chammo disse: "Desde que tenha chiclete, combinado".

Eles riram.

Yahia estava na cadeira alta quando a campainha tocou. Saná, que aguardava ansiosa os convidados, correu para abrir a porta. Deu as boas-vindas a Helin e à mãe, trocou beijos com elas e as convidou para a sala de visitas. Ela havia preparado chá com cardamomo, que deixara no fogo baixo, assim como *baclava* e bolos.

Elias pegou Yahia nos braços. Trouxe o filho e o apresentou primeiro para Ramziya, que beijou sua cabeça, entregando-o em seguida a Helin. O bebê sentou-se em seu colo, e ela sorria para ele. Fitando-o, pensou que tinha os olhos do pai, que radiavam perspicácia. Foi tomada por uma sensação de alegria e preocupação ao mesmo tempo, pois, desprevenida, colocaram em seu colo um filho — ela por algum motivo não pensara nisso antes, que teria um filho sem gravidez nem parto, um presente que lhe deixava bastante confusa.

"Onde está Rula, Saná?", perguntou Elias.

"Foi com Karim na festa de aniversário da prima dela, mas chegam daqui a pouco."

Saná trouxe a bandeja de chá e Elias carregava com uma mão a caixa de *baclava* e, com a outra, o prato de bolo, oferecendo-os a Ramziya. Quando ofereceu a Helin, ela deixou Yahia pegar uma fatia de bolo primeiro, ao que Elias disse: "Ele não vai deixar você tranquila para tomar chá".

"Não tem problema", respondeu Helin.

Elias deixou os doces na mesa em frente às convidadas e se sentou. Saná tentou pegar Yahia do colo de Helin, mas ele se recusou.

"Esta é a primeira vez que vejo Yahia ficar no colo", disse Saná.

Elias sorriu: "Claro. Contanto que os doces estejam na frente dele". E disse para si mesmo: "A doce menina está atrás dele".

Quando terminaram de tomar chá, Elias perguntou para a irmã: "Você vem conosco ao mercado ou vai esperar Karim e Rula chegarem?".

Saná pensou um pouco e respondeu: "Talvez o mais fácil seja você e Helin comprarem as alianças de casamento sozinhos. O que você acha, Ramziya?".

Ramziya hesitou, então Saná acrescentou: "Vamos sentar um pouco e relaxar. No final da tarde o tempo fica mais agradável, então saímos e fazemos compras juntos".

"Como quiser", respondeu Ramziya.

Quando chegou ao fim da rua com Helin, Elias apontou com a mão, dizendo: "Minha antiga casa ficava ali em Sarjakhana. Eu acredito que tenha mais de cem anos. Uma casa histórica, como o dono dizia. O mais importante é que ficava perto da ponte antiga, pela qual se cruza para chegar à região dos bosques, e de lá diretamente ao parque de diversões. Você já foi ao parque de diversões antes?".

"Uma vez, quando era pequena, fui com meu tio Murad."

"O que você acha de irmos agora?"

"Não vamos nos atrasar para retornar para casa?"

"Não, não. Vamos lá."

Quando entraram no parque de diversões, ele sugeriu: "Primeiro vamos na montanha-russa".

"Direto?"

"Assim todo o resto fica mais fácil."

As curvas do carrinho da montanha-russa fizeram seus corpos se tocarem, e, quando o carrinho deles subiu até o ponto mais alto, Helin fechou os olhos e gritou. O carrinho desceu extraordinariamente rápido, ficando mais vagaroso até parar na estação.

Depois, caminharam um pouco e pararam diante de uma cafeteria ao ar livre.

"Você está com sede? Vamos beber algo", sugeriu Elias.

Na cafeteria, o garçom enumerou as variadas bebidas. Helin escolheu tomar um suco de laranja. Elias pediu um iogurte *Erbil**.

"Você gosta de iogurte", observou Helin.

"Se alguém de nosso país chegasse a Marte, adivinhe o que faria lá?"

Ela ficou quieta fingindo pensar seriamente, depois disse: "O quê?".

"Abriria um restaurante de *kebab* e iogurte *Erbil*."

Ela riu e perguntou: "Você sabe cozinhar?".

"Não, só sei comer."

"Então você precisa aprender porque eu não sou boa na cozinha, principalmente no arroz, é difícil acertar o ponto."

"Nãooo, eu gosto de arroz!"

"Quer dizer que você come arroz e batata e diz que o regime não funciona?"

"Entendi o que você quer dizer. Vamos subir na roda-gigante. É a coisa mais bonita se pararmos lá no alto."

Helin olhou para o alto, onde estava a roda-gigante, e fingiu um olhar de medo.

"Não tenha medo. Eu sei o quanto você ficou com medo lá na montanha-russa."

"Como se você não tivesse sentido medo. Você segurou a trava com toda a força."

Elias balançou a cabeça e disse: "Sério, quem teve mais medo?".

---

* Bebida de iogurte comum no Iraque, tipicamente defumada.

"Você."

"Me dê o seu braço para vermos quem é mais forte", disse, colocando o cotovelo na mesa.

Ela tentou ganhar dele usando toda a força; seus braços entrelaçados moviam-se um pouco para a direita e para a esquerda. No final Helin ganhou, ou ele a deixou ganhar.

"Você é forte. Pratica algum esporte?", ele perguntou.

"Não, mas eu desço e subo a montanha todo dia, como você sabe. E você?"

"Às vezes jogo futebol."

Ao saírem do parque de diversões, pararam na loja de um dinar. Elias comprou uma sacola transparente cheia de bexigas com expressões para diferentes ocasiões. Sugeriu para Helin: "Vamos dividi-las entre os alunos na próxima aula e pedir que leiam como prova. O que você acha?".

"Boa ideia", ela respondeu.

Elias pegou uma bexiga vermelha da sacola e encheu-a no rosto de Helin, que ria. Cresceu a expressão "Eu te amo" escrita na bexiga.

Diante da loja, uma mulher vendia pequenos utensílios na calçada. Algo específico chamou a atenção dos dois: um anel com um pássaro gravado, parecido com o *qabaj*.

Elias o recolheu e deu para Helin provar, porém ficou grande nela. Elias experimentou o anel, e nele ficou pequeno. Ele o devolveu ao seu lugar no pedaço de tecido estendido e perguntou à vendedora: "Tia, você tem outros tamanhos deste anel?".

"Não, mas tenho esses com outros formatos. Todos são bonitos. Prove-os", ela ofereceu.

"Queremos exatamente este anel de pássaro", disse Elias.

"Que pena", lamentou Helin, "não é do nosso tamanho."

Eles se afastaram dois passos, seguindo caminho, quando a mulher os chamou: "Voltem, voltem. Se vocês gostaram muito desse formato do pássaro, eu posso fazer uma tatuagem".

Ambos se viraram para ela, que acrescentou, apontando com a mão para o lado oposto da rua: "Se atravessarem a rua comigo, lá fica o meu espaço, com os instrumentos e tudo o mais".

Depois de um minuto parados considerando, Elias perguntou para Helin: "O que você acha?".

"Eu não tinha pensado numa tatuagem, mas, se você gostar da ideia, eu também gosto", Helin respondeu.

A mulher se levantou, juntou suas coisas e fez sinal para que a seguissem.

O espaço era extremamente pequeno, pouco maior que um galinheiro no vilarejo. A única mobília que havia ali era uma cadeira e uma mesa, contudo, era uma mesa de escritório de boa qualidade, com gavetas, feita de madeira teca genuína. Na mesa havia um livro enorme, agulhas de tamanhos diferentes, linhas, tubos e pequenas garrafas quadradas com tintas coloridas.

"Onde vocês querem a tatuagem?", a mulher perguntou após abaixar a *abaya* até os ombros e arregaçar as mangas compridas da roupa. Ficou visível no seu peito um colar de prata grande com um amuleto de sete olhos. A cor turquesa combinava com os brincos no formato de lua crescente. Seus olhos eram notavelmente proeminentes no rosto magro bronzeado pelo sol. Apesar das rugas no rosto, por seu movimento ágil e sua vitalidade, ela parecia jovem.

Elias olhou para Helin, que disse: "Como aquele anel, não é?".

"Você quer dizer no dedo anelar?", Elias levantou um pouco a mão esquerda e olhou para o dedo anelar. "Por que não?"

"A maioria de meus clientes faz a tatuagem no braço", disse a mulher, "mas eu posso fazer para vocês no dedo anelar se quiserem."

Quando terminou de desenhar o anel de pássaro no dedo anelar dos dois, eles sorriram, felizes com o resultado.

"Posso fazer algo mais por vocês?", a mulher perguntou.

"Não, obrigada, tia", respondeu Helin.

"Eu pergunto porque de fato tenho outra coisa", disse a mulher, pegando o grande livro de cima da mesa. "Posso ler a sorte de vocês e qualquer coisa que puderem me dar será uma graça de Deus."

Sem esperar resposta, ela fechou os olhos murmurando palavras incompreensíveis, com as mãos magras envolvendo o livro. A mulher o abriu bem devagar. Calou-se por um instante, então disse: "Eu vejo uma montanha-russa".

Elias levantou as sobrancelhas, olhando para Helin, e a mulher recomeçou: "Eu vejo uma pessoa cuja vida terá subidas e descidas como um carrinho de montanha-russa, estabelecendo-se enfim num lugar longínquo. Essa pessoa vai se perder, mas encontrará uma porta de esperança e tudo o que precisará fazer será encontrar a chave adequada. Não será uma tarefa fácil, mas também não será difícil. A jornada será árdua, no entanto haverá pessoas que irão ajudá-la. Em toda estação haverá uma pessoa à sua espera".

A mulher estava a ponto de dizer algo mais, entretanto se conteve e enfim fechou o livro, retornando-o à mesa.

Quando atravessavam a rua deixando a pequena loja da mulher para trás, Elias comentou com Helin: "Que coisa estranha, é como se ela tivesse visto a gente junto na montanha-russa, não é?".

"Gostei da precisão dela no desenho da tatuagem, mas a leitura da sorte me deixou preocupada", disse Helin, olhando para a tatuagem no dedo.

"Quem liga para o que dizem os adivinhos?", replicou Elias. E, depois de um momento, perguntou: "Qual seria a chave da qual ela falou?".

"Pensei que você não ligava para o que dizem os adivinhos", devolveu Helin, sorrindo.

Um mundo plano

Os alunos, tanto os adultos como as crianças, praticaram a leitura e a escrita das letras do alfabeto, de palavras e de frases em papéis, pedras e troncos de árvores. Aquelas inscritas na terra foram apagadas pelas chuvas e passaram a fazer parte da memória do barro.

Ao final da última aula, no dia 19 de novembro de 1999, Elias celebrou: "Parabéns, vocês aprenderam todas as letras, e isso me deixa muito feliz. Hoje vocês estão se formando".

"Haverá uma festa de formatura?", perguntou um dos alunos adultos que estava vestido de branco da cabeça aos pés: *agal* na cabeça, *dichdacha* e sapatos de linho.

"Vamos celebrar a formatura esta noite", respondeu Elias.

"Devemos trazer nossos instrumentos musicais?", perguntou um habitante do vilarejo com quatro tranças longas sob a *taqiya* branca.

"Claro", respondeu Elias, "e eu tenho uma notícia que, acredito, vai deixar vocês felizes: vou me casar com Helin, e nossa festa de casamento será aqui no vilarejo na quinta-feira. Todos vocês estão convidados".

Os alunos soltaram assobios de felicitações.

Eles passaram a notícia do casamento de pessoa a pessoa. A família de Helin distribuiu doces do tipo agridoce aos moradores do vilarejo — em vez de convites — para confirmar a data. Assim começaram os preparativos dos vizinhos e parentes, que contribuíam para a celebração. Trouxeram água suficiente da fonte. Reuniram mais lenha do que de costume, arrumaram a área, decorando-a com lampiões. Moeram o trigo áspero com martelos de madeira para amolecer, enquanto cantavam as canções do trigo, desejando ao novo casal que sua fortuna se multiplicasse como aqueles grãos que saltitavam. Cozinharam pratos de banquete, com triguilho por cima. Trouxeram bandejas de comida para a festa, que a família da noiva devolveria com presentes.

Conforme a tradição, Elias e um grupo de jovens ficaram de pé numa colina, onde colocaram um lenço em torno da cabeça dele, que se tornou o paxá. Para desempenhar seu papel, ele tem que apresentar uma acusação contra um dos participantes, enquanto o acusado tenta se defender. Se o grupo decidir que o acusado é culpado, ele perde uma quantia de dinheiro que será gasta na festa, ou o noivo pode doá-la para quem ele quiser. E, se decidirem que é inocente, ele retira o lenço da cabeça do noivo e o conduz às moças do grupo da noiva, recebendo delas um presente. Elias olhou para cada um dos jovens sorridentes ao seu redor e, por fim, apresentou a acusação contra um deles, dizendo: "A sua acusação é grave. Você faltou à aula na sexta passada".

O jovem pensou por um minuto e respondeu: "Eu estava ocupado me preparando para um encontro importante com o paxá".

Os jovens deliberaram a sentença e um deles anunciou que o acusado era inocente, mas três deles protestaram com veemência. Um deles disse: "Nós somos a oposição". Elias riu enquanto o jovem o surpreendeu partindo com o lenço em meio aos gritos e risos do grupo.

Ao ouvir o início do tambor e do *mizmar*, formou-se um círculo de *dabke*, ressoando entre as montanhas os gritos de alegria das mulheres. A celebração durou até as primeiras horas da manhã, quando os noivos partiram no lombo de cavalos alugados para aquele fim. Eles devolveriam os cavalos a dois jovens que haviam descido antes deles, e ali na rua sem pavimento, um motorista estaria à espera. Quando o casal chegou à região extensa ao pé da montanha, Elias notou à sua frente aquela figueira que lhes era especial. Ele parou seu cavalo, e Helin também parou o dela. Ele saltou do cavalo e pegou a mão de Helin para ajudá-la a descer. Permaneceu segurando a mão dela enquanto trocavam olhares.

Elias jogou o véu transparente do rosto dela para trás e ouviu o eco das batidas do tambor, ou talvez fossem as batidas de seu coração. Percebeu as pálpebras dela se fechando, então se inclinou até seus lábios se tocarem pela primeira vez. Quando abriram os olhos, viram algo tão afetuoso quanto o beijo que haviam trocado: o cavalo dela havia apoiado a cabeça sobre o pescoço do outro cavalo. Elias e Helin trocaram um sorriso. Ele puxou a mão dela, dizendo: "Não podemos interromper o abraço deles. Vamos sentar um pouco na nossa árvore até que os cavalos apaixonados se lembrem de que estamos aqui".

Sentaram-se e Helin apoiou a cabeça no peito de seu marido; assim ficaram mais ou menos parecidos com os cavalos.

"A festa foi bonita, não foi?", perguntou Helin.

"A festa terminou, e meu coração continua a bater o tambor e o *mizmar*", ele respondeu.

"Recite um poema para mim", ela pediu.

Elias olhou para cima, depois para ela, e começou:

Ó mar, meu coração é um navio, partiu até você
Proibi minha paixão por você, mas ele partiu até você
Não voltou mais para mim o meu coração, que partiu até você

Não peça para eu explicar por que partiu até você
Como se tivesse partido até mim, quando partiu até você

"Uau!", exclamou Helin. Ela estava a ponto de pedir que repetisse, mas percebeu que os cavalos haviam se afastado um pouco, então se levantou rápido, com medo de que os animais fugissem, deixando-os na escuridão. Elias se apressou trazendo o cavalo de Helin para que ela montasse primeiro e, quando ela se instalou, ele montou no seu. Virou-se para Helin e brincou: "São nossas limusines". Partiram, rindo.

A cidade para Helin parecia um mundo plano, pois não havia nem descida ao vale nem subida à montanha. Apesar disso, ela ficou encantada com muitas coisas; a primeira foi a eletricidade, que deixava uma sala toda iluminada de forma homogênea. Logo, Helin não reclamava — como os demais moradores de Mossul — dos cortes constantes de energia, porque estava acostumada com a falta de eletricidade. Além disso, achou interessante assistir tevê e sentiu que, para onde quer que se movesse na sala, a apresentadora do programa permanecia olhando em sua direção. Ela abria todas as janelas da casa de manhã, como estava acostumada, embora não visse amoreiras nem pássaros *qabaj*; mas lá, no seu pequeno jardim diante da casa, havia uma árvore de laranja-azeda e um balanço no qual gostava de se sentar com Yahia no final da tarde, quando Elias ia ao trabalho na revista. Elias gostou das mudanças que Helin fez na casa, chamando-as de toques artísticos. Ela bordou um quadro retangular que pendurou na parede e outro pequeno, quadrado, que colocou na mesa. Havia um banco de pedra baixo ao longo da parede de um dos lados da sala de estar, que ela transformou num assento oriental, ao colocar sobre ele uma *judaliya** bordada com cores quentes. Elias gostou muito disso, e aquele local virou seu cantinho especial para tomar café. Ela gostou do café turco com cardamomo que Elias fazia, de modo que passou a levar consigo uma sacola do pó de café ao vilarejo na visita habitual de toda sexta-feira.

Os membros da nova família de três aguardavam ansiosamente aquelas visitas semanais, apesar de a viagem ter passado a levar um tempo mais longo, pois eles paravam no caminho de tempos em tempos para Yahia descansar um pouco, ou para Elias descansar quando o carregava. Elias às vezes insistia em carregar Helin nas costas — embora ela se opusesse —, pegando as mãos dela atrás das costas e levantando-a, rindo quando Yahia pulava de alegria.

Após três anos de visitas contínuas, Yahia se afeiçoou ao vilarejo do Halliqui e gostava principalmente de brincar com as ovelhas de Amina. Na hora de partir, ele sempre começava a chorar. Às vezes, Amina os acompanhava no caminho de volta à cidade para passar um ou dois dias com Helin. Um dia, enquanto voltavam, Yahia, que havia completado quatro anos, perguntou para Amina: "Os cordeiros não podem vir conosco?".

"Quem me dera", respondeu Amina.

Na sexta-feira, dia 3 de março de 2003, Yahia esperava que sua família o levasse, como de costume, às extensas serras cultivadas, onde ele podia correr entre o gado e as galinhas ou ir com Azad acariciar a cobra. Contudo, a situação geral no país

---

* Almofada em estilo acolchoado típica iraquiana, feita em geral de lã.

estava tensa porque os Estados Unidos haviam acabado de invadir o Iraque e as pessoas estavam em estado de alerta com o que poderia acontecer. O barulho de incursões aéreas sobre Mossul fez com que eles não quisessem sair de casa. Porém, naquela tarde Helin se sentiu enjoada e com forte tontura, então tiveram que ir à clínica próxima. Lá, o médico informou que ela estava grávida.

"A sua barriga vai crescer, então não poderei te carregar nas costas", Elias comentou no caminho de volta para casa. Helin deu um beliscão no braço dele, dizendo: "A sua barriga também está grande".

"Ela cresce em solidariedade a você", ele respondeu rindo.

Passaram-se três meses sem que visitassem o vilarejo nas montanhas, e esse foi o tempo mais longo que Helin ficou sem ver a família. Sentia saudades sobretudo de Amina. Ela se lembrou de certa vez, quando eram pequenas, que a amiga ficou chateada porque Helin fora para a cidade na casa do tio, onde passou uma semana, e não a avisou. Na época, Helin perguntou: "Mas e daí? O que há de errado nisso?", ao que Amina respondeu: "Nada, só me senti sozinha sem você".

Helin desejou que Amina se sentisse novamente sozinha sem ela. Pensava nisso ao regar, com uma mangueira, o jardim do pátio em frente da casa, e, após alguns minutos, Amina chegou com Azad. Helin não pôde evitar molhá-los, como era o costume todo ano no Dia da Aspersão, no início de julho — quando os moradores do vilarejo aspergem uns aos outros como forma de bênção. Quando alguém partia da região para um destino longínquo, também o aspergiam por trás como proteção para uma viagem segura.

Helin jogou a mangueira de lado e correu até eles. Abraçou-os e convidou: "Vamos entrar".

Azad se sentou no balanço ao lado de Yahia e disse: "Prefiro sentar aqui".

Amina, segurando uma sacola de papel, entrou com Helin na sala de estar.

Helin fez chá e esquentou *kleichas*. Colocou um pouco para Azad e Yahia numa bandeja, que apoiou numa mesinha ao lado do balanço; depois voltou à amiga na sala de estar. Amina tomou um gole de chá e disse: "Estava empacotando minhas coisas e encontrei esta sacola. Dê uma olhada".

Helin abriu a sacola e viu desenhos seus de quando era pequena. Ficou surpresa, pois Amina nunca lhe dissera que havia guardado aqueles desenhos.

"Em todos os meus desenhos tem um sol", disse Helin, folheando-os sorridente. "Você os guardou todos esses anos, Amina?"

"Eu tinha esperança de que valessem uma fortuna quando você se tornasse uma artista famosa."

Helin sorriu, dizendo: "Quer dizer que você está devolvendo agora porque entendeu que não têm valor?".

"Eu trouxe para te mostrar, só por diversão, e não para devolvê-los."

"Mas por que você disse que estava empacotando suas coisas?"

"Porque vou me mudar para o vilarejo de Hardan. Eu vim te convidar para o meu casamento, que será no dia 4 de dezembro, e a noite anterior será a noite da hena."

"Parabéns! Quem é o sortudo?"

"O nome dele é Talo."

"Talo?"

"Isso mesmo, talhado em uma árvore. Na realidade ele recebeu o nome do bisavô turco. Naquela época, há cem anos, todo o seu clã foi exterminado pelo *firman* militar otomano que condenou os iazidis na Turquia, que ou foram mortos ou fugiram. À época, seu bisavô Talo era um bebê de colo que foi embrulhado num tecido branco e deixado sob uma árvore, cujas folhas se empilharam sobre ele. Uma mulher chamada Khunaf o encontrou. Ela estava fugindo da Turquia com outros iazidis. Mesmo não sendo casada quando pegou Talo, Khunaf o criou como filho. Khunaf não se casou, mas por ter um filho foi considerada casada, embora fosse virgem. As pessoas que ouviram a história do menino o chamaram de Talo, o talhado em árvore, de forma que esse se tornou o seu nome. Seu neto também foi criado apenas pela mãe Nassima, pois o pai morrera antes de ele nascer, e o chamaram de Talo, filho de Nassima. Até mesmo no seu documento de identidade está escrito Talo Nassima, porque pensaram que esse era seu nome completo."

"E como vocês se conheceram?"

"No inverno, ele veio comprar lã do meu pai. E, na primavera, veio pedir a minha mão. Ele disse que no Dia de Khidr Elias ele sonhou que bebia água da minha mão, então decidiu que eu era a sua padroeira."

"Que amoroso. O importante é: você o ama?"

"No começo não o amava nem o odiava, mas passei a amá-lo após o noivado."

Amina acrescentou, sorrindo: "Ele me disse que queria ser um dos meus cordeiros porque eu cuido bem deles".

"Cuide dele também, Amina. Me parece, pelo que você está me contando, que ele é carinhoso."

"Ele é mesmo. Concordou que eu levasse minhas ovelhas comigo. No início, ele sugeriu: 'Deixe as suas ovelhas que eu compro outras para você', mas eu me recusei e disse que queria as minhas ovelhas."

"Outras ovelhas não são as suas ovelhas, apesar de todas serem parecidas", disse Helin ao se levantar para servir mais chá.

Amina balançou a cabeça concordando, e Helin encheu os copos. Amina pegou um pedaço de *kleicha* do prato diante de si e disse: "Conte-me, como está o seu casamento, Helin?".

"Estou grávida de quatro meses."

"Jura? Não parece ainda."

Helin levantou a blusa para mostrar a barriga a Amina.

"Talvez você não consiga subir até nós no dia do casamento", observou Amina; "não se preocupe, eu vou entender perfeitamente."

"O nascimento será no final de outubro, e eu não perderia o seu casamento mesmo se o parto ocorresse no caminho até a montanha."

Naquele instante elas ouviram um barulho de tiros.

"Dizem que balas perdidas acertam pedestres de noite", comentou Helin.

"Não ouvimos nenhum barulho de tiros no vilarejo, mas ouvimos de visitantes que a guerra começou outra vez", disse Amina.

Helin foi até a porta e chamou Azad e Yahia para que entrassem.

"Quando Elias chega em casa?", perguntou Azad ao entrar com Yahia.

"Ele trabalha no período noturno. Não chega antes da meia-noite", respondeu Helin.

Ficaram acordados até uma da manhã, esperando Elias. Quando ele chegou, contou que se demorou porque tigres haviam escapado do zoológico, o que causou caos em algumas estradas e acidentes de trânsito, pois os carros desaceleravam e desviavam do caminho. "As pessoas não acreditavam nos seus olhos quando viam os tigres andando livremente pelas ruas. Alguns disseram que os tigres mataram pedestres na ponte, e outros disseram que os tigres é que foram mortos por tiros na ponte", contou Elias.

De manhã, como os sons do tiroteio se acalmaram, decidiram passear no mercado antes de Azad e Amina partirem. Numa pequena loja de presentes, Helin parou diante de uma toalha de mesa feita à mão, com uma paisagem parecida com o ponto cruz colorido que ela mesma fazia. Foi até um homem idoso, o proprietário da loja, e perguntou: "Tio, quanto é esta toalha?".

"Dez dólares, é feita à mão", disse o homem.

"Eu sei fazer isso. Se você precisar de mais, posso trazer para você", sugeriu Helin.

O homem pensou um pouco e assentiu: "Traga-me uma amostra para eu ver".

"Está bem, volto amanhã", respondeu Helin.

Helin desenhou um pássaro num pedaço de tecido quadrado e bordou suas asas com linhas coloridas. Quando levou ao dono da loja, ele perguntou: "Isso é um lenço?".

"É uma toalha para uma mesa pequena, mas pode ser usada como lenço", ela respondeu.

"Ok, faça-o um pouco menor para que eu possa expor como lenço. Traga-me dez, e, se eu os vender, metade do lucro é seu. O que acha?"

Helin ficou feliz com aquela proposta e, assim que retornou para casa, se dedicou a desenhar folhas de árvores, animais e pássaros em tecidos quadrados.

Naquela noite, mostrou-os a Elias, que soltou um assobio. "Temo que este seja o assobio de pedido de socorro."

Helin riu, dizendo: "É esse mesmo".

"Verdade?"

"Não, estou brincando."

"De qualquer forma, aqui não entendem a língua dos assobios."

"Então, tem certeza de que você gostou destes lenços?"

"São maravilhosos, principalmente este", disse Elias pegando o lenço do pássaro. "Não quero mostrar uma predileção pelo querido pássaro, mas este lenço é mesmo o mais bonito."

"Estes serão expostos numa loja de presentes e, para cada um que for vendido, eu terei um lucro."

"Eu te garanto que pelo menos um será vendido", disse Elias. "Eu vou comprá-lo."

Após dois meses, o dono da loja pediu a Helin que fizesse mais lenços com pássaros, porque eram os mais vendidos.

"Eu não te disse?", falou Elias.

Era uma tarde nublada de novembro de 2003 e os pensamentos de Helin balançavam com o movimento do balanço; já se passara uma semana da data prevista para o parto. Ela se lembrou das palavras da mãe: "A fruta não cai no chão enquanto não estiver madura, assim como os bebês não vêm enquanto não chega a hora".

Naquele momento, uma bola colorida de criança interrompeu os pensamentos de Helin ao atravessar o muro que separava o jardim deles do jardim dos vizinhos e ficar presa entre os galhos da árvore de laranja-azeda. Helin tentou, com sua barriga saliente, se levantar e balançar os galhos da árvore para derrubar a bola. Enquanto tentava, apareceu no portão um menino acompanhado da mãe. A mãe pediu licença para entrar e recuperar a bola.

Após se apresentar, dizendo que se chamava Chaima, a mãe do menino advertiu Helin: "Cuidado. Não se machuque".

Helin parou de balançar a árvore e se virou, dizendo: "Achei que eu conseguiria fazer a bola cair".

"Por favor, meu filho poder fazer isso, ele é um macaco hábil."

Helin riu, fazendo que sim com a cabeça para o menino.

"Para quando está previsto o parto, meu bem?", perguntou Chaima, enquanto o filho subia na árvore.

"Já passou da data."

Quando o menino pulou da árvore com a bola na mão, Helin sorriu para ele e disse: "Ahá! Você a pegou rápido. Qual é o seu nome?"

"Hamid."

"Em qual ano você está, Hamid?"

"No primeiro ano."

"Deus o abençoe!"

No dia seguinte, Elias andava de um lado a outro no quintal de casa, secando as lágrimas, pois Helin estava já havia duas horas com a parteira no quarto, gritando de dor. Ele imaginou por um instante ter ouvido o choro do bebê. Deu alguns passos em direção ao quarto, depois voltou pensando que o som do bebê estaria só na sua mente. Não, era verdade!

A parteira saiu e disse para Elias: "Parabéns! A mãe e o menino estão bem".

A parteira — pela mão da qual nascera a maioria das crianças do bairro — fez um sinal para Elias, que a seguiu perplexo.

Apressou-se até Helin, e deu um beijo na sua testa. Ela não se moveu, parecia adormecida. Porém, ela o ouviu quando pronunciou o nome Yassir.

Depois de algumas horas, Saná entrou com Rula e Yahia para verem Yassir. Ela trouxe consigo uma panela de charutinho. Elias pegou uma travessa na cozinha para virar a panela de charutinho, colocando-a na mesa. Ouviram uma batida forte na porta.

Quando Elias abriu a porta, entrou uma equipe de inspeção estadunidense formada por quinze soldados que se espalharam pelos três cômodos da casa. Um deles informou Elias de que estavam procurando um terrorista; ele olhava para a grande travessa com vapor saindo das folhas de uva. Elias convidou os soldados a experimentarem o charutinho e cada um pegou um. Agradeceram e partiram. Elias fechou a porta atrás deles, dizendo: "Eles gostaram do charutinho".

"Tinha o suficiente?", perguntou Saná.

"Teria sido o suficiente para todos, mas eles só experimentaram", respondeu.

Em seguida, tiveram outro momento de comoção, quando Saná se despediu deles, abraçando-os um por vez. Ela iria partir para Suleimânia, devido à mudança do marido, que ia trabalhar na universidade de lá.

Multiplicaram-se os tanques nas ruas da cidade, o que aumentou a preocupação e a confusão dos moradores. Em meio à preocupação geral, Helin sentia, em seu interior, uma preocupação particular, como um pequeno canguru na barriga de outro maior. Era a preocupação de uma mãe jovem por seu recém-nascido. Helin não tinha certeza se fazia a coisa certa por Yassir quando ele chorava. Elias a tranquilizava, dizendo que não havia nada de errado com ele, contanto que não estivesse com fome ou sujo. Assim que a mãe o pegava no colo, ele se acalmava.

"Viu? Ele só quer um mimo", disse o marido.

Helin não deveria sair de casa por quarenta dias após o parto, como requeria o período de puerpério, mas ela não queria perder o casamento de Amina. Por isso eles se dirigiram ao vilarejo, Elias com o bebê recém-nascido no colo e Helin de mãos dadas com Yahia.

Logo que Helin entrou na casa de sua família, a mãe a recebeu com gritos de alegria e abençoou o recém-nascido colocando o broche turquesa de sete olhos na roupa de algodão branca do bebê. Ela disse: "O quê? Ele chora muito? Não tem nada, só gases".

Chammo sugeriu: "Deixem-me circuncidá-lo".

Durante essa visita, Elias ficaria na casa da família dela e Helin iria para a casa da família de Amina, porque a festa da hena era só para as mulheres. Elas colocavam hena nas palmas das mãos e nos pés, cantavam e dançavam em volta da travessa de velas e doces, celebrando a última noite em que a noiva passaria na casa de sua família. As mulheres casadas começaram a dar conselhos para Amina, incluindo alguns engraçados: "O amor é cego, mas lembre-se de que ele abre bem os olhos após o casamento" e "Não corra até sua família logo na primeira briga". Quando chegou a vez de Helin, ela disse: "Trate seu marido como você trataria seu amigo mais próximo".

Uma semana após Helin retornar do vilarejo, a vizinha Chaima, Umm Hamid, bateu à porta; ela trazia uma toalha de bebê como presente para o recém-nascido. Depois da iniciativa da vizinha com aquela visita para abençoar o nascimento de Yassir, desenvolveu-se uma amizade entre as duas mulheres, que passaram a visitar-se constantemente, a ponto de elas não trancarem mais a porta de casa para que qualquer membro de uma das famílias pudesse entrar na casa da outra a qualquer hora, como se entrasse na própria casa. Quando Helin ia ao mercado, deixava Yahia e Yassir na casa de Chaima. E, quando Hamid voltava da escola com fome e a mãe não havia terminado de cozinhar, entrava na casa de Helin para almoçar. Chaima era seis anos mais velha que Helin, porém parecia ainda mais velha quando colocava a *abaya* na cabeça.

Em alguns dias de recesso escolar, Hamid gostava de dormir no quarto de Yahia e Yassir, mas no dia 11 de novembro de 2005 ele teve que dormir com eles porque sua mãe e seu pai haviam saído e não retornaram para casa. Naquela mesma noite eles celebravam a festa de aniversário compartilhada de Yahia e Yassir. Ambos nasceram naquele mês, com a diferença de uma semana. Helin fizera dois bolos. Colocou sete velas no bolo de Yahia e duas no bolo de Yassir. Após apagarem as velas, Helin pôs diante deles um presente grande, explicando: "Este é um presente compartilhado, para vocês brincarem com Hamid".

Rasgaram o papel de embrulho com pressa, e diante deles apareceu um minifutebol de mesa projetado para duas pessoas girarem as manetas laterais com os jogadores de plástico e chutarem a bola no gol adversário. Yahia gostava de futebol como o pai, por isso se alegrou muito com o presente, e logo começou a jogar com Hamid. Elias e Yassir ficaram assistindo, e Elias disse: "Eu e Yassir somos os próximos".

A mãe de Hamid não voltou até o final da tarde do dia seguinte. Ela estava ofegante quando entrou na casa de Helin.

"Onde você estava?", Helin perguntou, trazendo-lhe um copo de água.

"Ficamos na casa do meu irmão e não dormimos a noite toda. Você sabe o que aconteceu?"

"O que aconteceu, Chaima?"

"Uma quadrilha sequestrou meu sobrinho e pediram vinte mil dólares para soltá-lo."

"Meu Deus! Que horrível."

"Enviaram uma foto dele com homens velados atrás segurando uma espada. A mãe dele desmaiou quando viu aquilo e o coitado do pai foi negociar a venda de seu restaurante para pagar o resgate. Eu contribuí com o que pude, e alguns de nossos parentes nos ajudaram com o que puderam. Meu irmão pediu à quadrilha que abaixasse o preço, mas eles ameaçaram devolver o menino num saco de lixo. Meu irmão rapidamente pegou um empréstimo da quantia requerida para pagá-los. O importante, graças a Deus, é que devolveram o menino, mas ele está em choque e quieto, não quer nem mesmo nos dizer o que fizeram com ele."

Helin foi até o quarto e, ao retornar, enfiou quinhentos dólares na mão de Chaima, dizendo: "Cinco notas que eu guardei do meu trabalho com os lenços. Queria poder dar mais para ajudar seu irmão nas dívidas".

"Obrigada, Helin. Devolverei assim que possível."

"Não se preocupe."

"Conte-me, como está sua família?"

"Ontem à noite meu pai me veio num sonho e estava preocupado comigo."

"O que o preocupava?"

"Meu dente da frente se partira."
"Ah! Dizem que devemos contar nossos sonhos ruins no banheiro para que a influência deles passe."

A tela vazia

Na laje de casa durante a noite do eclipse, Yassir disse ao pai: "A lua não está lá. A baleia realmente a engoliu?". Isso atiçou a curiosidade de Yahia também, que indagou: "Como a baleia pode engolir a lua, se ela nada na água e a lua nada no céu?". Elias, que havia semanas sabia da ocorrência do eclipse total da lua, que se tornaria vermelha, respondeu a Yahia o que sua mãe lhe contara quando era pequeno: "A coitada da lua estava com sede e, quando se inclinou um pouco para beber água no rio, a baleia a viu e pulou em sua direção".

A garoa não impediu Helin, Elias e os dois meninos de baterem as bandejas na laje da casa, como faziam as demais famílias da região naquele dia, em meados de abril de 2014. Contudo, nem eles nem ninguém em Mossul viram a lua vermelha no final da tarde. Ainda assim, todos fizeram o que estava ao seu alcance para lutar contra a baleia invisível, como Dom Quixote lutara contra os moinhos de vento.

Helin não sabia por que a crise da lua lhe veio de novo à mente dois meses mais tarde. Ela se lembrou especificamente das palavras de um padre estadunidense na televisão, que, naquele dia, advertia que o eclipse lunar seria seguido por acidentes terríveis no Oriente Médio, por coincidir com celebrações religiosas na região. Talvez ela estivesse trazendo à mente aqueles pensamentos por causa de seus sentimentos de frustração por não poder subir até o vilarejo para comparecer à festa de casamento de Azad, no dia 5 de junho. Fazia alguns anos que Ramziya mencionava para Azad o nome de jovens que ela conhecia, na esperança de que ele pensasse em uma como esposa. Ele não levou o assunto a sério até chegar aos 35 anos, o que é considerado tarde para se casar no vilarejo. A noiva dele era dez anos mais nova e pertencia a uma tribo numerosa, de modo que seus parentes planejaram uma grande festa. Helin não deixaria de comparecer à celebração mesmo estando grávida, mas fora imposto um toque de recolher em Mossul. O locutor do rádio anunciara que um grupo armado havia cercado a margem oeste da cidade e que o toque de recolher era uma medida de segurança para que os policiais controlassem a situação.

"Isso significa que hoje não tem nem prova, nem escola, graças a Deus", disse Yassir, que estava no quinto ano do ensino básico. Ele estava de pé perto de Helin, que escutava as notícias no rádio.

O toque de recolher deveria terminar em três dias, mas o grupo armado conseguira tomar o controle da margem leste também. Parte das pessoas voltou ao trabalho, e outra parte permanecia em casa por não ter certeza se o toque de recolher cessara ou não. As ruas basicamente se esvaziaram de pedestres, e longas filas de carro se formaram nos postos de combustível.

Helin foi até a casa de Chaima para se distrair um pouco.

Chaima indicou com a mão que Helin entrasse: "Venha, Helin, o mundo está de cabeça para baixo".

"Meu Deus Protetor, o que aconteceu?"

"Eu ouvi dizer que uma quadrilha numerosa chamada Daich ocupou Mossul e que içaram uma bandeira preta, matando todos que ficavam em seu caminho. Ai, quando os problemas vão acabar?", lamentou Chaima ao convidar Helin para se sentar com ela à mesa da cozinha.

"De onde eles vieram?", perguntou Helin depois de se sentar, espremendo as mãos.

"Não sei sua origem nem de onde vieram, mas ouvi dizer que tomaram o controle do aeroporto, de órgãos públicos, bancos e campos de petróleo. Colocaram postos de controle entre as regiões. Até mesmo Abu Hamid, que nunca fechou a oficina antes das cinco, voltou para casa cedo hoje. Ele me contou que todos estão fechando as lojas e partindo porque os membros da quadrilha circulam pelos mercados e extorquem as pessoas com armas; eles sabem até quanto cada um ganha."

"Como sabem?"

"Eles se apossaram dos arquivos de cartão de racionamento, e por meio deles sabem os detalhes da condição de cada família."

"Quer dizer que o plano deles foi estudado."

"Sem dúvida."

Chaima parecia abatida. Calou-se por um instante, depois acrescentou, apontando com a mão em direção à rua: "Você viu Umm Qasim? Está feliz distribuindo *baclava*. Ela diz que os membros do Daich são as melhores pessoas porque forneceram água e eletricidade".

Naquele instante, Hamid entrou apressado com restos de óleo e fuligem nas roupas. Cumprimentou Helin e desapareceu no corredor. Chaima serviu o chá em copos de vidro. Após o primeiro gole de chá, disse a Helin: "Hamid começou a trabalhar com o pai no conserto de carros. Já não é mais criança. Completou dezoito anos e é melhor aprender um ofício, já que ele não gosta de estudar".

Depois ela abaixou a voz um pouco, se abrindo com a amiga: "Hamid odeia o trabalho com o pai e cria diversas desculpas para se ausentar da oficina. Por isso o clima aqui está pesado, eles estão sempre brigando".

Helin ficou acordada até tarde com Elias assistindo ao filme *Titanic*. Eles choraram juntos na cena das pessoas se afogando. Aquela cena apareceu na mente de Helin no dia seguinte, quando andava com Elias na ponte antiga sobre o rio Tigre. Havia ali um barco virado na água. Elias comentou: "O nosso navio não vai afundar. Não porque nosso capitão seja melhor, mas porque nosso rio não tem água nem sal".

Eles estavam a caminho da loja de presentes para Helin entregar os lenços, como de costume, e de lá Elias seguiria até o escritório da revista. Helin vestia a *abaya* de Chaima, pois ouvira dizer que os membros da quadrilha molestavam as mulheres sem véu. Elias brincou com ela quando a vestiu pela primeira vez, entoando o início da canção: "Você que veste a *abaya*, como é bonita a sua *abaya*!". Porém, ele parecia alarmado e preocupado ultimamente, mais do que nunca.

Na rua, Helin segurou o braço de Elias e disse: "Tente não se atrasar hoje".

Ele parou de andar por um momento, então ela também parou. Olhou profundamente para ela, um olhar que ela conhecia bem. Enfim, disse: "Acho que seria melhor eu levar você e os meninos até a casa de sua família no Halliqui, antes de eu ir para o trabalho".

"Não. Não há necessidade disso."

"A situação aqui não prenuncia coisas boas."

"Agora irei rapidamente para casa", Helin o tranquilizou. "Vá para o trabalho e eu vou preparar a mala e esperar por você."

"Não se esqueça de colocar alguns chicletes da marca da flecha para seu pai e Azad."

Quando Helin voltou para casa, ligou para Amina para conversar com ela, como faziam quase todos os dias há dez anos, desde que os celulares ficaram disponíveis em alguns vilarejos de Sinjar. O telefone ainda não chegara ao vilarejo do Halliqui, mas Helin acompanhava as notícias de lá por meio de Amina.

"Por que você ainda está aí?", Amina logo perguntou.

Como Helin não respondeu, Amina acrescentou: "A nossa região está cheia de pessoas fugindo de Mossul. Dizem que uma organização terrorista tomou posse da cidade".

"Sim, está um grande caos e mal há transporte", Helin explicou. "Os exames finais dos alunos foram todos cancelados e ouvimos que o grupo de criminosos irá modificar o currículo escolar, vai cancelar as aulas de arte. Elias foi ao trabalho hoje, mas ele vai tirar umas férias longas. Sairemos amanhã se conseguirmos organizar um táxi, e depois disso precisaremos subir a montanha de burro. Minha barriga está muito grande desta vez e é difícil para mim percorrer distâncias longas. Não vejo a hora de encontrar minha família. Ficaremos com eles até a situação se acalmar. Espero te encontrar lá, Amina."

"Estou lá todo fim de semana", disse Amina.

"Traga Ahlam com você para que eu possa vê-la também."

"Para quando está previsto o parto?", perguntou Amina.

"Para daqui a cinco semanas. Elias não quer parar de tentar até que venha uma menina."

Aquela noite, Elias não voltou do trabalho.

Helin não conseguiu dormir. Perdeu a conta de quantas vezes ligou para ele, sem resposta. Sem resposta de manhã, sem resposta de tarde.

Ela foi à casa de Chaima, decidida: "Vou trazer os meninos para cá e vou até a revista. Elias não voltou para casa desde ontem".

"Acalme-se, Helin. Deixe a gente se informar com nossos contatos primeiro."

"Estou com medo", disse Helin, chorando. Abu Hamid tomava o café da manhã. Ele parou de comer ao ouvir Helin chorar. Levantou-se e olhou pela janela da sala de estar, depois se virou para Helin e disse: "Eu vou agora mesmo perguntar do Elias. As estradas não estão seguras, mas eu sei como chegar lá".

Passaram-se três horas e Helin não sabia mais o que fazer além de esperar. Ela reparou nas formas geométricas desenhadas no piso da cozinha de Chaima. Pela primeira vez notava aquelas pequenas formas quadradas que se entrelaçavam no chão como um labirinto, com desenhos de flores silvestres no meio dos pequenos quadrados. Na mesa havia flores artificiais. Ela nunca vira flores artificiais antes, pois em seu vilarejo as flores eram naturais.

Chaima trouxe um prato com tortas, sugerindo: "Coma algo. Não se esqueça de que vocês são duas, portanto é necessário alimentar pelo menos a segunda". Helin não era capaz de engolir absolutamente nada, sobretudo porque estava com dor de estômago. Parecia com a dor que sentira quando a mãe lhe dissera que ela se tornaria a esposa do comerciante de figo, Salih.

Enfim, Abu Hamid retornou. Helin olhou para ele com os olhos marejados, esperando que pronunciasse algo, como se ela estivesse diante de um médico analisando um raio-x para dar o diagnóstico de sua doença.

"Eu não consegui entrar no prédio da *Nínive*", disse. "Está cercado por guardas armados. Mas visitei um amigo da região que tem muitos contatos; ele prometeu investigar o paradeiro de Elias e me ligar assim que tiver notícia dele."

O telefone tocou antes que Abu Hamid pudesse terminar a frase. Ele se apressou para atender, levantando-o até a orelha. Após alguns instantes, abaixou o telefone olhando para Helin.

O sangue congelou nas suas veias; pelo olhar de Abu Hamid, ela se preparou para receber uma notícia ruim. "Diga-me o que aconteceu, por favor."

"Prenderam os funcionários da revista", ele contou.

Como o rosto de Helin foi tomado por tristeza, Chaima tentou tranquilizá-la: "Talvez o soltem. É possível que peçam um resgate e o deixem ir".

Quando retornou à casa, Yahia procurava por algo para comer no armário da cozinha. Pegou com uma mão um pedaço de biscoito e, com a outra, segurava uma torta em formato de pássaro. Ele perguntou: "Esta é para comer ou só para ver?".

Elias guardara aquela torta por todos aqueles anos desde quando a havia recebido de Chammo. Helin a encontrara uma semana após o casamento, ao que Elias comentou que, como fora feita numa forma artística tão bonita, ele não tinha coragem de comê-la.

"Para comer, mas ela é muito velha", disse Helin.

Yassir tirou uma bola do bolso e jogou contra a parede para que quicasse de volta, mas Yahia deu um pulo, tomando-a dele. No mesmo instante o novo ser dentro de Helin fez sentir sua presença, chutando a parede da barriga. Ela queria proibir os meninos de jogar bola dentro de casa, principalmente porque sentia tontura; mas, como já os havia proibido de jogar na rua, por causa do aumento dos casos de sequestro, deixou que jogassem na sala de estar.

Helin foi para o quarto, e pensou que, no fim, o barulho deles era melhor que os momentos de silêncio absoluto ou a insistente pergunta de quando o pai voltaria para casa. Uma pergunta dolorosa porque, como eles, ela também queria saber a resposta. Passaram-se três semanas desde o desaparecimento de Elias, e ela estava tão desorientada que passou a fechar os olhos de dia e não mais à noite; quando ia apressada até a loja mais próxima para comprar algo, sentia que andava como uma sonâmbula. Agora, a tensão dela aumentara porque a tela da tevê estava completamente vazia: sem imagem nem som. Ela acompanhava as notícias desde o dia em que Elias foi para o trabalho e não retornou. Não perdia a oportunidade de ouvi-las na esperança de informarem alguma coisa sobre os prisioneiros ou de obter qualquer indicação do que havia acontecido.

Entrou na casa de Chaima e encontrou a tela da tevê também vazia.

"Eu sabia que eles iriam cortar as transmissões, pois anunciaram na mesquita que os programas de televisão são *haram*", disse Chaima enquanto amamentava Mustafá, que nascera havia quatro meses. Seu marido estava ocupado em quebrar um armário de madeira para usar como lenha para cozinhar. Como o gás não estava mais disponível, ele achava mais fácil quebrar a madeira do que ficar nas filas sem-fim para comprar um botijão de gás por um preço surreal.

Helin retornou para casa sentindo que sua vida se tornara uma tela vazia. Olhou para o telefone como sempre fazia, de forma automática, na esperança de que Elias ligasse para tranquilizá-la de que estava vivo, ou de que alguém ligasse exigindo uma quantia de dinheiro para soltá-lo. Ela arranjaria o que pedissem por qualquer meio necessário. Naquele instante o telefone tocou, e ela rapidamente atendeu.

"Alô."
"Alô."
"Azad?"
"Como você está, irmã?"

"Estou bem", disse contendo o soluço.
"Tem alguma notícia de Elias? Ouvimos o que aconteceu."
"Não há nenhuma notícia nova exceto que eles transformaram o prédio da revista numa prisão."
"Vou descer agora para trazer você e os meninos para cá."
"Não, Azad. As estradas estão perigosas."
"Eu estou aqui em Hardan, estou ligando do telefone de Amina. Ela quer falar com você."
"Alô, Amina."
"Você está nos nossos pensamentos, Helin."
Helin caiu no choro e Amina chorou com ela.
"Diga para Azad não vir para Mossul."
"Ele acabou de sair", revelou Amina.
Pouco depois da meia-noite, Azad chegou, e Helin o abraçou, chorando. Quando ela se acalmou um pouco, disse: "Graças a Deus a quadrilha não te bloqueou na estrada".
"Quadrilha estranha", disse Azad. "Ouvi um deles anunciar em um alto-falante na estação que todos que trabalham em órgãos públicos devem assinar o cartão de penitência e jurar sob o Alcorão que não pertencem a nenhum partido. De qualquer forma, paguei três vezes o valor para um motorista que tem contatos nos pontos de controle, e ele mesmo vai nos levar de volta ao vilarejo amanhã. Ele também tem identidades falsas, caso seja necessário."
"O mais estranho nessa quadrilha é que não escondem seus crimes", disse Helin; "pelo contrário, orgulham-se deles e os transmitem em vídeos pavorosos."
Após um grave silêncio, ela disse: "Há dois dias eu assisti a um vídeo no YouTube com homens velados cortando a cabeça de pessoas que chamavam de agentes; o sangue delas jorrava como uma fonte. Notei um morto parecido com Elias, mas

não era ele. Quando o vi, fechei rapidamente os olhos. Por que matariam Elias? Não, não é ele, com certeza não é ele".

As últimas palavras saíram da boca de Helin numa voz trêmula. Azad se sentou esfregando a testa. Ao abaixar as mãos, disse: "De manhã cedo, quando Yahia e Yassir acordarem, vamos subir todos juntos até o vilarejo. Está bem?".

"Não posso, meu corpo está pesado e já combinei com a parteira da nossa rua que vai fazer o meu parto; ela adiou sua partida da cidade por minha causa. Mas eu quero que você leve os meninos."

Hamid dormia com Yahia e Yassir. Quando acordaram de manhã, Helin o apresentou a Azad, dizendo: "Hamid, filho da minha vizinha, ele é como um filho para mim".

"Você vem conosco para o vilarejo?", Azad perguntou.

"Sim, por favor, venha conosco! Você vai gostar do vilarejo", disse Yahia para Hamid. Mas Hamid recusou: "Preciso trabalhar", e pediu licença para partir.

A campainha tocou. Olhando pela janela da sala, Azad disse: "O motorista já chegou. Temos que partir agora".

Helin os abraçou um a um e pediu: "Avisem Amina quando chegarem em segurança. Ela irá me informar".

Azad fez que sim com a cabeça e se despediu: "Nos vemos logo".

Uma semana após a partida deles, Helin secava o suor enquanto batia à porta da parteira. A dor na lombar estava muito forte e ela mal conseguia ficar de pé. Era a terceira vez seguida que fazia isso. Das duas vezes anteriores, as dores chegaram, mas o parto não aconteceu. Se o parto não ocorresse agora, Helin enfrentaria problemas para encontrar outra parteira, porque essa parteira era cristã e, como os demais cristãos, precisava partir de Mossul dentro de dias. A quadrilha passou a chamar a si mesma de "Estado", com o poder de impor leis como bem desejasse. Uma dessas leis consistia em confiscar as casas dos cristãos. Inscreveram a letra *nun* — *n* — em vermelho nas casas de quem chamavam de nazarenos, como ameaça para que saíssem ou fossem mortos, mesmo se tivessem vivido ali por centenas de anos.

"Desculpe o incômodo", disse Helin quando abriram a porta, "mas desta vez a dor é muito forte, não estou aguentando."

A parteira se apressou para pegar a sacola com suas coisas e acompanhar Helin até a casa dela, a uma distância de trinta metros. Helin andava bem devagar, parando um pouco a cada momento e gemendo de dor. Quando enfim deitou na cama, as contrações estavam muito intensas e próximas. Após duas horas de dores, sentiu que havia empurrado o feto para frente, mas ele deslizou novamente para dentro. A parteira a encorajou a empurrar com mais força, e dessa vez a cabeça do bebê saiu; a parteira pediu que ela parasse de empurrar e que respirasse com calma. Enquanto Helin tremia fortemente, a parteira pegou a recém-nascida, limpou os vestígios de sangue da menina com uma compressa e esperou um pouco. Fazia onze anos que ela havia retirado Yassir de seu útero e agora embrulhava aquela criança num tecido branco. Colocou-a no colo de Helin e disse-lhe, antes de sair: "Agora eu posso partir. Não há vida para nós com aqueles monstros. Como esta recém-nascida, também vamos sair daqui sem nada".

"Espere. Vou pagar", disse Helin esforçando-se para se mover.

"Não, minha querida. Se Deus quiser, Elias voltará em segurança, verá a linda filha e me pagará", respondeu a parteira, e saiu apressada, deixando Helin com uma menina sem nome nem pai.

As duas dormiram durante o dia e de noite permaneceram acordadas na escuridão. A menina chorou, então Helin a aproximou de seus seios para amamentá-la. Procurou por Elias em suas feições e o viu nas covinhas de suas bochechas.

Passados dez dias, quando a placenta secou, Helin carregou a filha até Chaima e pediu que cuidasse dela até que ela voltasse, porque tinha a intenção de ir ao escritório da revista para perguntar por Elias.

"Você não deve sair", advertiu Chaima. "Não passaram nem duas semanas do parto."

"Não aguento mais, Chaima. Eu esperei todo esse tempo até terminar a minha gravidez."

"Então vista a minha *abaya* e cubra bem a cabeça para que não a incomodem."

A menina dormia quando Chaima a pegou no colo. Helin beijou a pequena mão da criança e se virou para Chaima com um olhar lacrimejante e cheio de gratidão. Ajeitou a *abaya* preta sobre a cabeça e saiu em direção à ponte.

No meio do caminho, ela viu homens armados numa picape, com bandanas pretas na cabeça. Virou o rosto na direção oposta e se apressou com o passo mais largo que pôde. Tentava evitar olhar para as cenas de destruição, mas elas surgiam diante dela uma após a outra. Até mesmo ao abaixar a cabeça, via pneus de carro queimados jogados na estrada. Ao levantá-la, via nos muros cartazes: "O Estado Islâmico no caminho do califado". O hotel no canto da rua parecia abandonado, com buracos grandes na fachada e destroços espalhados na frente. O salão de cabeleireiro feminino que Helin frequentava estava fechado e foram retiradas de sua fachada a foto de batom e o anúncio de maquiagem para noivas. Usar batom poderia resultar em trinta chicotadas.

A profissão de cabeleireiro se tornara perigosa, tanto para homens quanto para mulheres. Um barbeiro parente de Chaima foi punido com cinquenta chicotadas e foi parar no hospital. Seu sobrinho que ia se casar lhe pediu que cortasse o cabelo e lhe fizesse a barba. Apesar de a mão do barbeiro tremer por saber que era um risco, ele quis naquele momento alegrar seu parente prestes a se casar e desejou que sua ação passasse despercebida, pois talvez não viessem inspecioná-lo naquela tarde quente. Três dias depois do casamento, ele foi preso e seu salão, fechado.

Helin seguiu caminho por ruas que estavam quase vazias, exceto por alguns pedestres que se viravam com olhares amedrontados. Antes, devido às multidões, as pessoas naquelas ruas nem se desculpavam quando esbarravam umas nas outras. O cheiro de chá, temperos e perfumes desaparecera. Vendedores que dispunham suas mercadorias no porta-malas do carro ou as espalhavam nas calçadas sumiram, assim como os frequentadores dos cafés.

Helin sentiu cheiro de pólvora ao se aproximar do edifício da revista. No portão havia um menino que parecia ter a idade de Yahia e, apesar de estar carregando uma arma, ela sentiu que poderia falar com ele. Disse: "Meu filho, posso fazer uma pergunta?".

"Por favor", ele respondeu.

"Meu marido trabalha nesta revista e ele não volta para casa há mais de um mês. Eu vim perguntar sobre ele."

"Qual é o nome dele?"

"Elias."

"Não conheço."

"Eu ouvi dizer que ele é prisioneiro aqui."

"Não há prisioneiros aqui."

Naquele instante, um carro parou em frente ao prédio e dele desceu um homem de barba. Ele perguntou ao jovem, olhando para Helin: "Quem é ela?".

"Ela veio perguntar sobre o marido, ele era funcionário aqui", respondeu o jovem.

"Quer dizer que seu marido é um agente do governo", disse o homem.

Helin abaixou a cabeça e estava a ponto de partir, mas o homem a pegou pela mão, puxando-a pelo corredor para dentro do edifício. Ele a introduziu numa sala onde havia um homem com uma barba excepcionalmente longa. O homem que a trouxera tinha uma barba mais curta. Disse: "Esta é a esposa de um dos agentes".

"Você está com a sua identidade?", perguntou o homem de barba longa.

"Não, não está comigo."

"Se você é nazarena, deveria ter saído de Mossul. Por que está aqui?"

Helin não respondeu, então o homem prosseguiu: "Você deve ser uma espiã. Vai confessar por vontade própria ou pela força?".

"Confessar o quê?"

"Quem te enviou?", ele perguntou.

"Ninguém."

"De onde você é?"

"Eu moro aqui em Mossul."

"Seu sotaque não é de Mossul. De onde você é originalmente?"

"De Sinjar."

"Iazidi?"

Helin não respondeu, então o homem gritou na cara dela:

"Iazidi — sim ou não?"

"Sim."

Quando ela pronunciou a palavra, o homem de barba curta saiu e logo voltou com outros dois homens. Conversaram numa língua que Helin não entendia, e não sabia por que olhavam para ela daquela forma, como se tivessem encontrado uma criatura estranha, que acabara de pousar vinda de outro planeta.

Na fortaleza

No calendário de 2014 pendurado ao lado da geladeira na cozinha de Amina havia um círculo em torno do dia 2 de agosto, pois era um dia especial para os iazidis: o feriado de comemoração do fim dos quarenta dias de jejum. Como costume nesse feriado, a esposa deixa o marido e vai passar a noite na casa de sua família. E assim fez Amina naquele dia.

Como todo ano, eles se reuniram em torno dos variados tipos de comida e ficaram acordados até tarde da noite, já que depois poderiam dormir pelo tempo que quisessem. Quando acordaram, ao novo sol da manhã, abriram as janelas para que a luz entrasse nas suas casas simples. Os pastores saíram com suas ovelhas até os campos e os agricultores expuseram melancias ao longo da estrada, com grandes facas, caso o cliente quisesse que cortassem a fruta para se certificar de que escolhera a vermelha e não a branca. A vida deveria seguir seu curso natural como o rio. De fato, seguiu seu curso natural por três horas; depois, desviou-se dele para sempre.

As pessoas de Sinjar ouviram sons de bombardeios violentos, como jamais haviam ouvido em nenhuma guerra anterior que vivenciaram. Esfregaram os olhos extremamente confusas, oscilando entre a vigília e o sono. O som dos bombardeios chegou desta vez até mesmo ao vilarejo do Halliqui, isolado de tudo o que acontecia.

Ramziya pensou que fosse o barulho de um trovão no céu. Contudo, afastou a ideia porque nunca na vida ouvira um trovão em pleno verão. Ela não fazia ideia do que acontecia ao pé da montanha. Ouvira sobre o desaparecimento de Elias e queria saber, como os outros, se ele já voltara para casa. Naquele feriado em particular, a família de Helin ficou ainda mais preocupada com ela, que não viera e não respondia às ligações constantes de Amina. Por isso, Azad decidiu deixar sua esposa grávida com sua família e descer a montanha com Yahia e Yassir, naquela manhã do dia 3 de agosto de 2014, indo até a casa de Amina no vilarejo de Hardan. De lá, ligariam para Helin ou iriam até ela em Mossul, caso não atendesse às ligações.

No último instante, Chammo vestiu suas sandálias com pressa e avisou Ramziya que iria junto.

"Você nunca na vida foi até Mossul. Espere, eu vou com você", disse Ramziya e entrou para trocar de roupa. No meio-tempo, a vizinha entrou na casa deles. Chammo correu até a sala e disse para Ramziya: "Você tem visita, e eu não vejo motivo para você vir conosco desta vez. Voltaremos com Helin".

Assim que chegaram na casa de Amina, ela tentou ligar de novo para a amiga. Ligaram ainda outras vezes, sem resposta. Amina sugeriu que dormissem aquela noite na casa dela para que voltassem a ligar para Helin na manhã seguinte. Talo os acolheu e os convidou para jantar. Quando terminaram, disse: "Ouvi uma notícia que espero que seja só rumor".

Todos olharam para ele, que prosseguiu: "O Daich chegou ao distrito de Sinjar e algumas pessoas fugiram para as montanhas".

Azad balançou a cabeça, anuindo: "Sim, muitas pessoas estavam subindo a montanha quando nós descemos".

"Eu também notei muitos ônibus na rua. Isso é normal aqui?", perguntou Chammo.

"Não, não é normal", respondeu Talo.

"Meu filho, por que as notícias são todas ruins nestes dias?", indagou a mãe de Talo, Nassima, ao colocar o *qauri* de chá no fogão.

"Se vendessem notícias boas, eu seria o primeiro a comprá-las", respondeu Talo.

Quando Yassir murmurou para o irmão que era melhor eles voltarem para Mossul, Azad ouviu e disse aos meninos: "Assim que amanhecer, vamos para Mossul".

Não dormiram mais do que duas horas após a meia-noite, quando foram acordados por sons altos, como se um grande martelo estivesse destruindo algo.

Ao abrir a cortina da janela da frente, Amina deu um salto para trás, alarmada. Ela viu muitos carros em frente da casa e pessoas veladas içando bandeiras pretas.

"O Daich está aqui!", gritou Amina.

"O que significa Daich?", perguntou Chammo.

Ouviram convocações por meio de alto-falantes chamando os moradores do vilarejo a saírem e entregarem suas armas imediatamente.

"Vocês não têm armas, não é?", Chammo perguntou a Talo, que balançou a cabeça negando.

"Não vamos machucá-los", anunciou um deles pelo alto-falante; "ao contrário: estamos aqui para protegê-los."

Ouviram uma forte batida na porta. Talo se levantou e ficou paralisado.

Amina gritou: "Não, não abra a porta!".

Ahlam se enrolou no colo da avó, chorando.

Permaneceram paralisados e o barulho das batidas se intensificou, a ponto de a porta quase arrebentar. Enfim, Talo foi em direção à porta e a abriu. Atrás de quem batia, diante da casa, havia um carro Kia e, perto dele, cinco homens com a vestimenta de Candaar* segurando rifles.

"Venham todos conosco. Vocês só têm dez minutos", ordenou um deles, apontando com o rifle. "Vamos levá-los até o xeique para que peçam penitência e depois os traremos de volta."

"Ó Aquele que tudo abre e provê, pelo que pediríamos penitência?", perguntou Talo. Mas o homem, em vez de responder, perguntou a todos: "Vocês vão virar muçulmanos?", e acrescentou: "Vamos ensinar a todos a reza dos muçulmanos".

"Nós convivemos com os muçulmanos a vida toda em paz", disse Talo, "e sabemos como rezam e como jejuam."

"Venham comigo que vai ficar tudo bem, se Deus quiser", disse o homem. "Só os homens vêm comigo. As mulheres vão naquele outro ônibus."

Levaram Amina até o ônibus de mulheres casadas, e sua filha Ahlam foi com a avó para outro ônibus. Quando Nassima pronunciou o número 9, não lhe passou pela cabeça que poderia ser tão perigoso. Pelo contrário, quando o homem armado perguntou a idade e ela respondeu que Ahlam tinha só nove anos, Nassima pensou que isso significava que Ahlam ainda era uma criança. Ela não sabia que a sua verdade era diferente da dele. O homem armado separou a avó da neta, ordenando a Ahlam que fosse para o ônibus das meninas não casadas. Ahlam se agarrou na avó, recusando-se a se separar dela, e a avó envolveu os braços em volta da menina, porém o homem armado as separou com força; Ahlam gritava e chorava. Para eles, uma menina de nove anos não era uma criança, mas sim madura e, por consequência, sem direito de ficar com a avó.

---

* Vestimenta militar típica do Daich.

O momento passara e Nassima não podia mais diminuir a idade de Ahlam para que permitissem que elas ficassem juntas, então começou a implorar ao homem armado: "Pelo amor de Deus, não a leve de mim. Vocês levaram a mãe dela para o outro ônibus, que não sei para onde foi".

"Pelo amor de Deus, vou levá-la", disse o homem armado, rindo. Ele se afastou arrastando Ahlam atrás de si.

Nem o pai, nem a mãe a viram chorar e ser arrastada daquela forma, pois estavam em veículos separados e com cortinas fechadas. Amina tampouco sabia que em seguida eles também capturariam suas ovelhas. Após esvaziarem as casas dos moradores, entraram nos celeiros e transportaram os animais em caminhões. Os gatos com os cachorros, e o gado com os burros. Em tempos de normalidade, cachorros e gatos se provocam, soltando latidos e miados; no entanto, todos os animais ficaram em silêncio a caminho do desconhecido, como se sentissem o cheiro do perigo.

No Kia, Chammo perguntou a um dos homens armados: "Meu irmão, vamos com você até o xeique, mas me diga: por que vocês separaram as mulheres dos homens?".

"Não é permitido que as mulheres se sentem com os homens. Você não sabe disso?", respondeu o homem.

A conversa se interrompeu; após cerca de uma hora, o carro parou diante de uma fortaleza antiga no topo de uma colina. Desceram do carro e havia ali outros prisioneiros, que também desciam de carros parados diante da fortaleza.

"Eu conheço este lugar", Talo disse ao grupo. "Esta é a fortaleza de Tal Afar."

Entraram na fortaleza seguindo as ordens dos homens armados. Havia um relógio grande na parede, cujos ponteiros indicavam ser quatro e vinte da manhã. Os homens armados os deixaram ali e partiram, ficando apenas alguns guardas do lado de fora, nos muros da fortaleza.

Era um dia quente e sufocante, sem ventilador, água, nem resposta a perguntas como: "Por que estamos aqui?", "O que vão fazer conosco?" e "Para onde levaram as meninas?", questionamentos que se repetiram durante o dia inteiro. O sol se pôs e não havia mais nada exceto o tique-taque do relógio. Após a meia-noite, ouviram tiros do lado de fora. Os guardas vieram até eles e informaram que alguém tentara fugir pela janela e eles o haviam assassinado. "É bom para vocês não pensarem em fazer uma estupidez dessas", um deles advertiu e saiu com os demais guardas.

Um dos prisioneiros chorava e os outros prisioneiros se reuniram ao seu redor. Ele contou que quem tentara fugir e fora assassinado era seu filho mais velho.

Passados dois dias, os homens armados trouxeram água e pacotes de biscoito vencido. No terceiro dia, quando o ponteiro pequeno do relógio apontava para as nove, os homens armados entraram na fortaleza e um deles começou a falar em voz alta, dirigindo suas palavras aos prisioneiros: "Esta fortaleza é um dos locais dos infiéis e por isso vamos destruí-la, com a permissão de Deus. Os infiéis chamaram este lugar de templo de Istar; por desconhecerem a existência de Deus, adoravam divindades de sua criação. Daqui a pouco o califa Abu Nasser vai chegar para falar com vocês sobre a religião correta. Um fotógrafo estará presente para registrá-los enquanto entram no islã, para que outros os vejam e encontrem o caminho reto. Estão de acordo?".

Um murmúrio correu entre os prisioneiros, e o anunciador continuou: "Se estiverem de acordo, traremos suas famílias até vocês, vamos cuidar de todos e protegê-los".

Um murmúrio correu novamente.

"Eu não estou de acordo", disse um dos prisioneiros. "Minha religião não permite isso."

"Eu também", disse um jovem ao lado dele, "não estou de acordo."

"Vocês têm certeza?", perguntou o homem armado. "Venham aqui."

Talo murmurou para Azad: "Aqueles dois corajosos não têm família. Vamos ficar em silêncio até nos livramos desse mal e voltarmos às nossas. O amor é humilhação, meu irmão."

Azad fez que sim com a cabeça e disse: "Vamos dizer o que eles querem ouvir, desde que não saibam o que está em nosso coração".

Chammo não comentou nada. Pensava em Helin e em Elias, e em Ramziya, que, sem dúvida, estava preocupada com a demora de todos. Ficou triste por Yahia e Yassir, que, sentados ao seu lado, comiam o biscoito ruim.

"Ah! O que vocês disseram? Estão de acordo?", perguntou o homem armado.

"Sim, sem problemas", disse um dos prisioneiros na fileira da frente. "Não há diferença entre as religiões."

"Há uma diferença grande", disse o homem armado. "Vamos convertê-los hoje à religião islâmica para o bem de vocês, assim entrarão no paraíso pelos portões mais largos."

Ouviram-se tiros ininterruptos. Homens armados entravam e saíam falando no celular. Após meia hora, quando o barulho das balas se acalmou, distribuíram aos prisioneiros pão e queijo cremoso em triângulos. Quando o ponteiro pequeno do relógio passou um pouco das dez, dirigiram-nos até a fonte de água próxima da fortaleza.

"Tirem a roupa", ordenou, pelo alto-falante, o homem armado. "E, se vocês ainda estiverem em posse de qualquer coisa, devem entregar imediatamente. Qualquer coisa: telefone, anel, chave, o que for."

Desceram nus um por um e se lavaram na fonte de água. Quando saíram da água, os homens armados convocaram os meninos jovens, que tinham vinte anos ou menos, para subir num ônibus que os esperava. Chammo quis abraçar Yahia e Yassir antes que se fossem, mas abaixou a cabeça e evitou olhar para eles, pois estava nu e envergonhado. O ônibus partiu diante dos olhos dos prisioneiros, e um dos homens armados levou o alto-falante à boca, dizendo: "Seus filhos são nossos filhos e, por consequência, filhos do Estado Islâmico. Nós os parabenizamos porque eles estão agora a caminho do campo de treinamento de Raqqa, que vai prepará-los para se tornarem fortes combatentes".

Passaram entre os homens nus distribuindo camisetas e calças. Chammo murmurou para Azad enquanto vestia sua roupa: "Combatentes? Os filhos da sua irmã têm medo até de cobras".

O anunciador acrescentou pelo alto-falante: "E agora preparem-se, com roupas limpas, para conhecerem o califa".

Foram levados para um jardim não muito distante da fonte de água. Os homens armados estavam em estado de alta prontidão: moviam-se em todas as direções e organizavam os prisioneiros para se sentarem em fileiras.

Por fim, o califa chegou, de roupa e turbante pretos, carregando um rifle e acompanhado por homens com grandes câmeras. Sentou-se diante dos prisioneiros e, ao seu lado, sentou-se um jovem que usava vestimenta militar e também carregava um rifle. O califa falou àqueles homens: "Viemos libertá-los e apresentá-los à religião correta. Convertam-se ao islã e fiquem seguros. Qualquer infiel, seja cruzado, seja judeu, seja iazidi, tem a oportunidade de salvação ao proclamar os dois testemunhos de fé. Nós não matamos as pessoas, exceto para tirá-las da incredulidade. Agora Sinjar está sob domínio dos *mujahids* — combatentes. Nós lhes oferecemos o islã em troca de paz, mas eles insistiram em lutar contra nós. Contudo, eu trago boas notícias para vocês: muitas famílias aceitaram a nossa oferta e estão felizes. Estavam na escuridão e agora estão na luz. Desejamos que os iazidis desçam das montanhas e se juntem a nós para que, no além, evitem o fogo do inferno. Se ficarem nas montanhas, morrerão de fome e sede, mas aqui nós os defenderemos, morreremos antes de deixar que se machuquem. Vocês só precisam pronunciar os dois testemunhos de fé para virarem nossos irmãos. Vocês terão direitos e deveres, exatamente como nós".

Nas árvores atrás do califa, os pássaros cantavam de um modo que chamava a atenção. Chammo olhou para as árvores ao seu redor perplexo, perguntando-se como alguém podia tornar a vida tão complicada num jardim tão bonito como aquele!

Um deles cortou a cadeia de seus pensamentos ao anunciar pelo alto-falante que os *mujahids* iriam falar com os prisioneiros enquanto os fotógrafos gravavam um vídeo. Um dos fotógrafos se aproximou de Azad e perguntou: "Qual é sua opinião sobre o que disse o califa?".

"Como ele disse. Nós estamos na luz", respondeu Azad.

Assim que o fotógrafo partiu, Azad virou-se para Talo e murmurou: "Ficaremos cegos com toda essa luz".

Os homens armados passaram entre os prisioneiros perguntando sobre suas demandas, então Chammo indagou ao jovem que se aproximou dele: "Onde estão os demais prisioneiros?".

O jovem não respondeu, então Chammo acrescentou: "O marido de minha filha se chama Elias e ouvimos que ele foi levado como prisioneiro. Você sabe onde ele está?".

O jovem olhou para a direita e para a esquerda, como se esperasse alguma pergunta diferente, então Chammo indagou: "E as meninas? Para onde foram levadas?".

Nessa altura ficaram visíveis sinais de incômodo no rosto do jovem, que o deixou e caminhou na direção de outro prisioneiro.

O Vilarejo dos Bem-Guiados

Os homens armados conduziram os prisioneiros até um ônibus que, segundo disseram, os levaria aos sítios arqueológicos de Tal Afar. Exatamente como um guia turístico leva um grupo de turistas para sítios históricos que remontam à Antiguidade. A diferença estava no fato de que eles não seriam levados àqueles locais para visitá-los e ouvir as histórias passadas de geração em geração havia milhares de anos, e sim para testemunharem sua destruição.

A cúpula de Khidr Elias foi o primeiro local que destruíram. Talo louvou a Deus por sua mãe não estar com eles, pois ela não teria suportado aquela cena. Desde quando abriu seus olhos ao mundo, ele sabia que toda terceira quinta-feira do mês de fevereiro a mãe o levaria até aquela cúpula verde. Primeiro, ela prepararia o doce redondo de Khidr Elias, recheado com sete tipos de grãos moídos e fritos, seguindo suas crenças que falam de sete anjos. Ela nunca deixou passar uma primavera sem visitar aquele lugar, assim como os demais visitantes que vinham de perto e de longe para lançar, ao rio, velas sobre pequenos pedaços de madeira, repetindo seus desejos no coração. Quando Talo cresceu um pouco, perguntou à mãe quem era aquele Khidr Elias, para quem ela fazia o doce todo ano. Ela contou que se tratava de um homem virtuoso que viveu sob aquela cúpula em tempos antigos, e era conhecido por trazer sorte: bastava ele pisar em um local seco, que este ficava verde, cheio de plantas. Por isso, as pessoas o abençoaram e passaram a chamá-lo de "Dotado de pés verdes", e seus seguidores visitavam o lugar após sua morte. Como era vegetariano, seu feriado é o dia no qual não se derrama nenhuma gota de sangue; nessa data, seus seguidores não sacrificam nenhum animal nem comem carne. Os membros da organização tinham uma ideia completamente diferente. Disseram aos prisioneiros que pedir a Khidr Elias que realizasse desejos era *haram*, uma vez que os desejos não poderiam ser realizados senão por vontade de Deus.

Talo observou a cúpula sendo destruída enquanto os homens armados gritavam: "Deus é o maior!". Talo se viu gritar "Deus é o maior!", como eles, de tão alvoraçado que estava no momento em que a cúpula ficou no nível do chão. Ele se lembrou do sonho importante que teve no Dia de Khidr Elias: Amina lhe dando água. Sua mãe explicou o sonho, dizendo que aquela moça seria sua noiva, e assim Talo se casou com ela. Ele fervia de raiva, não apenas porque eles destruíam um lugar no qual tinha memórias de infância, como também porque queria saber o que haviam feito com Amina, Ahlam e sua mãe. Para onde os ônibus as haviam levado?

Espantado com Talo, que tinha um ar histérico e gritava "Deus é o maior", Chammo murmurou para Azad: "Por que estão destruindo este local bonito? Que pecado!".

Correu um murmúrio de comentários de protesto entre os prisioneiros, até que foram silenciados por homens armados, que atiravam no ar de forma aleatória. Um deles se aproximou, parou diante dos prisioneiros e gritou pelo alto-falante: "Ouçam, Deus criou o homem à melhor imagem, e não é permitido aos seres humanos competir com Deus em sua criação. O que é esta pedra pela qual vocês estão lamentando? Nada!".

A fortaleza de Tal Afar foi o segundo sítio a cuja destruição eles assistiram. Dessa vez, quando os prisioneiros protestaram, os homens armados atiraram em três deles, que caíram no chão, manchados de sangue. Os demais prisioneiros correram até os feridos, contudo uma picape avançou na direção deles, dispersando-os. Dois homens armados desceram e levaram os três feridos para o carro. Um dos homens armados gritou pelo alto-falante: "Eles vão para o hospital para serem tratados; não queremos ouvir nada de vocês de agora em diante quando estivermos realizando nossa missão de *jihad*, senão iremos combatê-los. Vamos agora destruir o resto dos ídolos porque são *haram*. As tumbas também, não é permitido que se elevem mais do que uma polegada da terra".

Foi um dia longo e exaustivo para o espírito. No fim, quando a escuridão reinou, deixaram-nos no vilarejo Kasr Al-Mihrab. Disseram-lhes para escolher uma casa do vilarejo onde iriam morar até que chegasse o restante da família.

Chammo queria se certificar de que entendera o que disseram, então se aproximou do homem que anunciava e perguntou: "Você disse que vão trazer o restante da nossa família até aqui?".

"Sim, amanhã de manhã vamos trazê-los para cá, pois estas casas serão o centro de uma sociedade virtuosa", respondeu o homem. "Cada um de vocês terá uma função na construção deste vilarejo, que a partir de hoje será chamado de Vilarejo dos Bem-Guiados".

"Chame-o como quiser, meu irmão. O importante é que venham Helin, Elias, os meninos, as meninas e todo o resto do nosso grupo", disse Chammo.

"Você, o que você faz?", o homem perguntou.

Chammo demorou a responder, então Azad respondeu por ele: "Este é meu pai e ele é circuncidador".

"Você fez bem em me informar isso; vamos precisar muito dos serviços dele aqui. Meu nome é Ali, o Economista. Sou especializado em Economia e qualquer coisa que precisarem, estou aqui", disse o homem estendendo a mão para Azad, que a apertou.

Azad entrou na primeira casa que viu, seguido por Chammo, que fez sinal para Talo se juntar a eles, e assim ele fez. Eles não notaram que aquela casa estava sem porta de entrada até de manhã, quando saíram para ver o que havia ali fora e se havia algum sinal de seus parentes chegando. Avistaram guardas ao longo da rua. Chammo avançou para falar com um deles, mas o guarda fez sinal para que regressasse: "Não saiam de casa. Vamos convocar um encontro com vocês daqui a pouco".

Após meia hora, o encontro foi anunciado pelo alto-falante: "Sigam para a grande praça no fim da rua". Quando se reuniram lá, alguns homens armados pararam diante deles, enquanto outros permaneceram na rua detrás, ao redor da linha de prisioneiros. Um dos membros da organização se adiantou e começou a falar: "Ouçam, meus irmãos. Queremos que vocês contribuam conosco na construção da sociedade virtuosa, e em troca nós iremos protegê-los e trazer suas famílias até vocês. Vamos distribuir cartões de racionamento para que recebam alimentos todo mês".

"Por quê? Quantos meses vamos ficar aqui?", perguntou Chammo.

Azad respirou aliviado porque pareceu que eles não ouviram a pergunta de seu pai, já que não deram nenhuma resposta. Murmurou: "Não fale com eles, pai".

O homem armado prosseguiu: "Vocês aqui são 276 homens. Setenta e cinco de vocês vão trabalhar em construções, pois queremos erguer uma grande mesquita aqui, uma que todos possamos frequentar e rezar juntos. Vinte e cinco vão trabalhar na prefeitura limpando as ruas. Vinte e cinco vão cuidar das ovelhas e coletar feno. Vinte e cinco vão plantar e cuidar das árvores. Cinquenta vão trabalhar na administração e nos escritórios dos *mujahids*. Vinte vão transportar mercadorias aos escritórios. Quinze vão distribuir alimentos. Trinta e cinco vão produzir explosivos. Um será o circuncidador. Os cinco restantes ficarão disponíveis para emergências. Abu Muataz vai distribuir as tarefas entre vocês e escrever também o nome de seus familiares para que possamos trazê-los".

Quando disse isso, fitou Azad e Chammo. Fez sinal com a mão para Azad ir até ele.

"Ouça, meu irmão. Diga para seu pai parar de fazer perguntas, porque assim será mais seguro. Por Deus que, se ele não fosse circuncidador, nos livraríamos dele logo. Entendido?"

Azad abaixou a cabeça e voltou a seu lugar. O pai olhou para ele interrogativamente, mas Azad permaneceu em silêncio.

O dia passou e os familiares não vieram. No final do dia, todos saíram ao ouvirem buzinas de carro, porém era apenas um convite para saírem e encontrarem os homens armados. Ficaram de pé diante das casas, escutando quem se dirigia a eles pelo alto-falante: "A escolta militar que traria as mulheres até aqui está atrasada, mas recebemos notícias de que elas chegarão logo, se Deus quiser, então não se preocupem. As mulheres casadas virão para as suas famílias, enquanto as não casadas são propriedade dos combatentes, como uma missão de *jihad*".

"Não, não aceito isso!", gritou um dos prisioneiros. "Eu quero a minha família inteira!"

"Sim, todos nós queremos a nossa família inteira!", gritou Talo.

Azad cutucou o pai para fazê-lo parar com suas perguntas, que começaram com "Por que isso?" e "Tudo do seu jeito?", mas, apesar dos avisos de Azad, ele continuou: "Deixe-nos entender, meu filho, o que acontece aqui. Isso não está certo".

O grito dos prisioneiros se elevou. Eles deixaram o lugar e se reuniram no meio da rua, levantando as mãos na cara dos homens armados, que começaram a atirar de forma aleatória. Alguns prisioneiros caíram no chão e outros regressaram ao ponto atrás da cerca das casas. O sangue dos prisioneiros caídos escorria, e alguns corriam até eles para abraçá-los. Todos os prisioneiros começaram a gritar na cara dos homens armados com tanta raiva que já não se importavam mais com os tiros que enfrentavam.

Chammo se colocou na frente de Azad para protegê-lo dos tiros, mas Azad o empurrou com força, tentando manter o pai a salvo, de modo que ambos tropeçaram e caíram no chão. Os homens armados pararam de atirar.

Um deles gritou para os prisioneiros: "Entrem nas casas que vamos lidar com vocês amanhã!". Como os prisioneiros não se moveram, um homem armado gritou de sua picape: "Saiam daqui! Deixem-nos levar os feridos ao hospital". Quando outro carro avançou, os homens armados jogaram os feridos e os mortos nos dois carros.

Talo estava prostrado no chão perto da cerca da casa. Tocou o próprio corpo e não encontrou nenhum machucado. Olhou para Chammo e Azad, e disse: "Vamos entrar e pensar em um plano".

Assim que entraram na casa, Talo disse: "Logo que escurecer, vou fugir daqui. Vocês querem fugir comigo? Vamos pular pela parte detrás da casa. Não há guardas atrás das casas".

Chammo e Azad trocaram olhares, então Chammo perguntou: "Mas e se nossos familiares vierem e não nos encontrarem esperando por eles?".

"Você acredita nisso?", indagou Talo. "Acha que eles têm honra para manter uma promessa? Estão mentindo e não vão trazer nossos familiares."

Chammo olhou para o filho, esperando sua opinião, então Azad disse: "Se esperarmos um ou dois dias e ficar claro que eles estão mesmo mentindo, então fugiremos".

"Eu não suporto mais ficar aqui", disse Talo. "Deixem-me tentar primeiro, e, se eu conseguir, vocês fazem o mesmo." Chammo mal dormira uma hora quando acordou com o barulho de tiros do lado de fora. Azad também estava acordado. Assim que apareceram os primeiros raios solares, saíram como os demais prisioneiros até a rua aos sons de buzinas de carro.

Um homem armado, com sobrancelhas bem grossas e barba longa sem bigode, levou o alto-falante à boca e disse: "Vamos redistribuir as tarefas entre vocês porque o número de homens diminuiu, passou a ser 213. Ontem à noite alguns tentaram fugir, mas não conseguiram".

Ele elevou a voz ainda mais: "Dissemos a vocês que fossem nossos irmãos e que iríamos protegê-los, mas alguns insistiram em violar a vontade de Deus, então nossa única saída foi lutar. Esse é o destino dos traidores. Não merecem mais do que uma vala. Como vocês viram, nós tratamos os seus feridos em hospitais porque queremos lhes dar uma segunda chance de encontrar o caminho reto. Vocês disseram que viraram muçulmanos, mas parece que alguns estavam mentindo para nós. Prometemos que traríamos os seus familiares e de fato eles estão a caminho daqui. Abu Kutaiba vai se ocupar agora de escrever os nomes de novo e redistribuir as tarefas".

Deram a Azad a tarefa de trabalhar nos escritórios da administração. Ele estava de pé com os demais encarregados dessa tarefa e notou seu pai enxugando as lágrimas. Aquela era a primeira vez em que Azad via o pai chorar; ele não chorava nem mesmo no funeral de parentes.

Uma parte dos prisioneiros foi trabalhar em grupo e outra parte, de forma individual, seguindo as ordens dos homens armados. Ali, o Economista, fez sinal para Azad subir com ele no carro, dizendo: "Vou levá-lo a um depósito para que você me ajude a transportar as coisas até o centro administrativo".

"Está bem", respondeu Azad.

Após um momento de silêncio no carro, Ali disse: "Ouça-me, você é uma boa pessoa e quero que fale com a sua comunidade para que não fujam. Ontem à noite nos forçaram a matar muitos do grupo. Eles terminaram numa grande vala. Não queremos que todos vocês terminem lá como eles".

"Você pode me levar até à vala?", Azad perguntou.

"Por quê?"

"Só queria ver se meu amigo está entre eles."

"Quando terminar o trabalho, vamos passar por lá e eu deixo você dar uma olhada", disse Ali. Naquele instante, o celular dele tocou.

"Daqui a uma semana", disse para a pessoa na linha e desligou o celular.

"Era a minha filha", Ali disse para Azad. "Ela perguntou quando eu volto para casa."

Azad ficou surpreso ao ouvir isso, como se ele não esperasse que aquele sujeito a seu lado fosse um ser humano que tinha filhos.

"Você é casado?", Ali perguntou.

Azad hesitou, então disse: "Não", como se temesse que tomassem dele a esposa, se falasse a verdade. Sem dúvida ela estava preocupada com a sua demora, mas pelo menos estava em segurança com o bebê, e ele tentaria sobreviver por eles. Toda essa paciência era para que retornasse a eles em segurança.

"Quando você se tornar um *mujahid* de verdade", disse Ali, "você poderá se casar com quem quiser e, mesmo se morrer como mártir, você encontrará uma ninfa no paraíso. Seu *jihad* não será em vão."

"Se Deus quiser", respondeu Azad, dizendo em seu coração: "Se Deus quiser, você morrerá mártir para que fique frustrado quando não encontrar nenhuma ninfa à sua espera".

"Eu tenho três esposas", disse Ali. "A última é uma verdadeira *mujahida* que se juntou a nós."

"Ela se divorciou do marido?", Azad perguntou.

"Ele batia nela diariamente", Ali respondeu, "e, apesar disso, ela não podia se livrar dele até se juntar ao Estado Islâmico."

No final do dia, Azad retornou ao pai exausto, não apenas devido a todas aquelas caixas que carregara, mas principalmente por causa dos corpos que vira empilhados na vala. Quando o pai olhou para ele de forma interrogativa, Azad disse: "Talo não estava entre os mortos. Eu os vi com meus próprios olhos. Alguns estavam prostrados de barriga para baixo e o rosto não estava muito visível, mas não me pareceu que Talo estivesse entre eles. Não vi uma mão grande como a dele entre os mortos".

As tarefas se diversificaram e todos passaram a fazer de tudo. Azad adquiriu novas experiências: construção, consertos, agricultura e até mesmo a recitação da chamada para a oração na mesquita, que ele ajudou a construir e para cuja grande sala levou microfones.

O sol nasceu mais de cento e vinte vezes no Vilarejo dos Bem-Guiados para seus prisioneiros, que foram forçados a trabalhar sem receber nada em troca, exceto os alimentos que os mantinham vivos. Aqueles prisioneiros tinham um tipo especial de esperança. Uma esperança que parecia desespero. Quando a esperança se repete todos os dias, o desespero se torna familiar tanto quanto a própria esperança e, com o passar do tempo, uma e outro se assemelham tanto que é difícil distingui-los.

Os guardas não ficavam mais nas ruas. Mudaram-se para as redondezas do vilarejo, onde controlavam a entrada e a saída de pessoas. Apesar disso, não era fácil para os prisioneiros fugirem, pois não tinham meios de se locomover além dos próprios pés. Teriam que andar pelo menos sete horas para sair da zona de perigo, atravessando áreas nas quais eles mesmos haviam plantado minas sob a supervisão dos homens armados. Quem tentava fugir era morto e pendurado numa árvore diante do olhar dos demais prisioneiros. Quando o sol se punha, os prisioneiros retiravam os corpos das árvores e os enterravam.

Numa manhã de esperança — aquela esperança gêmea do desespero —, precisamente em meados de dezembro de 2014, chegou, enfim, com o som de buzinas, o ônibus tão aguardado. Desceram dele mulheres e crianças, que correram procurando seus familiares entre os prisioneiros. Abraçaram-se longamente, chorando. Alguns encontraram sua outra metade e seus parentes, outros não. Choraram juntos. Chammo enxugou as lágrimas com a cena das pessoas se abraçando, mas Helin não estava ali para que ele a abraçasse.

"Tem algum outro ônibus a caminho?", Chammo perguntou a um dos guardas, que fingiu estar ocupado no celular e não respondeu. Uma mulher idosa correu na direção de Chammo,

segurando a mão de uma menina de nove anos. Quando se aproximou e o cumprimentou, ele reconheceu a mãe de Talo. O cabelo da menina estava cortado de maneira arbitrária e sujo de terra, as bordas de sua roupa, cortadas de forma estranha. Ela parecia descuidada ou louca.
"Onde está Talo?", Nassima perguntou.
Antes que Chammo pudesse responder, Azad deu um passo à frente, olhou ao redor e então murmurou no seu ouvido: "Talo fugiu".
"E Amina e Helin?", ela perguntou.
"Tínhamos esperança de que você soubesse algo sobre elas", disse Azad. "Vocês não estavam juntas?"
"Não as vi desde aquele dia", Nassima respondeu.
Os homens armados estavam incomodados com a quantidade de perguntas que lhes faziam, então um deles informou pelo alto-falante: "Este é o primeiro grupo de familiares. Chega de perguntas, senão os próximos a chegarem aqui não encontrarão vocês. Há casas vazias na região. Todas elas são para vocês. Sejam pacientes, pois Deus ama os pacientes".
"Há dois quartos nesta casa onde estamos", disse Chammo. "Eu e Azad estamos em um, você e Ahlam podem ficar no outro. Ou vocês querem uma casa só para vocês?"
"Não, claro que não queremos ficar sozinhas", respondeu Nassima.
Assim que os quatro entraram na casa sem porta, Nassima perguntou: "Tem uma tesoura aqui?".
"Não sei", disse Azad, "mas posso procurar nas casas abandonadas, ou pedir aos vizinhos. Nós ajudamos uns aos outros e trocamos nossas coisas. Até mesmo o áraque, que bebemos escondido, pois o álcool é proibido. Suponho que a tesoura não seja proibida."

"O que você vai fazer com uma tesoura, Umm Talo?", Chammo perguntou.

"Eu salvei Ahlam com uma tesoura", disse Nassima, "mas eles a tiraram de mim antes de nos trazerem para cá."

"Verdade? Como foi isso?", Chammo perguntou, fazendo sinal para ela se sentar. "Prepare um chá, Azad, e traga pão. Pedimos desculpas pelo pouco que temos a oferecer", e acrescentou: "Mas esta não é nossa casa, como você sabe, senão nós ofereceríamos às visitas o que é apropriado".

"Claro, eu sei", disse Nassima.

"Para onde levaram vocês, Umm Talo?", Chammo quis saber.

"No início nos separaram", ela respondeu. "Oh!, eles nos destruíram. Mataram os homens diante de nossos olhos. Foram jogados em valas e assassinados a tiros. Queimaram o coração das mães."

Nassima se engasgou com o choro. Azad trouxe uma tigela de água e ela agradeceu. Continuou: "Um príncipe me comprou como sua criada. Certo dia eu implorei para que ele trouxesse Ahlam até mim, para que eu pudesse vê-la. De fato, ele a trouxe, por duas horas, devolvendo-a ao salão das meninas. Eles permitiram que ela viesse me visitar uma vez por mês. Quando ela veio pela terceira vez, o príncipe havia morrido em combate, e o vigia disse que uma pessoa nos levaria dali. Então eu tive uma ideia. Cortei e bagunçei o cabelo de Ahlam e cortei as bordas de sua roupa. Eu a orientei a se comportar como se estivesse louca até eles chegarem. Ahlam desempenhou bem o papel, pois o homem que veio para nos comprar acreditou que ela estava mesmo louca e se recusou a nos comprar. Veio outro, e ele também se recusou. Disseram: 'Elas não têm utilidade'. Em seguida, nos trouxeram até aqui. É por isso que eu preciso de uma tesoura; caso troquem a roupa dela, eu a corto novamente, como se ela estivesse fazendo isso".

Ouviu-se uma buzina; Azad notou um carro diante da casa e saiu. Voltou depois de uns minutos, dizendo: "Eles querem você, pai, para ir circuncidar alguns meninos".

Chammo se levantou, dizendo para Nassima: "Se eu não encontrar uma tesoura comum, você pode usar as ferramentas de circuncisão".

No dia seguinte, a tarefa de Azad era carregar caixas de alimento do depósito até o escritório de distribuição, que ficava a duas ruas da casa. No final, deram-lhe sua parte do alimento e Ali disse que ele podia partir. No caminho de volta, a pé, Azad entrou numa casa abandonada na esperança de encontrar uma tesoura. Durante sua busca, encontrou um carregador de celular. Ele o pegou e saiu imaginando que poderia encontrar um celular também. Ligaria para números aleatórios, pois talvez atendesse alguma voz de fora daqueles muros.

Após chegar na casa, Azad esvaziou a sacola, que tinha chá, triguilho, batata, cebola e extrato de tomate.

"Não tinha farinha desta vez?", perguntou Chammo.

"Sabe quem eu encontrei hoje, pai?"

"Quem?"

"O filho dos vizinhos de Helin. O nome dele é Hamid e ele é amigo de Yahia. Estava hoje no escritório de distribuição de alimentos."

"Ele também é prisioneiro?", Chammo perguntou.

"Não, ele é *daichi*", Azad respondeu. "Estava com eles e carregava uma arma como eles."

"Você perguntou sobre Helin?"

"Ele partiu com o grupo antes que eu pudesse perguntar, mas ele me reconheceu e até sabia onde moro. Estava evidentemente constrangido."

Azad tirou o carregador do bolso, dizendo: "Consegui isto, falta agora achar um celular; embora talvez não haja sinal aqui".

"O que isso significa?", Chammo perguntou.

"Sem sinal, não temos conexão", Azad respondeu.

"Deus seja louvado", disse Chammo, "até mesmo os aparelhos não funcionam sem conexão."

O assobio

Helin sempre ficava deslumbrada com a região de floresta de Mossul, suas belas e numerosas árvores gigantes; naquele momento, porém, ela foi tomada por um sentimento de aversão provocado pela vista daquelas árvores enfileiradas, uma após a outra, como um grupo de estupradores que se revezavam contra ela, cortando sua respiração. O motorista não lhe informou nada, exceto que a levava à Casa de Acolhimento porque Aiach desaparecera. No banco detrás do carro, sem saber para onde ia, ela tapou os olhos com as mãos.

Abaixou as mãos, colocando-as no colo, e olhou novamente pela janela do carro. A lua estava cheia no céu e a acompanhava. Continuou a segui-la até o motorista parar o carro num prédio com um letreiro no qual estava escrito "Salão de Casamento Galaxy".

Então ele não a tinha levado até a escola de onde a tiraram, como ela esperava. O motorista colocou a arma no cinto e disse para Helin entrar no salão. Mais de 150 mulheres estavam sentadas no chão, mas o motorista ordenou a ela que o seguisse até uma sala lateral. Lá, ele a entregou a um jovem sentado atrás de uma mesa de escritório. O motorista disse a ele: "Esta é a viúva de Aiach", e partiu.

O jovem escreveu algo no papel que tinha diante de si e, sem levantar os olhos, disse: "Espere lá no salão até que chegue a sua vez".

Helin levou um susto ao ver o jovem diante de si e o indagou: "Hamid?".

Hamid não a reconheceu de início, pois ela usava o nicabe, mas distinguiu sua voz.

"Tia Helin?"

"O que você está fazendo aqui, Hamid?"

Ele ficou em silêncio por um momento antes de responder: "Trabalhando".

"Me leve até sua casa para eu ver minha filha."

Ele ficou em silêncio novamente e abaixou o olhar. Então disse: "Isso é muito difícil para mim".

Ela olhou para ele com lágrimas nos olhos.

"Farei o que estiver ao meu alcance para ajudar", ele murmurou, "mas agora você precisa ir para o salão."

Helin saiu com a sensação de estar num sonho estranho, no qual os meninos pequenos que ela amava e dos quais havia cuidado tinham crescido, adquirido longas barbas, se tornado maiores do que ela e passaram a lhe dar ordens. Ela se sentou no chão com as outras mulheres e olhou ao redor na esperança de encontrar Amina. Algumas usavam o nicabe, o que tornava difícil distingui-las, mas ela notou Laila, que estava adormecida no canto do salão.

Helin rastejou até ela através dos pequenos espaços entre as mulheres e murmurou seu nome, então Laila abriu os olhos. Helin sorriu para ela e disse: "Sou a Helin, você se lembra de mim?".

Laila fez que sim com a cabeça e disse: "Eu te vi dois dias atrás num sonho".

"Verdade?"

"Você estava com Mayada, que brincava com uma bolinha."

"Quem é Mayada?", Helin perguntou.

"A sua filha."

"O nome dela é Mayada?"

"Era o nome dela no sonho."
Uma mulher entrou na sala e disse para formarem uma fila para o banho e a troca de roupa, pois um comerciante comprara todas de uma vez só para vendê-las individualmente em Raqqa.
Ela se sentiu desiludida por partir depois de ter encontrado Hamid, pois tinha a esperança de que ele a ajudasse, apesar de seu trabalho terrível. Vê-lo ali fora uma coincidência inesperada. Entretanto, sua esperança foi suprimida após três horas, quando ordenaram que se dirigissem ao grande ônibus que as levaria até Raqqa.
O ônibus não era o suficiente para todas, então parte seguiria em carros menores. Helin estava sentada no ônibus ao lado de Laila quando um dos jovens entrou e disse: "Quem é Helin? Desça!".
Ao descer do ônibus, ele pediu que o seguisse. Ela viu ao longe dois jovens com uma bandana preta do Daich em torno da cabeça e imaginou que iriam todos estuprá-la. Então ela parou e disse para o jovem, que andava dois passos à sua frente: "Pelo amor de Deus, deixe-me ir com as outras. Estou doente".
"Mexa-se depressa, não pare", ele disse.
Quando chegou onde estavam os dois jovens, viu que Hamid era um deles. De pé ao lado de um carro com o porta-malas aberto, ele disse: "Entre rápido".
Helin entrou e, antes que Hamid fechasse o porta-malas, ela levantou os olhos e lhe disse: "Uma menina chamada Laila está comigo. Ela está no ônibus. Deixe que ela venha comigo, por favor".
"É arriscado, e queremos nos mover com pressa. Vamos ver", disse Hamid. Fechou o porta-malas, deixando-a no escuro.
Após alguns minutos, abriram o porta-malas novamente, e Laila se juntou a Helin. Elas se espremeram para que o espaço fosse suficiente para as duas.

O carro retornou à escolta à espera do sinal de partida para a Síria.

"Estou morrendo de medo", disse o jovem sentado ao lado de Hamid. "E se descobrirem? Olha, Abu Tawfiq está vindo em nossa direção. Juro por Deus que vão nos matar."

Hamid abriu a janela do carro e perguntou para Abu Tawfiq: "Partimos agora?".

"Ainda não veio a ordem para se mover", respondeu Abu Tawfiq.

"Nosso carro é velho e às vezes quebra. E se a gente for na frente para não se atrasar?", Hamid perguntou.

Abu Tawfiq fez sinal com a mão para que fossem; o carro partiu e eles respiraram, aliviados.

Hamid virou a cabeça na direção de Helin e disse em voz alta para que ela o ouvisse: "Em uma dessas casas está o seu irmão. Não sei em qual delas exatamente, mas, assim que pararmos, vocês precisam descer depressa e, claro, nunca digam nada sobre nós. As pessoas nestas casas são todas prisioneiras e talvez indiquem onde fica a casa do seu irmão. Não podemos fazer mais do que isso porque precisamos alcançar a escolta logo".

Assim que o carro parou e Hamid abriu o porta-malas, elas saíram e andaram apressadas. Helin segurou a mão de Laila e as duas entraram na primeira casa que viram. Estava vazia e abandonada, mas puderam beber um pouco de água da pia na cozinha.

"Será que Azad está mesmo aqui?", Helin balbuciou. "Temo que nos peguem se andarmos na rua."

Elas estavam muito cansadas e acabaram dormindo no chão. No dia seguinte, Helin ficou observando a rua pela janela da casa. Notou Azad com uma barba longa andando com pressa diante da casa. Hesitou um pouco porque não tinha certeza se aquela pessoa era *daichi* e se parecia com Azad, ou se era Azad se parecendo com um *daichi*. Ela soltou um assobio que na língua da montanha significava: "Estou aqui". Azad ficou paralisado ao ouvir o assobio de Helin. Olhou para trás e se virou, retornando. Quando chegou à frente da casa, Helin colocou metade do corpo para fora da porta e Azad se apressou até ela, sem acreditar em seus olhos. Ela abraçou o irmão longamente e molhou a sua barba com lágrimas.

"Achei que você fosse um *daichi*", ela disse recuando e secando as lágrimas.

"Não é permitido que eu corte a barba, só o bigode", ele disse.

Azad se afastou e olhou para a direita e para a esquerda, então voltou e disse: "Vamos entrar na terceira casa daqui".

Helin pegou a mão de Laila e os três andaram rápido e entraram na casa sem porta.

Chammo saiu do banheiro e se viu cara a cara com Helin. Ele a abraçou e ela chorou nos ombros dele. Todos choraram.

"O que trouxe vocês até aqui?", Helin perguntou.

"Você, estávamos procurando por você", Azad respondeu.

"Amina estava com você?", Nassima perguntou a Helin.

"Eu a encontrei por um minuto e depois nos separaram", Helin respondeu.

"Eles nos dispersaram como sementes de sumagre", disse Chammo olhando para a pequena companheira de Helin.

"Esta é Laila", Helin disse. "Ela foi separada de sua família porque tem nove anos."

"Como Ahlam", disse Nassima ficando de lado e apontando com a mão para Ahlam, filha de Amina. "Eles acham que ela é louca", acrescentou.

"É normal que as pessoas enlouqueçam aqui", disse Helin. Chammo se inclinou e sorriu para a menina tímida. Perguntou: "Qual é seu nome completo, Laila?".

"Laila Hassan Khan."

Chammo pensou um pouco, então perguntou: "Você tem um irmão chamado Zido?".

"Sim, ele é mais novo do que eu."

"Eu circuncidei seu irmão. Vocês são de Tal Qasab, não é?"

"Sim."

"Zido? Espere, como se chama sua mãe, Laila? O nome dela é Gazal?", Helin perguntou.

"Sim, esse é o nome da minha mãe", Laila respondeu.

Helin ficou de boca aberta, surpresa, e acrescentou: "Eu encontrei sua mãe! Zido e sua irmã mais nova estavam com ela".

"Onde eles estavam? Meu pai também estava lá?"

Helin se calou. O momento não era apropriado para informá-la de que sua mãe Gazal viu o marido ser assassinado e perdeu a voz.

"Não vi seu pai", Helin respondeu, lembrando como Gazal havia sinalizado com as mãos para ela, como forma de encorajamento para que fugissem.

A alegria do encontro foi cortada pela buzina do carro de Ali, assustando-os com o barulho.

"Vão para o quarto. Às vezes os *daichis* entram sem avisar", disse Azad e saiu com pressa.

A tarefa de Azad naquele último dia de 2014 era limpar o escritório de Ali, o que ele fez com bastante atenção. Ao acabar, disse a ele: "Eu queria te pedir um favor".

Ali olhou para Azad em silêncio, esperando o pedido.

"Yahia e Yassir são meus sobrinhos que estão no campo de treinamento de Raqqa, eu sinto saudades deles. Eles não poderiam vir me visitar?"

Ali permaneceu calado por um momento, então disse: "Eu sei que os combatentes têm dois dias de folga por mês. Vou averiguar e te aviso".

"Muito obrigado", disse Azad, que enchia uma caixa com panfletos da organização. Ele queria dizer "Feliz ano-novo", contudo temeu que fosse *haram*. Azad empilhava as caixas quando ouviu Ali gaguejar no telefone, tentando com esforço dizer algo, mas sem conseguir, como se sua língua tivesse ficado pesada. O telefone caiu de sua mão. Ele tentou recolhê-lo, porém não conseguiu. Perdeu o controle de si mesmo e caiu no chão. Azad se apressou e tentou levantá-lo, no entanto Ali perdera a consciência.

Azad correu até a rua e parou o primeiro carro que viu. Pediu ajuda ao motorista para levar Ali ao hospital. O homem desceu e ajudou Azad a carregá-lo até o carro. Azad o acompanhou até o hospital e ficou com ele na sala de emergência até tarde da noite. O motorista, que era membro da organização, avisou a administração do hospital de que Azad era um prisioneiro, para que não deixassem de vigiá-lo. No fim, transferiram Ali para outro quarto e instruíram Azad a partir, arranjando um motorista para levá-lo para casa.

Na cozinha, Azad contou para Helin, enquanto os dois bebiam chá, o que acontecera com Ali, ao que ela disse: "Quem me dera você o tivesse deixado morrer. Quanto menos eles forem, melhor. O que importa é: quando vamos fugir daqui?".

"Penso nisso desde o dia em que chegamos. Porém, não faço nada por causa do papai. Fugir demandaria longas horas de caminhada e isso seria difícil para ele. E tem outro motivo que nos impede", respondeu Azad.

"Qual?", perguntou Helin.
"Yahia e Yassir estão no campo de treinamento na Síria."
"O quê?", Helin disse estarrecida, como se não acreditasse no que ouvia.
"Acalme-se, graças a Deus eles estão vivos."
"Não posso partir sem eles."
"Eu sei", disse Azad.

Após uma semana, Ali se recuperou e retornou às suas tarefas, então Azad também voltou a limpar seu escritório.

Ali estava muito agradecido a Azad: "Me informaram que eu teria morrido se não fosse pela sua reação rápida. Estou em dívida com você, meu irmão. E quero te dizer algo", acrescentou Ali. "Tem um homem chamado Khalid Omar. Você o conhece?"

"Ele é meu amigo, como um irmão para mim", respondeu Azad.

"Ele viu você num vídeo do YouTube sobre os iazidis se convertendo ao islã e te elogiou muito."

"Eu sou padrinho do filho dele, meu pai o circuncidou no meu colo."

"Khalid Omar encontrou o califa Abu Walid e pediu para te visitar", disse Ali. "Parece que ele tem parentesco com o califa, e, como você faz parte da minha divisão, o califa entrou em contato comigo para perguntar sobre você."

"Ficarei muito feliz em encontrar Khalid", disse Azad.

Azad havia apenas retornado da oração do crepúsculo quando foi surpreendido pela visita de Khalid. Trocaram beijos na bochecha e Khalid pegou a mão de Chammo e a beijou. Ele trouxe uma caixa de *baclava*, tortas de queijo e um saco de amêndoas salgadas. Quando se sentaram, disse, fitando Azad: "Como a sua barba está longa! Como se você fosse um *daichi*".

"Não sou, mas, quando ouvi que você queria me ver, imaginei que tivesse se juntado ao Daich", disse Azad.

"Sou muçulmano, mas não *daichi*", disse Khalid.

"Eu te conheço bem, Khalid."

"Conte-me, Azad, como posso te ajudar?"

"Eu preciso de uma coisa importante, se você conseguir trazer."

"Você é muito querido, seu desejo é uma ordem."

"Tenho um carregador e preciso de um celular."

"Não se preocupe, eu trago para você", disse Khalid.

"Celulares são proibidos aqui, então tenha cuidado ao trazer um."

"Eles me inspecionaram quando cheguei, mas fique tranquilo, vou escondê-lo bem."

Na segunda visita, dia 13 de janeiro de 2015, Khalid entrou na companhia de um guarda, segurando uma grande sacola de triguilho, e disse: "Estou com pressa. Vim só para trazer este triguilho como esmola. Mas a sacola está um pouco molhada. Precisa passar o triguilho para outra sacola".

Azad imaginou que a presença do guarda impedira Khalid de trazer o celular. Quando Khalid saiu, Azad colocou a sacola na mesa. Chammo trouxe uma tigela de plástico e disse: "Eu o ouvi dizer que a sacola está molhada".

Quando Chammo esvaziou a sacola na tigela, um celular caiu com os grãos de triguilho. Azad o recolheu, dizendo: "Ah! Por isso que ele quis que esvaziássemos a sacola".

A próxima surpresa chegou-lhes ao ouvido na manhã do dia seguinte, quando os prisioneiros saíram ao som de buzinas de carro. Um dos homens armados anunciou: "Fizemos um acordo com o governo local para entregarmos idosos e deficientes em troca de eletricidade para a nossa região. Os ônibus vêm daqui a pouco para levar os elegíveis até Kirkuk, e de lá até onde quiserem, então preparem-se para partir".

Ali se aproximou de Azad e disse: "Seu pai não é muito velho".

"Ele tem quase oitenta anos", disse Azad.

"Então ele pode partir, a não ser que queira ficar conosco."

"Vou perguntar a ele", disse Azad, pensando consigo mesmo: "E alguém quer ficar com vocês?".

Chammo estava desnorteado e relutante quando avisaram pelo alto-falante que os ônibus estavam prontos.

"Como posso partir e deixar vocês aqui?"

"É melhor para todos nós que você vá", disse Azad.

"Para que se livrem de mim?"

"Não, assim você vai nos salvar. Ouça, pai, memorize este número e, quando você chegar ao Curdistão, entregue-o para qualquer pessoa da nossa comunidade para que entre em contato comigo. Agora eu tenho um celular, mas não sei nenhum número."

O barulho da buzina se elevou, então Chammo tinha que se apressar para pegar o ônibus.

"Como faço para memorizar o número tão rápido assim?", indagou Chammo. "Escreva para mim num papel pequeno, meu filho, que vou esconder nas minhas roupas."

Azad pegou uma caneta, mas não encontrou papel. Nassima correu com a tesoura e cortou um pedacinho da roupa de Ahlam para lhe entregar.

"Que esperta", disse Chammo, "você resolve qualquer problema com a tesoura."

Muitos dos que se dirigiam ao ônibus andavam com bengalas e, quando chegou a vez de Nassima subir, o homem postado na porta do ônibus lhe perguntou, olhando para Ahlam: "Ela está com você?".

"Ela é deficiente mental", murmurou Nassima; então ele permitiu que as duas subissem.

No dia seguinte à partida deles, oito jovens prisioneiros fugiram com sucesso, o que enraiveceu os *daichis*, que impuserem um toque de recolher por três semanas. Reinou no vilarejo um silêncio, quebrado apenas pelo canto do galo de manhã cedo e pelo barulho dos geradores de energia à noite.

Os prisioneiros ouviram que o Daich destruíra diversos outros sítios arqueológicos, queimaram a biblioteca central de Mossul e transformaram seus manuscritos históricos e livros raros em cinzas, pois, na opinião do Daich, eles propagavam o ateísmo, e eram, portanto, morada do diabo.

"Isso me lembra Hulagu, que invadiu Bagdá e jogou seus livros no rio Tigre", disse Helin para Azad, na hora do café da manhã. Ela visitara aquela biblioteca uma vez com Elias e se lembrava bem do prédio com seus quatro andares, o estilo de arquitetura antigo e as janelas altas. Helin secou as lágrimas ao se recordar de um episódio específico com Elias em torno da biblioteca rara: ele ficara fascinado com um relógio de areia usado para marcar o tempo por meio da passagem da areia fina pela âmbula superior. "Quanta areia vai passar antes que eu te veja, Elias?", Helin se perguntou.

Quando acabou o toque de recolher, os membros da organização anunciaram a decisão de transferir os prisioneiros para Tal Afar, em dois grupos. Chamaram as pessoas das casas do primeiro grupo, e a de Azad era uma delas. Helin escondeu o celular nas roupas porque os membros do Daich revistavam os homens com mais frequência, não se aproximando das mulheres cobertas. Aquela era a primeira vez em que Helin e Laila saíam da casa. Elas procederam com cuidado, por medo de a organização descobrir que tinham fugido do Salão de Casamento. Porém, o nicabe era sua armadura invencível, que as protegia de serem descobertas. Elas se dirigiram com pressa ao primeiro grupo, misturando-se com as demais famílias.

Em Tal Afar, os homens armados ordenaram que os prisioneiros e suas famílias entrassem em qualquer uma das casas abandonadas. Dessa vez, famílias *daichis* também moravam na região. Os prisioneiros se ajudaram, carregando móveis e lençóis, enquanto murmuravam entre si que a vida se tornaria mais difícil com a presença de famílias *daichis* por perto.

Passaram-se dois dias e o segundo grupo de prisioneiros ainda não chegara. O primeiro grupo começou a perguntar aos membros da organização sobre seus parentes e amigos. No terceiro dia, quando Azad foi ajudar Ali a levar uma geladeira ao seu escritório, perguntou: "Onde está o resto da nossa comunidade?".

"Não pergunte sobre eles", advertiu Ali.

Enfim, chegou-lhes a resposta que os fez chorar e bater nas próprias bochechas em lamento. Os *daichis* mataram os homens do segundo grupo e venderam suas mulheres e crianças. Essa notícia lhes foi anunciada por uma vizinha cujo marido era *daichi*. Por que fizeram isso com o segundo grupo e não com o primeiro? Haveria um motivo ou fora arbitrário? Nenhum dos prisioneiros remanescentes sabia.

Era um dia fresco de abril de 2015 quando Helin, que estava na sala de estar, sentiu o celular vibrar dentro da roupa. Ela o retirou e olhou para a tela. Viu um número de telefone com o nome de Abdullah. No mesmo instante, Azad ouviu o som de uma buzina de carro, e disse: "Esconda o celular, rápido, Ali chegou".

Quando Helin viu o carro partir conduzindo Azad para o trabalho, ela enviou uma mensagem de celular: *Olá, querido primo. Aqui é a Helin.*
A resposta chegou imediatamente: *Onde você está?*
Tal Afar.
Você consegue fugir?
Agora não, aviso quando Yahia e Yassir vierem, pois partiremos juntos.
Ok. Fiquem bem.

A tarefa de Azad naquele dia era diferente: Ali o encarregou de encher um carro grande com caixas de explosivos. Obviamente, ele fez isso com muito cuidado, para que não explodissem no seu rosto, além do que ele estava com enxaqueca e se sentia muito cansado.

"O que você tem?", Ali perguntou.

"A minha cabeça está quase explodindo", respondeu Azad.

Ali parou numa farmácia e comprou vários comprimidos de paracetamol.

"Obrigado", disse Azad.

"Eu queria te dizer que não me esqueci do pedido que me fez de ver seus sobrinhos. Eu os encontrei ontem. Meu Deus, dois meninos muito espertos."

Azad não comentou nada, e Ali acrescentou: "Eles vêm te visitar na última sexta-feira deste mês. Vou trazê-los comigo até a mesquita, assim nos encontramos lá após a oração do meio-dia".

Azad chegou à mesquita às seis da manhã para limpar o pátio e encher o tanque de água antes da oração do meio-dia. Ele se juntou às pessoas orando; quando virou o rosto para a direita, notou dois jovens na companhia de Ali. Na segunda vez que olhou, teve certeza de que eram mesmo Yahia e Yassir.

Ele esperou até que a oração terminasse e se apressou na direção deles.

"Amanhã de manhã, Abu Sufian passará para levá-los até o campo", disse Ali antes de partir.

Azad os abraçou e parou para conversar com eles, mas não sabia o que falar. Ele queria dizer que a mãe deles ficaria chocada de felicidade ao vê-los, mas, por algum motivo, preferiu permanecer em silêncio. Yahia estava com dezessete anos e Yassir, com doze. Eles usavam a vestimenta afegã, com camisa longa até o joelho e calças relativamente largas.

Saíram da mesquita e caminharam juntos em silêncio. Azad, entre um minuto e outro, olhava para eles furtivamente. Moviam-se como robôs, sem nenhuma expressão. O sentimento inquietante de Azad se aprofundou quando entraram na casa, e os meninos não se importaram muito em ver a mãe, apesar de ela quase desmaiar de tanta comoção. Mesmo quando ela removeu o nicabe e mostrou o rosto, não se viu neles a emoção esperada.

Helin preparou o almoço, que era pão, ovo e tomate, e, quando terminaram de comer, Azad preparou o chá.

"Eu quero lhes contar que vocês têm uma irmã pequena", disse Helin. "Ela vai fazer um ano dia 10 de julho."

"Onde ela está?", Yassir perguntou.

"Com Umm Hamid", Helin respondeu, enxugando as lágrimas que lhe escapavam.

Azad se aproximou dos meninos e disse em voz baixa: "Ouçam bem. Temos uma oportunidade de fugir daqui. Estávamos esperando por vocês para fugirmos todos juntos. Sexta é o melhor dia; na hora da oração as ruas ficam livres de pedestres".

Yahia e Yassir trocaram olhares.

"Não queremos fugir sem vocês", disse Helin.

"Não vamos com vocês", disse Yahia. "Temos uma grande missão pela frente, maior do que a família. A nossa família é o Estado Islâmico inteiro, e nós lutamos para que o Estado vença. As demais nações do mundo andam atrás apenas de dinheiro, criando conspirações para enfraquecer os muçulmanos e os exterminar. Os países ocidentais se intrometem no mundo islâmico, semeando disputas e guerras. O colonialismo diz 'Divida e domine', mas o nosso Estado governa pela justiça, e no fim o mundo todo se tornará justo sob o estandarte do Estado Islâmico."

"Todas as religiões pedem justiça", disse Azad.

"Mas o islã é a religião final", disse Yahia, "pois, se não fosse uma religião completa, Deus enviaria outro profeta para completá-la."

"E você, Yassir, qual é sua opinião?", perguntou Azad.

Yassir deu de ombros, indiferente. Porém, Helin olhou intencionalmente para ele, como se esperasse uma resposta. Enfim, ele disse: "Não podemos abandonar nosso grupo. Eles acreditam em nós e dizem 'Vocês são os melhores muçulmanos porque se converteram pelo contentamento e pela fé'".

Helin se levantou num salto e gritou: "Seu grupo estuprou a sua mãe e até mesmo esta criança, Laila, eles estupraram! O pai dela está sumido, assim como o seu pai!".

"Acalme-se, Helin", disse Azad. "Lembre-se de que nós nem acreditávamos que a organização traria os meninos até nós para podermos vê-los. Não vamos estragar este encontro."

Helin dormiu um sono interrupto e de manhã os dois meninos estavam prontos para partir.

"Ouvi dizer que vocês têm uma folga todo mês", disse Azad reunindo os sacos de dormir.

"Esperamos vocês no próximo mês. Está bem?", perguntou Helin.

Yassir olhou para Yahia e balançou a cabeça afirmativamente.

Helin fez sanduíches de queijo e chá e, antes de terminarem de tomar o café da manhã, o carro de Abu Sufian chegou. Azad foi até ele para cumprimentá-lo e pediu que lhes desse um minuto.

Helin os abraçou e beijou, enviando com eles chá e um sanduíche para Abu Sufian. Ela olhou pela janela até o carro partir, então se virou para Azad e indagou: "Como a organização pôde fazer essa lavagem cerebral com os meninos?".

Doidão

Como aconteceu com os demais habitantes de Sinjar, a vida de Abdullah, o comerciante de mel, mudou para sempre no dia 3 de agosto de 2014, quando seguiu com sua família em direção à montanha, numa caravana com milhares de pessoas forçadas a abandonar suas casas. Saíram carregando os filhos nas costas; uma fumaça se elevava atrás deles. Na caravana havia doentes, que tinham deixado o leito do hospital, e mulheres prestes a dar à luz. Caminharam com dificuldade por sete horas, através dos bosques da montanha verde e de rochas marrons e íngremes para chegarem à caverna que seria seu refúgio, como um colo de avó.

No caminho, aqueles cujos pés não lhes permitiram continuar foram ficando para trás. Alguns habitantes de Sinjar deram meia-volta na metade do caminho e retornaram às suas casas, pois ouviram membros da organização anunciarem pelos alto-falantes que vinham apenas para mudar o governo, e não para machucar as pessoas ou se intrometer em seus assuntos. Outros hesitaram em deixar suas casas e, quando enfim decidiram partir, perderam a chance, porque diante das casas apareceram carros ameaçadores, com bandeiras pretas do Daich.

Abdullah levara consigo somente o celular e um pouco de pão e mel. Sua mãe havia acabado de sair do hospital após uma cirurgia cardiovascular e, ainda assim, em vez de repousar durante o período de recuperação, ela se juntou à caravana e caminhou com Abdullah, sua esposa, dois filhos e duas filhas. A filha mais velha perguntou se eles voltariam para casa ou se ela deveria levar suas coisas consigo, ao que o pai respondeu que voltariam. Durante a caminhada, Abdullah ligou para o cunhado, encontrando-o ainda em casa. Abdullah o aconselhou a sair o mais rápido possível, e disse: "Não, não acho que eles nos deixarão em paz. Não acredito naqueles extremistas. Eles nos chamam de infiéis e consideram nossa comida e nossa água impuras. Como eu poderia acreditar neles?".

Passada a primeira semana na caverna, as centenas de habitantes de Sinjar reunidos se viam indecisos entre ficar ou retornar para casa. Comida e água estavam quase acabando depois de terem dividido o que tinham, como uma grande família. A cena de bebês chorando por leite levou Abdullah, acompanhado de alguns jovens, a trazer uma cabra perdida que perambulava nas redondezas, à procura de água. Abdullah disse: "Não é justo pegarmos o leite dela e não lhe darmos água".

A água que eles tinham não era suficiente. Abdullah carregou uma tigela de água e subitamente se aglomerou ao seu redor um rebanho de cabras. Ele desceu duzentos metros até o vale, com a tigela na mão, e as cabras o seguiram. Abdullah conhecia um lugar com um reservatório de água cujo risco valia a pena. Assim que chegou, abriu a torneira de água para o rebanho beber, escondendo-se atrás de um barril próximo, pois havia *daichis* por perto, talvez a apenas duzentos metros.

Após alguns minutos, ele fechou a torneira e retornou, subindo a montanha com o rebanho atrás dele. Sem dúvida o seu pastor original tivera que deixá-lo para se juntar à caravana, e talvez o rebanho pensasse que Abdullah era o pastor substituto. No meio do caminho de volta, Abdullah viu pessoas reunidas ao redor do corpo de uma idosa; perto dela havia uma garrafa de água vazia. Ele soube por elas que a senhora parara de andar ali e pedira à família que continuasse sem ela e retornasse depois para levá-la, pois precisava descansar um pouco. Ela se recusara a tomar a água de seus netos e os convencera de que a garrafa em suas mãos seria suficiente. "Morreu de sede", disse o filho, que chorava. Ele entregou a garrafa de água que lhe trouxera, quando já era tarde demais, a um velho exausto que estava próximo do corpo de sua mãe. Ele também estava a ponto de morrer de sede.

No fim do dia seguinte, o rebanho de cabras retornou correndo em direção às pessoas refugiadas na montanha como se quisesse trocar leite por água novamente. As crianças beberam o leite e deram também aos avós. O rebanho fez o mesmo por alguns dias consecutivos, até que os habitantes de Sinjar subiram em direção às plantações de frutas e legumes para colhê-las e comê-las. Porém, pouco depois de chegarem, perderam o apetite, porque receberam a notícia de que o restante de seus parentes — aqueles que se demoraram e permaneceram em casa — fora preso. Sentaram-se no chão e choraram, abatidos de cansaço e de dor. Um homem religioso tentou acalmá-los: "Nosso Senhor que nos enviou o rebanho para salvar nossas crianças da fome e da sede sabe como nos salvar desta crise".

Após uma semana vivendo na montanha e suportando o frio noturno sem cobertas, eles começaram a se espalhar pelos vilarejos situados nas regiões íngremes, aonde, para alguém que não era de lá, seria difícil chegar. Abdullah levou mais de cem pessoas consigo para a casa de seu tio no vilarejo do Halliqui. Na casa, estava apenas Ramziya. Ele perguntou: "Onde está Chammo?".

"Não sei, todos foram para a casa de Helin e não voltaram", ela respondeu. "Você soube de alguma coisa? É verdade que uma quadrilha veio até a nossa região para roubar meninas?"

Como Ramziya não recebeu nenhuma resposta, começou a ulular: "Ueili, ueili, minha noite não é noite e meu dia não é dia, é o fim do mundo!".

Ela se sentou no chão chorando e entoando uma canção fúnebre; uma multidão se reuniu ao seu redor e se juntou a ela, cantando e chorando. Ela tirou um lenço do bolso, assoou o nariz e disse: "Obrigada por virem à minha casa; até mesmo a tristeza precisa de companhia. Se Chammo estivesse aqui, iria convidá-los a colher figos do pomar. Por favor, colham o que quiserem. Vou me levantar para assar um pão".

Ramziya pegou todos os sacos de farinha que tinha e começou a sovar a massa.

À noite, não sobrou nenhum espaço para pés no Halliqui. As pessoas dormiram nos pomares: as pedras como travesseiros; a grama como cama; e pedaços grandes de náilon como cobertas. Um dos novos que chegaram alguns dias depois disse que o califa do Daich anunciara um prêmio para quem conseguisse com as próprias pernas subir a montanha e içar a bandeira do Daich no topo. O prêmio era ganhar de graça algumas prisioneiras.

"O que você está dizendo?", perguntou um homem idoso. "E eles subiram?"

"Não, um helicóptero os bombardeou", respondeu o homem que contava a história. "Não sei de onde veio, mas pousou e levou alguns dos nossos. Outros esperaram que retornasse para levá-los também, mas ele não voltou."

"Não podemos ficar aqui por muito tempo", disse um dos hóspedes. "Precisamos partir, pois as pessoas daqui do Halliqui

— Deus as proteja — devem estar cansadas de sovar e assar para nós."

Um recém-chegado ao Halliqui contou para Abdullah que um grupo de curdos da região de Hasaca, na Síria, levantou tendas para receber os refugiados. Quando o número de hóspedes de Ramziya passou de 120 pessoas, todos eles se sentaram no chão para discutir o que deveriam fazer, e no final se levantaram como um só, pois decidiram que iriam para o acampamento de Hasaca. Puseram-se a descer rumo ao vilarejo de Adika no pé da montanha. De lá, poderiam chegar ao acampamento sírio em meia hora de carro, ou seis horas a pé.

Após duas horas de caminhada, a mãe de Abdullah se cansou e não conseguia continuar. Ela se sentou à beira do caminho, e Abdullah, sua esposa e quatro filhos se sentaram com ela; ele se lembrou daquela avó que vira morta nas rochas da montanha devido à sede.

Sua filha de cinco anos perguntou: "Os *daichis* vêm atrás da gente, pai?".

"Não, não vamos deixar que venham", disse Abdullah.

Ela suspirou aliviada e perguntou: "Para onde estamos indo?".

"Para os nossos amigos na Síria", ele respondeu.

"Eles vão nos deixar assistir a desenho animado?"

Naquele instante, um carro parou diante deles e o motorista acenou cumprimentando Abdullah. Ele se levantou e correu até o carro, pois se tratava de seu amigo Salih, o comerciante de figo. Quando Salih soube para onde iam, voluntariou-se para levá-los até lá. O carro não era grande o suficiente para todos, então Abdullah e seu filho mais velho entraram no porta-malas.

A estrada estava muito congestionada com caravanas de pessoas, galinhas, gatos, cachorros, burros, camelos e ovelhas.

Abdullah abaixou a cabeça, envergonhado ao ver alguns de seus parentes andando e não poder ajudá-los, uma vez que eram famílias grandes e aquele carro não era seu.

Passaram-se horas e eles ainda não haviam chegado por causa do congestionamento. Salih chamou Abdullah de lado para dizer que acabara de receber uma ligação da esposa, informando que todos os vizinhos haviam saído de casa e que ela e as crianças estavam mortas de medo porque ouviram dizer que o Daich estava a caminho da região.

"Vá até eles, Salih, e tire todos de lá", disse Abdullah.

"Sinto muito em deixá-los aqui", disse Salih olhando para a mãe de Abdullah.

"Estamos perto do lugar", disse Abdullah. "Agradeço imensamente."

Na fronteira da Síria, curdos sírios os receberam em grandes caminhões, levando-os ao campo de refugiados de Roche. Havia uma tempestade de poeira, de modo que a chuva que caía sobre eles se transformou em barro. Eles tiveram que escolher entre ficar no campo ou serem levados de carro para o Iraque, especificamente a leste do Tigre, pois o oeste do rio estava sob domínio do Daich. A maior parte escolheu retornar ao Iraque, incluindo Abdullah e sua família, que estavam entre os que foram levados a Dohuk. Eles se instalaram num grande edifício de três andares doado por uma pessoa da região aos refugiados.

Abdullah, sua família e cerca de oitenta refugiados moravam naquele prédio quando Talo chegou, na segunda semana de setembro de 2014, fugindo do cativeiro. Em geral, eles se reuniam na laje daquele prédio para tomar ar e trocar notícias. Agora, se reuniam em torno de Talo e perguntavam ansiosos sobre os demais prisioneiros e sobre quem conseguira fugir com ele.

Um mês depois, estavam reunidos na laje do prédio em volta de Abdullah, quando viram na tela do seu celular a foto de uma moça exposta para venda. O sangue congelou nas veias de Talo: era Amina. Sob a foto estava escrito o número de telefone do proprietário em Raqqa. Talo bateu na cabeça com as mãos e passou a gritar palavras incompreensíveis.

"Tenho um amigo em Raqqa", disse Abdullah, "vou pedir ajuda a ele."

Abdullah entrou em contato com o amigo sírio e perguntou se ele poderia comprar a moça do Daich e devolvê-la à sua família no Iraque.

"Você quer dizer contrabandeá-la?", perguntou o amigo num tom que revelava apreensão.

"Sim."

O amigo ficou um tempo em silêncio, então disse: "Conheço uma pessoa que faz contrabando de cigarros nas regiões do Daich; como ele faz negócios de risco, talvez possa ajudar".

Ele passou o número para Abdullah, que logo ligou para o homem.

"Olá, meu nome é Abdullah Charim. Sabir Abu Hussein me passou seu número."

"Abu Hussein é um grande amigo."

"Preciso da sua ajuda numa questão de contrabando."

"De quantas caixas de cigarro você precisa?"

"Antes de mais nada, diga-me: você tem certeza de que consegue atravessar os postos de controle em segurança?"

"Conheço o meu trabalho. Não se preocupe nesse sentido."

"O que eu preciso de você é muito importante. Mais importante do que cigarro."

"O que é?"

"Você conseguiria contrabandear uma mulher?"

Passou-se um momento de silêncio, mas, como o homem não disse "não", Abdullah acrescentou: "Você receberá uma recompensa em dobro: de mim e de Deus".

"Onde ela está?"

"Em Raqqa, e tenho o número de telefone de seu proprietário."

"Raqqa está na linha vermelha, mas eu não recuso ninguém da parte de Abu Hussein."

"Obrigado. Um minuto, não sei o seu nome."

"Me chamam de Doidão."

Abdullah reuniu as pessoas em torno de si e disse: "Precisamos juntar dinheiro para pagar os contrabandistas e trazer nossas meninas. Vamos entrar em contato com todos os nossos conhecidos para criarmos um fundo de suporte às sequestradas".

Os pedidos de Abdullah e das famílias que necessitavam de ajuda chegaram aos ouvidos dos emires iazidis, que se prontificaram a ajudar. No início, doaram de seus bolsos e depois, quando os custos aumentaram, entraram em contato com o governo local na sua região para que assumissem a tarefa. Para isso, abriram o Escritório de Assuntos dos Sequestrados. No final de novembro de 2014, designaram funcionários para registrar os testemunhos dos sobreviventes e organizar o reembolso dos custos de resgate das prisioneiras.

Abdullah vestiu seu casaco e subiu à laje do prédio, pois sentiu necessidade de ar fresco, apesar do frio que fazia naquela primeira noite de 2015. Ele ficou de pé na cerca contemplando o pôr do sol avermelhado e, após alguns minutos, Talo parou ao seu lado. Ele não disse nada, mas pelo seu olhar partido Abdullah imaginou que ansiava por qualquer novidade sobre Amina.

Abdullah ligou para Doidão e perguntou: "Alguma notícia da mulher prisioneira?".

"Meu parceiro se disfarçou de *daichi* e está agora avaliando a situação para encontrar a melhor maneira de salvá-la."

"Ouça, Doidão", disse Abdullah. "O Daich roubou milhares de mulheres de nós, incluindo parentes minhas, e eu quero te dar uma missão importante. Você está preparado para isso?"

"É uma vergonha duvidar de um ex-prisioneiro como eu."

"Por que você foi preso? Cometeu algum crime?", Abdullah perguntou.

"Sim. Eu matei a fome."

"Você quer dizer que roubou dinheiro?"

"Não. Causei um problema para ser preso."

"Por quê?"

"Na prisão dão comida. Eu estava com fome."

"Quanto tempo você ficou lá?"

"Me expulsaram depois de alguns dias e por isso eu tive que inventar um problema novo. Mas eu me apaixonei e desde então não quis mais ir para a prisão. Contudo, a porcaria do Daich e seu domínio sobre nossa vida não são normais. Não pude me controlar e disse para um deles o que tinha em mente, arranjando problemas novamente. Minha amada me ajudou por meio de um parente advogado. Por sinal, ele trabalha no tribunal do Daich e conhece bem suas leis, embora os odeie. Talvez possa ser muito útil para você no contrabando das mulheres."

"Maravilha", disse Abdullah. "O que você acha de fazermos uma rede para resgatar mulheres sequestradas?"

"Deixe-me pensar sobre isso, é um trabalho arriscado."

"Muito mais arriscado que contrabandear cigarro?"

"Eu sei. Cigarro também é um risco."

"Você não poderia contrabandear mulheres em vez de cigarro?"

"Vou perguntar aos outros do meu grupo, nos que confio, e te aviso. Por exemplo, um dos contrabandistas é lixeiro e seu salário é de cem dólares mensais, mas ele ganha duzentos dólares contrabandeando cigarros. A esposa dele esconde o cigarro nas roupas porque eles não revistam as mulheres muçulmanas. Eu alugo uma casa onde escondo os cigarros e posso usá-la para esconder as prisioneiras."

"Excelente. Podemos pagar mais a vocês pela ajuda em contrabandear nossas prisioneiras. Eles concordariam?", Abdullah perguntou.

"Espero que sim", respondeu Doidão, "mas ainda teremos outras despesas. O Daich permite às mulheres que recebam visitas de outras mulheres; assim, eu suponho que uma contrabandista possa inventar uma maneira de visitar a sua prisioneira e combinar com ela de levá-la até um de nossos motoristas, e de lá até um local seguro; depois outra pessoa a levaria até a fronteira. Cada uma dessas pessoas pediria uma compensação."

"Claro, claro", disse Abdullah, "eu pago as despesas e, quando a resgatada chegar até nós, o Escritório de Assuntos dos Sequestrados me reembolsa. Eles não nos dão dinheiro antes que a sequestrada chegue aqui, por isso se a operação de resgate falhar, a família arca com os custos do próprio bolso. Precisamos evitar isso o máximo possível."

"Nosso trabalho é arriscado", disse Doidão, "mas... é a vida."

Filho do Daich

Doidão combinou com uma contrabandista de distribuir pão como caridade nas casas da rua onde Amina se encontrava. Quando surgisse a oportunidade de ficar a sós com Amina, ela iria propor ajudá-la na fuga, levando-a até um motorista que estaria à sua espera. Essa etapa do plano foi completada com sucesso, e o motorista emprestou o celular para que ela falasse com Abdullah, que lhe explicou os próximos passos. Ele a orientou a tomar cuidado com os oficiais de controle e, caso visse um grupo de *daichis*, deveria escapar e fingir estar perdida.

Contudo, em vez disso, Amina fugiu dos contrabandistas do grupo de Doidão e retornou ao Daich. Por sorte, como seu proprietário ainda não retornara para casa quando ela chegou naquela noite, ele não soube que ela quase escapara.

A última coisa que Abdullah queria era que Amina fugisse dos contrabandistas, mas foi exatamente isso que aconteceu. Após todos os riscos pelos quais passara, e pelos quais os contrabandistas passaram para levá-la para a casa segura, ela retornou ao Daich.

"Isso não faz sentido, Doidão", disse Abdullah ao receber a ligação.

"Juro por Deus", disse Doidão. "Ela retornou para o lugar de onde veio."

"Como você ficou sabendo?"

"Ontem à noite nós a deixamos na casa segura para a levarmos hoje até a fronteira. Parece que ela fugiu assim que a deixamos. Imaginamos no início que a polícia do Daich a havia encontrado, mas a contrabandista ligou para me informar que ela viu Amina retornando para a casa do Daich. A contrabandista a procurou e lhe ofereceu pão novamente, porém Amina evitou olhar para ela."

"Quem dera ela tivesse perguntado a Amina por que fez isso", disse Abdullah. "Ela é livre se quiser ficar lá, mas quero saber o porquê."

Talo quase enlouqueceu quando soube o que acontecera. Depois da tortura da espera e do sentimento de humilhação, pois homens de todos os tipos estupravam sua esposa dia após dia, e da oportunidade de resgatá-la, ela mesma retornara até eles. Outra questão que o deixou preocupado foi a notícia de que ela carregava consigo um bebê recém-nascido.

Naquele mesmo dia, em meados de janeiro de 2015, Talo recuperou a mãe e a filha Ahlam, que haviam retornado no ônibus dos deficientes e idosos. O motorista *daichi* os deixou na fronteira entre Mossul e Kirkuk, que dividia o Daich e o governo do Curdistão. Após descerem do ônibus, seguiram a pé e, assim que atravessaram para o lado seguro da fronteira, caíram exaustos no chão, sem conseguir se levantar. Membros da autoridade curda os esperavam com um ônibus parado perto do destacamento para levar os idosos e os deficientes à sala de descanso em Dohuk.

A exaustão era evidente nas pessoas que tentavam se levantar do chão. Na calçada próxima havia vendedores ambulantes com carrinhos, que, ao verem as pessoas se esforçando para alcançar o ônibus, se adiantaram para levá-las em seus carrinhos até a porta do ônibus. O menino que transportou

Nassima no carrinho afastou sacos abertos de uva-passa a fim de criar espaço para ela. Ele abaixou a frente do carrinho até o chão para Nassima se sentar. Empurrou-a até o ônibus e, antes que descesse do carrinho, ela pegou um punhado de uva-passa e colocou no bolso.

No chão da sala onde se sentaram, Nassima tirou as uvas-passas do bolso para dar a Ahlam. Em seguida, vieram jornalistas, que os fotografaram para publicar e divulgar a notícia da chegada desse grupo de prisioneiros para que seus parentes viessem encontrá-los. Um dos jornalistas se aproximou de uma mulher idosa e perguntou por que chorava. Ela contou que na fronteira lhe haviam tomado sua coberta e a jogado no lixo; ela usara aquela coberta durante todo o período de cativeiro e não podia mais dormir sem ela.

"Não se preocupe, tia, vou trazer uma coberta nova para a senhora", o jornalista prometeu.

Quando chegaram aos ouvidos das pessoas em Dohuk as notícias dos recém-chegados vindos do cativeiro, Abdullah foi na companhia de Talo até a sala. Ao ver a mãe e a filha, Talo correu e se sentou com elas no chão, chorando. Chammo estava de pé apoiado na parede e, quando viu Abdullah se aproximando, abriu os braços para ele o mais amplamente possível, como fazia no vilarejo. Abdullah perguntou sobre o restante da família; Chammo retirou da camisa o pedaço de tecido onde estava escrito o número de telefone, explicando: "Este é o número deles na casa do Daich".

Naquele instante um homem sentado no chão pegou no pé de Abdullah, dizendo: "Ah, meu filho, você enfim voltou? Não acredito nos meus olhos". Abdullah olhou para o homem e não o reconheceu; mesmo assim, se inclinou e beijou sua mão trêmula e estendida, na qual saltava uma veia. O homem sorriu para ele e disse: "Leve-me, Eido, para casa. Achei que tinham te matado. Este é o dia mais feliz da minha vida, porque você está vivo". Abdullah olhou ao redor sem saber o que fazer. No fim, teve que deixar o homem, apesar de lhe doer o coração.

Abdullah queria levar Chammo para sua casa no Halliqui, mas o caminho até a montanha não era seguro, visto que algumas regiões vizinhas estavam sob domínio do Daich. Porém, Chammo disse que o levariam até sua casa de helicóptero.

"Um segurança registrou meu nome e me deu a opção de morar no campo de refugiados de Dohuk ou ir até Zakho de carro e de lá até o Halliqui de helicóptero", disse Chammo.

"Vai ser a sua primeira vez num helicóptero, não é?", perguntou Abdullah.

"Tenho medo de voar, mas vou pegá-lo", respondeu Chammo. "Passei muito tempo fora de casa e Ramziya com certeza está preocupada."

Talo partiu da sala com a mãe e a filha rumo ao campo de refugiados onde os três viveriam. Contudo, ele passava a maior parte do dia no prédio onde Abdullah morava, retornando ao campo somente à noite. Dessa forma, continuava a acompanhar as notícias de Amina por meio de Abdullah. Soube por ele que a contrabandista conseguira encontrar novamente uma oportunidade de ficar a sós com Amina, dizendo que uma pessoa queria falar com ela por telefone.

Era Abdullah na linha. Ele disse: "Eu queria saber por que você retornou".

"Você não me disse que, se eu visse um grupo de *daichis*, eu deveria fugir deles?", Amina perguntou.

"Sim."

"O motorista me levou para uma casa onde todos eram do Daich, tinham barbas longas e usavam as mesmas roupas. Até nas paredes da casa havia bandeiras e cartazes do Daich", explicou Amina.

"Eles não são do Daich. Eles estão disfarçados de *daichis* para poderem te resgatar."

"Eu não sabia disso."

"Então precisamos te contrabandear novamente."

"Sim, por favor."

"Desta vez não fuja, por mais longa que seja a barba deles."

"Mas eu quero esperar um pouco até encontrar Ahlam e levá-la comigo. Eu ouvi que eles mataram Talo e a mãe e venderam Ahlam."

"Não. Todos estão aqui em Dohuk", disse Abdullah, "e estão te esperando."

"Você jura por Deus? Está dizendo a verdade?"

"Acredite em mim."

"Meu Deus! Esta é a melhor notícia que já recebi na vida! Quando a mulher do pão vem de novo?", ela perguntou.

"Sexta agora", Abdullah respondeu.

Amina ficou quatro dias foragida na casa usada pelos contrabandistas, até que se acalmasse a agitação causada pela procura por ela por parte da polícia do Daich. Depois, ela teve que andar até a fronteira na companhia de Doidão, pois havia minas enterradas na estrada e ela precisaria da ajuda dele para evitá-las. Amina andava devagar carregando seu bebê, de modo que Doidão foi forçado a ir devagar também; contudo, ao ouvir sons de tiros atrás deles, Doidão pegou o bebê de Amina e correu com ele, indicando que ela corresse também sem se preocupar com as minas. Quando o som dos tiros se acalmou, eles já estavam no final da estrada perigosa. Doidão parou e disse para Amina, entregando-lhe o bebê: "Foi por pura sorte que chegamos".

Doidão enviou uma mensagem de voz a Abdullah informando-o dos últimos detalhes.

"Você é mesmo um doidão", disse Abdullah. "Quer dizer, vocês realmente saíram correndo naquela mesma estrada em que, para evitá-la, você a acompanhou?"

"Quando ouvi os tiros atrás de nós, me esqueci das minas à nossa frente", disse Doidão.

Assim que Amina atravessou a fronteira do Iraque, viu no morro um grande grupo de pessoas que estavam ali para recebê-la. A filha Ahlam foi a primeira que a abraçou. Ela perguntou: "Quem é esse bebê, mãe?".

"Seu irmão. O nome dele é Adam", Amina respondeu, ainda chorando.

Talo parou atrás de Ahlam e indagou: "Ele é filho do Daich?".

Amina não respondeu.

"Este menino não vai entrar na minha casa", disse Talo.

Nassima a abraçou e se virou para Talo, dizendo: "Meu filho, deixe a sua esposa descansar primeiro e o que vier amanhã é lucro. A coitada está com o rosto amarelo-cúrcuma".

Com Adam no colo, Amina foi levada num carro da organização humanitária até o campo de refugiados de Dohuk. Deram-lhe uma tenda, comidas enlatadas e leite em pó para o recém-nascido. Pouco antes do pôr do sol, Ahlam saiu da tenda e viu Talo de pé do lado de fora. Quando Ahlam contou para a mãe, Amina colocou o bebê no colo da filha e foi até Talo. Olhou para ele com olhos lacrimejantes; ele estava parado no mesmo lugar, sem se mover. Ela o abraçou, e ele chorou.

"Tudo o que aconteceu comigo no cativeiro não foi escolha minha", disse Amina, "e este menino não sabe nada deste mundo."

"Eu sei, Amina", disse Talo. "Ele não tem culpa, mas como eu posso viver com um ser que me lembra a todo instante quem te estuprou e fez tudo isso com a gente?"

"Isso é difícil para mim também. A memória do pai dele me repugna. Mas o que eu faço com uma criança inocente?"

"Não sou só eu", disse Talo. "Nossa comunidade inteira não o aceitará aqui."

Amina permaneceu calada.

"Nós nunca esqueceremos o que fizeram conosco", acrescentou Talo, "mas criar os filhos deles, isso já é demais."

Amina chorou e não disse nada.

"Como você sabe, Adam nunca será iazidi", disse Talo. "Os clérigos não vão mudar as leis por você."

"Os clérigos não são mães e não podem entender meus sentimentos", disse Amina entre lágrimas.

"Venha comigo amanhã até a corte de assuntos civis", sugeriu Talo. "Peça-lhes que registrem o menino e vamos ver o que dizem."

"Você promete que vai comigo pedir para registrarem Adam?"

"Não sou Talo, filho de Nassima, se não cumprir a minha promessa."

Na manhã do dia seguinte, Amina, carregando Adam, ficou de pé ao lado de Talo diante do juiz e pediu o registro oficial do menino como filho de Talo.

"Adam deve seguir o pai e por isso não é possível registrá-lo senão como muçulmano, e não como um filho iazidi de Talo. Só se pode ser iazidi por nascimento", declarou o juiz.

"Então vamos registrá-lo pelo meu nome", pediu Amina.

O juiz não respondeu.

"Adam Amina", ela disse.

"Isso não é permitido", disse o juiz.

"Este é meu marido, o nome oficial dele é Talo Nassima. Nassima é a mãe dele. Por que é permitido Talo Nassima e não é permitido Adam Amina?"

"Isso só pode ter sido um engano", disse o juiz.

"O que devemos fazer agora?", Talo perguntou a ele.

"Devem levar o menino até a casa de órfãos e vocês podem visitá-lo quando quiserem", disse o juiz.

Quando saíram do prédio, Amina perguntou a Talo: "E se não seguirmos a ordem do juiz?".

"Vamos levá-lo até lá, mesmo que temporariamente, e depois vou ver com meus contatos muçulmanos para que um deles o pegue e o devolva a você", disse Talo.

"Eles fariam isso?", ela perguntou.

"Nossos contatos muçulmanos compram as prisioneiras do Daich e nos devolvem, então por que não poderiam devolver Adam a você?"

"Se for assim, vamos levá-lo ao centro", disse Amina.

Ao longo do caminho entre o centro de órfãos e o campo de refugiados, Amina não parou de chorar.

"Você vem amanhã comigo para eu poder vê-lo?", ela perguntou ao marido.

"Sim, vou com você", respondeu Talo.

"Eu te amo", ela disse.

Talo a abraçou, enquanto ela continuava a chorar no ombro dele.

"Eu tenho sorte, porque eles não te mataram", disse Amina. "Mataram muitos de nossos homens."

"Eu fugi. Atiraram nas nossas costas e mataram parte dos que estavam comigo", disse Talo levantando a borda da calça para mostrar a cicatriz na perna.

"Ah, as cicatrizes deles que ficarão conosco. O que lhes fizemos para que nos machucassem assim?", Amina perguntou.

"Até mesmo as pessoas da religião deles estão espantadas com o que fazem", disse Talo. "Eu nunca me esquecerei daquela família que me ajudou quando eu estava entre a vida e a morte. Eu havia corrido com a perna machucada e perdido muito sangue, caindo toda hora no chão, até que bati numa porta que vi diante de mim. Quando pedi um pouco de água, me ofereceram água, comida e refúgio, e me levaram a um médico parente deles. Eu fiquei com eles por três semanas e ainda por cima pediram desculpas e disseram: 'O Daich difama a nossa reputação como muçulmanos'."

Nassima adoeceu no dia seguinte, com fortes dores de estômago e vômito. Talo a levou a uma clínica, por isso a visita prometida à casa dos órfãos atrasou dois dias. Ahlam pediu para ir junto ver Adam, então foram os três até o centro. Lá, Amina recebeu um choque: informaram-na de que uma família síria adotara Adam e havia acabado de partir com ele.

"Como isso aconteceu em apenas dois dias?!", Amina gritou.

"Os meninos são mais desejados do que as meninas, então os levam rapidamente", explicou a responsável.

"Quem o levou? Como posso saber que eles vão mesmo cuidar dele?", Amina perguntou.

"Um casal sem filhos que mora em Deir Zor. Este é o endereço", disse a responsável pegando uma caneta para escrever o endereço para Amina.

"Eu vou para Deir Zor", disse Amina.

"Vou com você", disse Talo.

"Eu também", disse Ahlam.

"Não, vou sozinha", anunciou Amina. "Vou usar o nicabe para que não me reconheçam. Você não pode usar o nicabe, Talo."

"Mas eu posso", replicou Ahlam.

"Não, querida, você fica aqui com o papai até eu voltar", ordenou Amina.

Talo ficou incomodado com a decisão de Amina, mas sabia que ela era teimosa e de nada adiantaria tentar dissuadi-la de sua decisão.

"Este é o meu número novo", disse Talo.

No campo de refugiados, quando Nassima soube que Amina partira para Deir Zor, na Síria, ela perguntou a Talo, segurando a mão de Ahlam: "Como você a deixou ir assim?".

Talo não respondeu.

Dois dias se passaram sem notícias de Amina. "Meu coração está inquieto", falou Nassima.

"Meu celular tocou várias vezes, mas a ligação cai", disse Talo de pé diante da tenda deles. "Liguei para o número que apareceu na tela, porém não tive resposta."

O celular tocou novamente.

"É o mesmo número", disse Talo, colocando o celular na orelha.

"Você é parente de Amina?", perguntou a pessoa do outro lado.

"Sou o marido dela."

"Ela está na unidade de tratamento intensivo, e encontramos seu número com ela."

"Por quê? O que ela tem?"

"A região de Deir Zor foi bombardeada. O motorista do carro morreu e ela ficou ferida."

"Qual hospital?"
"Hospital de Deir Zor."
"A mamãe está doente?", Ahlam perguntou.
"Sim", respondeu Talo, tentando se controlar. Ele evitou o olhar interrogativo da mãe e saiu para chorar longe dela.

Ligou para um parente que trabalhava como motorista e perguntou se poderia levá-lo até Deir Zor.

"Me dê meia hora que já te digo", respondeu o parente de Talo.

Talo esperava na rua oposta ao acampamento dos sobreviventes. A chuva caía pesada quando seu celular tocou naquele dia 3 de fevereiro de 2015. Ele pensou que fosse seu parente motorista retornando a ligação. Mas era uma enfermeira na linha, informando-o de que Amina morrera em consequência dos ferimentos. Suas palavras atingiram o ouvido de Talo como um raio. Ele não disse nada e não era possível distinguir suas lágrimas das gotas de chuva em seu rosto.

Quando ela fecha os olhos

Laila notou que Helin fechava os olhos por longos períodos sem estar dormindo. Ela fazia isso diversas vezes durante o dia, sentada. Laila se perguntou se Helin estaria rezando em seu coração. Não queria interrompê-la, mas, se lhe perguntasse, Helin responderia que fazia isso porque via seus desaparecidos quando fechava os olhos. Ela ia até eles em seus pensamentos, porque eles não vinham até ela. Tomava um tempo de seu dia para ficar a sós com eles. Deixava os olhos fechados o máximo que podia, porque queria vê-los tanto quanto possível. Às vezes eles falavam com ela, e às vezes olhavam para ela sem dizer nada. Elias lhe dizia: "Eu te amo". E ela perguntava: "Quando você vai voltar?". Ele a encarava profundamente e desaparecia; lágrimas escorriam pelos olhos fechados de Helin.

Sua filha não partia rápido de seus olhos como Elias, contudo Mayada se comportava como se não reconhecesse a mãe. Helin abria os braços para ela vir, mas a criança não reagia, parando por um momento e depois andando até a ponta da mesa, desatenta. Tropeçava como quem acabara de aprender a andar; sob seus pequenos pés descalços havia azulejos quadrados entrelaçados com desenhos de flores selvagens.

"Amina? Onde você está?", Helin lhe perguntava assim que a via em seus olhos. Amina, em vez de responder, indagava: "Por que você ainda está aí?". Helin explicava que Yahia e Yassir mudaram muito e não queriam voltar com ela para casa, mas que ainda assim ela não perdia a esperança de recuperá-los. Como de costume, Amina a ouvia com atenção e esperava que ela lhe contasse tudo. No entanto, primeiro Helin queria saber onde estava Amina. E, como a amiga não respondia, Helin mudava a pergunta: "Você vai voltar conosco?". Amina fazia que não com a cabeça e se afastava dos olhos de Helin. Ela a chamava novamente, porém Amina não vinha e por isso Helin ficava chateada.

A vibração do celular escondido dentro das roupas a fez abrir os olhos para ler a mensagem.

Olá, aqui é Abdullah. Com quem falo?
Olá, querido primo. Aqui é Helin.
Seus pais perguntam quando vocês conseguem voltar.
Estávamos esperando Yahia e Yassir, mas eles se recusaram a voltar conosco.
Tente convencê-los por qualquer meio.
Temos aqui uma menina chamada Laila cuja família é prisioneira em Mossul. É possível resgatar a família dela também?
Onde em Mossul?
Numa casa de dois andares. No final da rua tem uma loja que vende mel de tâmaras e tahine. Fica perto do Salão de Casamento Galaxy.
Algum outro detalhe que pode nos ajudar?
A mulher prisioneira se chama Gazal, ela está com um menino e uma menina. Seu carcereiro é conhecido como Príncipe do Deserto e era originalmente um alfaiate.

Abdullah entrou no *site* "Shopping do Estado Islâmico", que vendia de tudo, desde agulhas até mulheres, mas não encontrou Gazal ali. A rede de contrabandistas tampouco a encontrou, nem sinal algum do Príncipe do Deserto em Mossul.

"Talvez esse Príncipe do Deserto tenha vendido Gazal a outra pessoa", Abdullah comentou com Doidão.

"Tenha paciência. Temos uma pista com nosso amigo Fawaz", respondeu Doidão.

Fawaz tinha uma alfaiataria em Mossul e, desde que assumira a tarefa de procurar pelo Príncipe do Deserto, fazia a mesma pergunta a todos que passavam pela loja: "Você conhece o Príncipe do Deserto, que também era um alfaiate? Ele comprou uns tecidos de mim e, devido ao bombardeio na região, não veio retirá-los. Queria devolver o dinheiro, porque trabalho para o sustento — louvado seja Deus — e não tomo nenhum dinheiro *haram*".

Após várias respostas negativas recebidas dos clientes, na terceira semana um deles disse: "Sim, eu o conheço".

"Por Deus, você precisa me dar o endereço dele para que eu possa enviar o dinheiro que é de seu direito", pediu Fawaz ao homem.

"A casa dele fica em Raqqa, em frente ao parque Al-Rachid, perto do Hospital Nacional", disse o homem.

Os contrabandistas monitoraram aquela região e finalmente avistaram o Príncipe do Deserto, e o seguiram até sua casa. Abdullah escreveu para Helin: *Gazal está em Raqqa agora e vamos tentar libertá-la do Príncipe do Deserto. E vocês, como estão?*

Helin respondeu: *Estamos prontos para fugir na última sexta deste mês.*

Quantos vocês são?

Três — eu, Azad e Laila.

A última sexta do mês de junho era a data definida para a fuga, pois era o dia da próxima visita de Yahia e Yassir; eles os veriam pela última vez, depois de mais de um ano de tentativas fracassadas de convencê-los a retornar com eles.

Quatro dias antes daquela sexta, Azad ouviu a buzina do carro de Ali logo ao amanhecer. Foi até ele com a *dichdacha* de dormir, queixando-se em seu interior por ser tão cedo.

"Vou trocar de roupa e já venho", disse Azad para Ali, esfregando os olhos.

"Você só tem dois minutos. É uma emergência", disse Ali.

Contudo, Ali deixou Azad em seu escritório e saiu sem lhe dar uma tarefa específica. Azad ficou confuso, pois horas se passaram e Ali não retornou nem enviou nenhuma instrução do que deveria fazer. Anoiteceu e Azad pensou que ele talvez o tivesse esquecido no escritório. Estava a ponto de retornar para casa quando Ali finalmente chegou.

"Achei que você tivesse se esquecido de mim", disse Azad.

"Não me esqueci de você, Azad, e, porque não me esqueci de você, é que eu te trouxe até aqui, para salvar a sua vida, pois você é uma boa pessoa e eu te amo", disse Ali.

Azad esperou que Ali esclarecesse o sentido de suas palavras.

"Recebemos a ordem de matar todos os homens prisioneiros hoje, deixando só as mulheres", explicou Ali, "por isso quero te esconder num lugar fora desta região. Se souberem que você está aqui, vão te matar e me matar."

Azad ficou em estado de choque e não sabia o que dizer. Ali o surpreendeu ao se colocar em risco para que ele não fosse morto, mas seu sangue fervia de raiva porque os membros da organização tinham a intenção de matar sua comunidade e seus amigos, um por um. Como ele poderia partir com Ali e deixar Helin e Laila sozinhas?

"Você precisa se esconder aqui até eu arranjar um jeito de te afastar desta região", acrescentou Ali.

"Mas não é possível atravessar os postos de controle sem um crachá do Estado, não é?", perguntou Azad.

"Você não trouxe o crachá?"

"Não."

Azad fingiu não ter trazido o crachá para que pudesse, com esse pretexto, voltar para casa e informar Helin dos acontecimentos.

"É perigoso você ir para casa, mas deixe-me investigar a situação", disse Ali e começou a fazer ligações.

Após alguns minutos, ele disse para Azad: "Você precisa se esconder aqui até o amanhecer, porque recebi uma ordem de retornar amanhã para Mossul. Vou te levar comigo para um local perto de Kirkuk, e de lá você pode se arranjar sozinho. Mas antes é preciso trazer o crachá. Esta noite eu levo você até a sua casa para pegar o crachá".

Azad sentiu um início de enxaqueca ao tentar tomar a decisão de informar ou não Ali sobre Helin. No fim, disse: "Você, Ali, me ajudou em muitas questões e eu sei o risco que está correndo por mim, mas tem uma coisa que quero te contar. Minha irmã está agora na casa para encontrar os filhos que vêm do acampamento na folga mensal. Eles poderiam vir visitá-la mesmo que eu parta com você?".

"Vou avisar Abu Sufian para trazê-los e levá-los de volta como de costume", respondeu Ali.

Já passava de uma da manhã quando Azad desceu do carro de Ali e entrou apressadamente em casa.

"Meu Deus! Onde você estava?", Helin perguntou.

Azad contou os acontecimentos de forma resumida.

"Ah, vá rápido", disse Helin.

"Você vai fugir com Laila de acordo com o plano de Abdullah nesta sexta, não é?"

"Sim", respondeu Helin.

"Não adie desta vez, porque há a possibilidade de logo mudarem as mulheres para outra região", disse Azad antes de sair.

Perto do último posto de controle em direção a Kirkuk, Ali parou o carro e disse para Azad: "Se perguntarem no posto o motivo de você ir para Kirkuk, diga que você precisa comprar insulina".

Ambos desceram do carro e Ali parou um táxi. Ele pagou para o motorista levar Azad até a fronteira de Kirkuk, a uma distância de cinco quilômetros. Eles se abraçaram e Ali colocou um dinheiro no bolso de Azad dizendo: "Caso precise".

O taxista parou na fronteira curda e disse: "Este é o meu limite. Não posso atravessar".

Azad cruzou a fronteira a pé. Ele ouviu do outro lado um motorista chamando: "Dohuk, Dohuk!". Azad se dirigiu a ele e perguntou: "Quanto custa até Dohuk?".

"Cento e cinquenta mil dinares", respondeu o motorista.

Azad contou o dinheiro que Ali colocara em seu bolso e disse ao motorista: "Só tenho cem mil".

"Tudo bem, entre", disse o motorista.

No posto de controle curdo, o inspetor ordenou a Azad que fosse para a sala detrás para ser interrogado.

"Por que sua barba é tão longa?", perguntaram.

"Eu era um prisioneiro do Daich", Azad respondeu.

"Você tem uma carteira de identidade?"

Azad retirou o crachá do Estado Islâmico e disse: "Eles confiscaram a minha identidade original e me deram isso".

O inspetor se pôs a fazer ligações para inquirir sobre a identidade de Azad e se certificar de que ele era mesmo um prisioneiro. Pediu a Azad que contasse sua história com detalhes. Depois disso, deixaram-no ir.

Quando saiu, não encontrou o motorista. Azad se sentou na esquina, confuso e desorientado. Como era possível que Ali, um *daichi*, tivesse lhe dado dinheiro e aquele motorista, que era da sua comunidade, o roubara e fugira? Ou será que após esperar por muito tempo ele desistira e partira, pensando que Azad era um criminoso e por isso o prenderam? Mas ele não deveria ter devolvido o dinheiro antes de partir, visto que não o levara ao local combinado?

Em meio a seus questionamentos, Azad notou um táxi diante dele. Imaginou por um instante que o motorista retornara, mas era outro.

"Táxi?"

Azad entrou e o motorista perguntou: "Para onde?".

"Para a casa do emir iazidi em Chekhan."

"Pelos meus olhos."

"Abençoe os seus olhos."

"De onde você é?"

"Do vilarejo do Halliqui. Acabei de voltar do controle do Daich."

"Jura por Deus? Por isso sua barba está longa?"

"Quase dois anos de cativeiro", disse Azad.

O motorista parou diante de um barbeiro e sugeriu a Azad: "Faça a barba por minha conta que eu volto daqui a pouco".

O motorista voltou após um curto período e pagou o barbeiro.

"Que diferença! Você agora parece cem anos mais jovem", disse para Azad, que abriu um grande sorriso.

"Obrigado. Ah, que alívio! Como coçava."

O motorista lhe deu um sanduíche de falafel, dizendo: "Eu comi um e este é para você".
Azad estava mesmo com fome, então saboreou o sanduíche.
"Quanto lhe devo? Vou pagar tudo quando chegarmos", disse Azad.
"Não vou cobrar nada de você", respondeu o motorista.
"Como assim?", Azad perguntou.
"Eu fiz uma promessa", explicou o motorista. "Eu tive um problema de saúde que me impediu de trabalhar por quase um mês, então prometi trabalhar três dias de graça se eu sarasse. Por isso, desde ontem estou levando as pessoas sem cobrar. Se você quiser, eu te levo amanhã também. Porém, depois de amanhã vou trabalhar cobrando."
"Que Deus te proteja", disse Azad.
"Obrigado, e que proteja sua família. Você tem filhos?", perguntou o motorista.
"Eu tenho um filho que ainda não vi, pois me prenderam antes de ele nascer."
"Oh, Deus", disse o motorista balançando a cabeça; depois se apresentou: "Meu nome é Huchiar. Meu sétimo avô era iazidi. Todos nós curdos éramos iazidis e nos tornamos muçulmanos depois das invasões. Mas a nossa língua e os nossos costumes, que compartilhamos com vocês, foram preservados, como você sabe. Os iazidis que se esconderam nas montanhas são os únicos que permaneceram iazidis. E você, qual é o seu nome?".
"Azad. Sim, ouvi de meus parentes que a montanha sempre serviu como refúgio para nós."
"Você agora é Azad mesmo — livre, como diz seu nome."
O carro parou diante de um prédio branco em frente a um parque. Azad sugeriu a Huchiar: "Venha comigo até o divã, se quiser descansar um pouco".

"Não, obrigado. Você é parente do emir?"

"Não, esta é a casa pública dos iazidis. Eu não tinha dinheiro quando entrei no seu carro, por isso escolhi este lugar para que te pagassem por mim. Mas agradeço por tudo."

"Foi um prazer, graças a Deus você chegou em segurança."

No divã do emir iazidi, as pessoas se reuniram ao redor de Azad para ouvir os detalhes do que acontecera com ele. Trouxeram-lhe comida e chá no grande salão, onde tudo era branco: paredes, cortinas, sofás e móveis.

Após um dos assistentes do emir fazer algumas ligações, Azad foi informado de que seu pai fora levado ao Halliqui de helicóptero.

"Quer dizer que eu preciso de um helicóptero para ir ao Halliqui?", Azad perguntou.

"Não, as regiões ao redor da montanha foram libertadas. Podemos te levar até a montanha de carro e você continua a pé até sua casa."

"Obrigado. Posso usar seu celular por um minuto?"

Azad escreveu uma mensagem de texto para Helin: *Cheguei. Cuide-se.*

Helin respondeu logo em seguida: *Ufa, graças a Deus! Marquei com o contrabandista para depois de amanhã.*

Na noite antes da chegada de Yahia e Yassir, Helin não dormiu até o amanhecer, pois tentava em vão imaginar uma vida sem eles. Desejava poder adiar a operação de fuga novamente. Enfim, chegou a manhã, e com ela os dois meninos. Helin tentou encher seus olhos com a visão deles. Permaneceu calada e não falou sobre a fuga, nem tentou convencê-los de nada. Mas não pôde evitar o choro.

"Por que você está chorando?", Yassir perguntou de tarde, quando estavam sentados na sala de estar.

Helin não disse nada.

"Onde está o tio Azad?"

"Ele retornou, e eu também vou retornar amanhã para casa. Não sei se vou ver vocês novamente nesta vida", disse Helin.

O cansaço estava evidente em Yahia e Yassir, como se não dormissem há dias. Estavam pálidos como nunca. Até mesmo a voz deles parecia partida e abatida, de forma incomum. Era verdade que durante aquelas visitas eles se comportavam de um jeito que não condizia com sua pouca idade, como se tivessem crescido décadas; contudo, naquela manhã havia alguma coisa diferente neles.

"Decidimos voltar com você", disse Yahia.

Helin não acreditou no que ouvia: "É verdade o que você está dizendo, meu filho?".

"Decidimos isso antes de chegarmos aqui", respondeu Yahia.

Helin se levantou e beijou os dois na cabeça, depois perguntou: "Mas o que mudou?".

Yahia e Yassir trocaram um olhar triste. Yassir abaixou a cabeça, evitando o olhar da mãe.

"O que aconteceu?", Helin perguntou de novo.

Yahia hesitou um pouco antes de falar: "Vimos algo terrível durante o treinamento".

Yahia parou por um instante para recuperar o fôlego, então continuou: "Exibiram na tela diante de nós operações de decapitação. Disseram que devíamos aprender, para executar nossos inimigos".

"Você, Yahia, tremia toda vez que assistia ao abate de uma ovelha no vilarejo", disse Helin. "E eu me perguntando por que vocês estão tão pálidos."

Yassir cobria os olhos com as mãos como se tentasse evitar ver algo em sua mente.

Helin entrou no quarto. Tirou o celular das roupas. Escreveu para Abdullah que Yahia e Yassir concordaram em voltar com ela e que eles eram conhecidos no Daich, então havia o risco de serem reconhecidos pelo contingente da fronteira.

De acordo com o plano original, um motorista iria pegá-los durante a reza da sexta-feira, quando a rua ficava vazia de pedestres; porém, o plano mudou ao amanhecer, pois o bombardeio se intensificara em Tal Afar e o aeroporto perto de onde estavam fora atingido, ferindo diversos moradores do lugar, incluindo famílias *daichis*.

Abdullah e seu grupo de contrabandistas aproveitaram aquele bombardeio para organizar um plano para esconder os dois meninos. Enviaram um carro com dois caixões para Yahia e Yassir dormirem depois dos soníferos que tomariam para a morte temporária. Cobriram o carro fúnebre com bandeiras do Daich como disfarce. O contrabandista se sentou ao lado do motorista, disfarçado de *daichi*, com a barba longa e a vestimenta afegã. No banco traseiro, Helin e Laila estavam como de costume escondidas sob o nicabe. Pressupunha-se que os mártires do Estado Islâmico não seriam parados nos postos de controle; entretanto, um segurança os parou, perguntando: "Quem são os mártires?".

O contrabandista respondeu: "Meus sobrinhos foram mortos no bombardeio — louvado seja Deus pelo martírio no caminho de Deus —, e no banco traseiro estão sua mãe e sua irmã".

"Espere, vou com vocês para ajudar a enterrá-los", disse o segurança.

"Obrigado", disse o contrabandista, "mas não queremos incomodar ninguém".

"Isso é menos do que uma obrigação, meu irmão, só me diga em qual cemitério."

"Cemitério de Baduch", respondeu o contrabandista.

"Por que Baduch? Há cemitérios mais próximos."

"Porque temos lá parentes mortos e você conhece as tradições", respondeu o contrabandista.

"Então vou segui-los com meu carro", disse o segurança.

O motorista diminuía a velocidade de tempos em tempos acompanhando pelo retrovisor o carro do segurança atrás deles; todos trocavam olhares de preocupação. Helin queria implorar para o motorista fazer um desvio e fugir da vista do outro carro, mas ela não foi capaz nem sequer de falar. Ela viu, em seu pensamento, Yahia e Yassir serem enterrados vivos. Eles iriam seguir com a operação, colocá-los na cova e jogar terra sobre eles? Ela seria afastada da cova, porque as tradições locais não permitiam que mulheres presenciassem enterros. Ela viu a si mesma correndo até os caixões sem se importar com as tradições desta vez. Ela inevitavelmente os impediria de matar seus filhos. Imploraria para deixá-los em paz.

Outro contrabandista esperava no cemitério de Baduch, fingindo ser o coveiro. Ele estava a ponto de perder a paciência, pois cavava e cavava, sem sinal da chegada deles. Então ligou para Abdullah e disse: "O solo já está macio de tanto ser revirado, mas nada de eles chegarem".

Estavam atrasados porque o motorista pegou o caminho mais longo possível para chegar, visto que não queriam chegar. O celular vibrava dentro das roupas de Helin. Ela sabia que era Abdullah, mas não podia atender, para não correr o risco de o segurança atrás deles notar. Sua mão tremia de frio, embora não estivesse frio. Ela deu um pulo de repente, pois um bombardeio forte ressoou atrás deles. Puxou Laila para mais perto de si, ela também tremia. Quando estavam a passos do cemitério, aumentaram os sons sucessivos do bombardeio.

Helin pediu: "Digam para aquele homem que eu desmaiei e não será possível fazer o enterro agora. Vou acabar desmaiando de verdade".

Viram pelo retrovisor o segurança sair do carro e vir na direção deles. Ele parou diante da janela aberta do contrabandista e disse: "Os aviões estão bombardeando com força e a bandeira sobre os caixões atrai os infiéis, que nos atacam. Tirem a bandeira rapidamente e enterrem seus mortos. Fui informado agora de que muitos do nosso grupo estão feridos e que preciso me apressar para ir aos locais de resgate. Desculpe-me, meu irmão, por não poder completar a obrigação com vocês. Que Deus os acompanhe e que fiquem vivos".

"Que Deus abençoe seus mortos", disse o contrabandista.

Assim que o carro do segurança desapareceu da vista deles, abriram os caixões e retiraram os meninos, que estavam como embriagados, entre o sono e a vigília. Entregaram os dois caixões ao falso coveiro e retornaram rapidamente ao carro para seguirem por uma estrada secundária não pavimentada, e de lá até uma região remota. O motorista partiu e o contrabandista ficou com eles. Esconderam-se em uma tenda feita de tecido de pelo de cabra, amarrada por dez cordas fincadas no solo com ganchos, que deixavam um espaço entre a tenda e a superfície da terra. O chão estava coberto de tapetes, nos quais havia pacotes de biscoito e garrafas de água. O contrabandista disse que essa era uma das tendas dos "morcegos". Ele explicou que os contrabandistas se autodenominavam "morcegos" porque suas viagens requeriam dormir de dia e andar de noite.

Logo, quando o sol se pôs por inteiro, eles andaram para o norte por seis horas até chegarem ao vilarejo de Tal Al-Rim, onde dormiram entre espigas de milho amarelo, cujo brilho o sol aumentou. Quando o sol se pôs novamente, retomaram a caminhada por algumas horas até chegarem ao rio que separava o Daich de sua gente. Em condições normais era possível atravessar a distância em apenas uma hora, mas, para evitar o lado do Daich e os campos minados, era necessário contornar o perigo com o dobro de passos.

 Eles estavam acostumados a andar entre as árvores e os vales por longas distâncias, mas a situação era diferente: caminhavam em meio à escuridão e com medo de as árvores se transformarem no inimigo que bloqueia o caminho ou as minas explodirem sob seus pés. O fim desse caminho parecia o fim do mundo, porém naquela linha final longínqua após uma longa noite escura, a liberdade deles nascia com o primeiro raio de sol. Na margem do rio Tigre, outro contrabandista os aguardava. Indicou-lhes que se abaixassem no barco e não deixassem a cabeça à mostra até chegarem à outra margem. Soltou a corda para que outros dois contrabandistas puxassem o barco da outra margem — operação realizada com muito cuidado, a ponto de parecer que o barco andava sozinho no rio, sem ninguém em seu interior.

 Pouco antes de o barco chegar, Yassir levantou a cabeça de leve e gritou: "Chegamos!". Helin tirou o nicabe preto, revelando suas roupas coloridas. Yahia disse: "Daqui a um minuto". Assim que o exterior do barco bateu na margem segura, Helin jogou o nicabe no rio e disse: "Que as águas o devolvam para eles". Laila fez o mesmo com o seu.

 Diversos seguranças da região os aguardavam, previamente informados por Abdullah do local e da hora da chegada. Levaram-nos rapidamente num carro militar para uma sede segura, a uma distância da margem do rio resguardada de qualquer possível tiro vindo da outra margem. Após terminarem de documentar seus relatos, Abdullah os recebeu fora da sede, dizendo: "Graças a Deus vocês chegaram em segurança". Helin o abraçou calorosamente, chorando.

"Meu Deus, como os meninos cresceram!", disse Abdullah ao abraçar Yahia e Yassir.

Helin pegou a mão de Laila para apresentá-la a Abdullah: "Laila é a filha de Gazal, de quem te falei".

"Tenho uma boa notícia", disse Abdullah. "Localizamos Gazal."

Laila deu um passo para frente para ouvir mais. Ela sorria, seu primeiro sorriso em muito tempo. Abdullah pediu que ela falasse e dirigisse suas palavras à mãe para ele gravar com o celular.

Abdullah os levou em sua picape para um restaurante próximo, onde pediu comida para cinco pessoas.

Helin tomou um gole de água e perguntou a Abdullah: "Quando foi a última vez que você foi para o Halliqui?".

"Há uma semana. Eles ainda não sabem que você chegou."

"Não quero que eles desçam e se cansem", disse Helin. "Eu vou até eles."

"Se quiser, vamos juntos", ofereceu Abdullah.

"Adoraria, estou morrendo de saudades do Halliqui", disse Helin.

"Mas primeiro é preciso ir para Lalich", disse Abdullah. "Baba Xeique recomenda a renovação do batismo para as pessoas que retornam do cativeiro, para purificá-las espiritualmente e para apagar o capítulo do Daich de suas vidas, começando um novo capítulo limpo."

"Vamos precisar de dois pedaços de tecido branco para Yahia e Yassir, pois esta será a primeira visita deles ao templo", disse Helin.

"Tranquilo", disse Abdullah. Ele bebeu um gole de água e acrescentou: "Tem um campo de refugiados aqui em Dohuk. O que você acha, Helin, de passarem a noite lá e amanhã de manhã irmos para o Halliqui?"

"Está bem", concordou Helin. "De qualquer forma, não vou ficar no Halliqui mais do que alguns dias, pois é difícil acompanhar as notícias dos desaparecidos estando lá. Preciso procurar por meu marido e minha filha."

Yahia e Yassir olharam um para o outro e depois para Helin.

"Você tem razão. A comunicação é mais fácil no campo", disse Abdullah, "e vou te informando dos últimos acontecimentos na medida do possível."

"Obrigada", disse Helin, "você é realmente a solução dos problemas."

Abdullah sorriu e pegou o celular da mesa, dizendo: "Vou anunciar a chegada de vocês no Facebook para que as pessoas no campo de refugiados possam se preparar para recebê-los".

"Há outras sobreviventes que eu conheça nesse campo?", Helin perguntou.

"Não sei", respondeu Abdullah.

"Alguma notícia de minha amiga Amina?", ela perguntou.

Abdullah ficou em silêncio. Ele não encontrou em si forças para dar a ela a triste notícia. O garçom havia acabado de colocar os pratos de comida na mesa, então Abdullah pensou que dizer a verdade poderia estragar a primeira refeição de Helin após o cativeiro. Ela olhava para ele, esperando uma resposta, então Abdullah respondeu: "Não", e se levantou para ir ao banheiro.

Após o almoço, Abdullah comprou no mercado roupas novas para todos e dois lenços brancos para Yahia e Yassir. Quando cobriram a cabeça com os lenços, Helin se lembrou das bandanas pretas do Daich.

"É por isso que nos chamam de cabeça branca?", Yahia perguntou.

"A cor branca é nosso símbolo de transparência", disse Abdullah, "pois a sujeira aparece mais no branco do que em outras cores."

Depois de uma hora dirigindo para o leste em direção ao distrito de Chekhan — ao longo de um caminho sinuoso por um vale montanhoso —, Abdullah parou o carro e apareceram diante deles as três cúpulas de Lalich. Eles deixaram seus sapatos no carro e entraram no templo descalços, como todos os outros visitantes, pois não era permitida nenhuma barreira entre os pés e o chão do templo. Do lado direito do portão do templo havia uma cobra preta entalhada que chamou a atenção de Yassir. Ele perguntou à mãe: "Por que tem uma cobra aqui?". Helin respondeu: "Em tempos antigos, o navio de Noé quase afundou por causa de um buraco no casco causado por uma colisão com uma rocha durante o dilúvio, mas uma cobra preta tampou o buraco e salvou a humanidade; por isso a cobra tem um significado importante para nós".

Helin pulou pela entrada do templo, dizendo aos meninos: "Tomem cuidado, não pisem na soleira porque ela é sagrada".

No pátio interno do templo havia sete colunas envoltas em tecidos coloridos amarrados. Abdullah desfez um nó num tecido verde e o amarrou novamente. Helin fez o mesmo com um nó vermelho. Laila se aproximou da coluna e Helin a encorajou com um sorriso. Laila escolheu um nó de tecido rosa. Yahia e Yassir olhavam com curiosidade, então Abdullah explicou: "Cada nó de tecido é um desejo de um visitante que o amarrou. Aquele que desamarramos será realizado, e esperamos que venha alguém depois de nós para desfazer o que nós amarramos também".

Eles andaram em pedras lisas, que remontavam a tempos antigos, em direção a uma entrada que levava à fonte de água sagrada na qual seriam batizados. A serva do templo era chamada de Faqrai, uma mulher devotada ao local, que não podia se casar; ela estava postada ao lado da fonte branca segurando um pote de água mineral. Quando entraram na fonte de água, ela despejou água de seu pote na cabeça dos cinco, um por um, recitando orações de bênção e salvação. Ela pronunciava as palavras de forma distinta, estendendo as letras e com musicalidade. No fim, Helin se inclinou na água da fonte para lavar o rosto e as mãos, e os demais fizeram o mesmo. Quando saíram dali, Faqrai disse: "Parabéns".

Foram para o pátio exterior ao ar livre, onde havia árvores espalhadas ao longo do vale e luz de pavios acesos sobre as pedras na entrada das cavernas. Helin teve uma sensação interior de conforto e ao mesmo tempo sentiu vontade de chorar ao ver as pessoas no pátio. Elas estavam comovidas por estarem todas juntas novamente, abraçavam as sobreviventes cheias de esperança, curadas pela água. Na cerca de pedras, sentavam-se jovens que olhavam em silêncio para o horizonte, como um bando de pássaros.

Ao anoitecer, chegaram ao campo de refugiados de Qadia. Um funcionário da administração do campo os levou até a tenda reservada a eles. Helin se surpreendeu ao ver mais de cem pessoas reunidas diante da tenda para dar-lhe boas-vindas. Um grupo de mulheres jogou doces embalados sobre ela, entoando gritos de alegria. Helin ficou comovida com isso, sentando-se no chão para chorar; outras mulheres se sentaram em torno dela e choraram com ela. Quando todos se dispersaram e retornaram a suas tendas, Abdullah contou para Helin: "Eles fazem assim sempre que chega uma nova sobrevivente ao campo". Depois, acrescentou: "Então amanhã de manhã vamos para o Halliqui".

"Onde você mora agora?", Helin perguntou.

"Aqui em Dohuk", disse Abdullah, "num prédio de três andares lotado, com duas famílias por quarto. A outra família é simpática, minha família se dá bem com ela."

"Como estão Sari e as crianças?", Helin perguntou.

"Sari perdeu o irmão. O Daich o matou no cativeiro", respondeu Abdullah.

"Ah, meus olhos sentem por ela. Sinto muito em ouvir isso", disse Helin.

"Ela te mandou um oi", disse Abdullah.

"Meu coração está com ela", disse Helin.

"Vejo vocês amanhã", disse Abdullah, e partiu.

Na tarde do dia seguinte, pouco antes de chegarem ao Halliqui, Abdullah apressou o passo até a casa. Viu Chammo na sala de estar enchendo uma caixa grande com figos secos. Abdullah disse, ofegante: "Eu trouxe convidados comigo hoje, você pode recebê-los na sua casa?".

"Olá, Abdullah", disse Chammo. "Você e seus convidados são sempre bem-vindos."

Abdullah olhou para trás e, após alguns minutos, chegaram Helin, Yahia, Yassir e Laila. Depois dos abraços chorosos, Chammo soltou diversos assobios. Ramziya entrou na casa sem poder acreditar no que via. "Ah, que saudades de você!", disse para Helin, chorando ao se abraçarem. Pouco mais tarde, apareceu Azad com a esposa e o filho. Todos se abraçaram e choraram. Contudo, Ramziya não pôde ficar de pé após abraçá-los longamente. Ela se sentou no chão e começou a cantar sua música triste.

"Quando a emoção se apodera dela, entoa essas canções", disse Chammo, sentindo-se em júbilo com os braços em torno da filha.

Depois de seu longo choro, Ramziya entrou na cozinha e trouxe uma grande melancia. Cortou-a para que todos comessem. Abdullah comeu um pedaço e anunciou: "Preciso partir agora".

Ramziya protestou: "Você ainda não descansou da viagem, Abdullah. Como você vai assim, sem jantar?".

"Uma prisioneira está a caminho e preciso acompanhar passo a passo, tenho medo de perder ligações importantes porque meu celular não funciona aqui. Mas voltarei na primeira oportunidade", disse Abdullah e partiu.

Quando Ramziya notou que Laila não pegara nenhum pedaço de melancia, disse-lhe: "Querida Ahlam, coma um pouco de melancia".

"Esta é a Laila, mãe", disse Helin. "Ela tem quase a idade de Ahlam."

"Pensei que fosse a filha da falecida Amina", disse Ramziya.

Helin ficou um minuto em silêncio para processar o que ouvira, antes de perguntar: "A falecida? Amina morreu?".

"Oh, você não sabia?", indagou Ramziya.

Helin não respondeu. Levantou-se e saiu da casa. Ramziya foi atrás dela: "Desculpe-me, minha filha. Volte, querida. Para onde você vai?".

Helin se virou para a mãe e disse: "Eu só preciso andar um pouco sozinha".

Helin caminhou em direção ao vale. Após a primeira lágrima, outras rebentaram copiosas. No caminho onde costumava andar com Amina, Helin se imaginou com a amiga. Elas tinham catorze anos, andavam juntas no dia do feriado de abril em meio às flores vermelhas de anêmona e às flores brancas e amarelas de camomila; a montanha estava inteiramente coberta por aquelas três cores, como em toda primavera. Ela se lembrou de Amina reunindo um buquê de anêmona e entrelaçando as flores uma por uma, como um colar vermelho. Ela fez isso tão rápido quanto costumava trançar o cabelo. Amina colocou o colar de flores em volta do pescoço de Helin. Helin reuniu flores de camomila numa cesta de palha, a pedido da mãe, que as levaria para Umm Khairi, como faziam muitos moradores do vilarejo. Umm Khairi prepararia com elas ervas para aliviar dores.

Helin parou de andar e tocou o pescoço tentando sentir o colar de Amina. Todas as ervas de camomila de abril não seriam suficientes para aliviar sua dor.

A voz

Abdullah desceu da montanha até a planície baixa onde era possível usar o celular. Ligou para Hadla, a mulher que se encarregara da missão de resgatar Gazal. Hadla era uma das mulheres da rede de Abdullah e Doidão, a qual englobava quinze membros que trabalhavam para resgatar as sequestradas. Hadla era a mais ativa deles, devido a seu trabalho como enfermeira no hospital de mulheres de Raqqa. Entre as pacientes havia prisioneiras que frequentemente retornavam para curar fraturas e ferimentos após serem espancadas pelos homens, com cabos, talvez porque tivessem resistido ao estupro ou porque o cansaço as impedira de fazer suas tarefas domésticas. Em outros momentos, os machucados eram provocados por bombardeios e explosões na região.

Quando Hadla soube por Abdullah que Gazal ouvia mas não falava, ela disse que entendia a língua de sinais, pois tinha uma irmã que não ouvia nem falava. Hadla entrou na casa do Príncipe do Deserto trajando o uniforme branco de enfermeira. Ela mostrou seu cartão do hospital e disse para Gazal que ela precisava acompanhá-la à sala de vacinação, porque havia uma campanha para vacinar mulheres. Ela a tranquilizou, prometendo que depois da injeção ela mesma a traria de volta para que não se perdesse.

Na pequena sala de enfermagem do hospital havia outra enfermeira com elas. Hadla se ocupou em preparar diversas vacinas e, quando a enfermeira por fim saiu, Hadla fechou a porta. Ela ligou o celular diante de Gazal para que ela assistisse ao vídeo curto: "Como você está, mamãe? E como estão meu irmão e minha irmã? O papai está com vocês? Eu retornei e estou esperando por vocês".

Gazal arregalou os olhos ao ver Laila. Ela quase falou, mas as palavras não se formaram como deveriam; mesmo assim, saiu-lhe um som que excedia qualquer palavra. Ela visualizou os membros da organização que à força puxavam Laila de seus braços, enquanto ela gritava e chorava.

A mulher pegou a mão de Hadla e a colocou no peito, depois na boca. A outra enfermeira entrou na sala e, quando viu Gazal beijando a mão de Hadla, pensou que ela estava muito agradecida pela vacina.

Hadla saiu com Gazal para levá-la de volta à casa do Príncipe do Deserto. Durante os quinze minutos de caminhada, Hadla contou sobre o plano de fuga. Instruiu Gazal a vir ao hospital com a filha pequena no dia seguinte às dez da manhã, com o pretexto de que a criança também precisava da vacina. O menino não poderia entrar no hospital das mulheres. Por isso, ele teria que se disfarçar com roupas femininas, as quais vestiria no jardim atrás do hospital. Hadla soube a altura de Zido por meio do sinal de Gazal, que indicou com a mão a altura de seu ombro. Hadla traria o nicabe para Zido numa sacola fechada. Gazal e a filha sairiam pela porta dos fundos do hospital e continuariam sua caminhada até o jardim para encontrarem Zido. O carro do contrabandista estaria diante do jardim com o porta-malas aberto como sinal de que aquele era o carro correto. Hadla passou seu número de telefone para Gazal, pois queria ser avisada quando eles chegassem em segurança. Gazal assentiu com a cabeça, como uma promessa de que a informaria quando de fato chegassem.

Tudo transcorreu bem no dia seguinte. O contrabandista fechou o porta-malas depois que os três entraram no banco detrás, partindo com eles para uma área rural na periferia da cidade de Raqqa. Ele parou diante de uma casa onde morava uma família composta de um avô, uma avó, um pai, uma mãe e cinco crianças. Dentro da casa havia uma grande sala onde ficavam os animais: ovelhas, vacas e burros. O pai era parente de Doidão e concordara — em troca de um bom pagamento — que ele usasse um quarto da casa regularmente para alojar pessoas por um ou dois dias, às vezes por cinco.

Gazal sentiu um calor gostoso, pois a família os rodeou com uma atmosfera serena que ela não presenciava havia muito tempo. A mãe a toda hora insistia para eles comerem algo. No segundo dia, todos se sentaram em volta de Zido para que ele narrasse o que os havia levado até a casa deles. Depois que o menino contou sua história, a avó disse: "Vocês são a quarta família que acolhemos e cuja história ouvimos. Durante toda a nossa vida, não conhecemos nada assim e nunca ouvimos relatos tão estranhos como esses, nem mesmo nas histórias de *As mil e uma noites*. Não sabemos de onde aquelas pessoas vieram nem por que fazem isso com vocês".

Na terceira noite, chegou a hora de partirem. A mãe fez sanduíches de ovo e os colocou em sacolas de plástico. Disse para Gazal: "São para a viagem".

Gazal a abraçou e ficou de pé olhando para Zido. As crianças fitavam Zido, que colocava o nicabe. Ao notar que Zido estava extremamente envergonhado, a avó disse: "Você não é o primeiro que vemos disfarçado. Os meninos que ficaram escondidos aqui antes de vocês também fizeram isso".

Duas motocicletas estavam à espera deles fora da casa. Gazal se sentou atrás da filha e do motorista, e Zido se sentou atrás do outro motorista. Após duas horas, chegaram a uma estrada de terra remota. De lá, os três teriam que continuar a pé por três horas para chegarem à fronteira curda. O motorista da moto deu um saco plástico branco para Gazal levantar quando visse a fronteira a uma distância de cem metros, pois aquele era o sinal combinado com quem os receberia do outro lado. "Vocês precisam se lembrar de não atravessarem sozinhos aqueles últimos metros, porque é um campo minado."

Gazal andava preocupada, pensando: e se eles se enganassem e não distinguissem a fronteira daquela última distância? Toda vez que Zido apressava um pouco o passo, Gazal sinalizava para ele ir mais devagar, temendo que se esquecessem e andassem na direção do perigo.

No céu, as nuvens se separaram e com o início da aurora evidenciaram-se os contornos de um novo dia, e de mulheres de pé na fronteira, sinalizando com as mãos. Quando Gazal levantou seu saco branco, uma delas se apressou em recebê-los e lhes disse para seguirem seus passos com cuidado. Gazal se surpreendeu com os gritos de alegria com os quais os receberam e os doces embalados jogados sobre eles. Elas começaram a cantar músicas curdas que lhe eram bem familiares.

Gazal se viu cantando com elas. Zido ficou em choque ao ouvir a mãe cantar. Ele gritou: "Mamãe, mamãe, sua voz voltou!".

Gazal parou de cantar porque também ficou espantada consigo mesma. Ela tentou dizer algo para Zido, mas não lhe saíram senão sons estridentes.

Todos se calaram porque Zido lhes dirigiu a palavra: "Minha mãe perdeu a voz no cativeiro e agora está cantando. A voz dela voltou?".

"Cante, cante", disse uma das mulheres, sinalizando para as demais retomarem a música. Gazal voltou a cantar e suas pala-

vras saíram completamente compreensíveis, o que os fez dançar e cantar ainda mais alto. Levantavam as mãos em sinal de alegria; e algumas as abaixavam para enxugar as lágrimas. No final da música, olharam para Gazal, esperando que ela dissesse algo.
Ela tentou falar novamente e as palavras tropeçaram no início, mas, ao repetir, saíram corretas. Fazia dois anos que sua boca era como uma prisão solitária, onde muitos diálogos ocorriam, mas sem voz. Agora, Gazal disse: "Obrigada por me libertarem e por libertarem a minha voz".

Abdullah subiu até o Halliqui novamente. Era o início de julho de 2015 e os raios do sol faziam seu cabelo grisalho brilhar. Apenas dois anos antes eles eram pretos, mas o grisalho tomou conta de metade deles nos últimos tempos. No instante em que chegou à casa do tio, perguntou a Helin: "Onde está Laila?".
"Foi com Yahia e Yassir ao pomar de figo", respondeu Helin.
"Eu queria informá-la de que a mãe dela está num lugar seguro, e vai chegar à fronteira iraquiana amanhã", disse Abdullah.
"Oh, que notícia maravilhosa!", disse Helin. "Vamos avisá-la."
Laila estava colhendo um figo da árvore e Yahia lhe dizia: "Deixa eu te mostrar uma maneira melhor". Yahia chacoalhou a árvore, fazendo cair figos maduros. Yahia e Yassir começaram a recolher os figos do chão, enquanto Laila se virou porque notara Helin e Abdullah na entrada do pomar. No momento em que ouviu a notícia de Abdullah, seu rosto se iluminou com um sorriso largo, ainda segurando o figo na mão.
Helin combinou com Abdullah que desceria com ele para acompanhar Laila na recepção a Gazal. Yahia e Yassir quiseram ir também. Ao amanhecer do dia seguinte, Ramzyia estava acordada com eles porque decidira acompanhá-los.

Depois que desceram a montanha, foram para a picape que Abdullah estacionara diante de uma casa na planície. Era meio-dia quando chegaram enfim à área inabitada entre a fronteira do Iraque e da Síria. Sentaram-se ali por cinco horas à espera de Gazal; nesse meio-tempo, Abdullah perdeu o contato com o contrabandista devido à falta de sinal, então só soube no final da tarde que, como o caminho para a fronteira não estava seguro o suficiente, tinham adiado a viagem para o dia seguinte.

Voltaram para a montanha e desceram na manhã do dia seguinte ao mesmo local de espera perto da fronteira. Sentaram-se outra vez até anoitecer, e nada de Gazal.

"Você parece pálido hoje. Estou envergonhada por termos cansado você", disse Ramziya para Abdullah.

"Na verdade, eu é que estou envergonhado porque vocês esperaram dois dias aqui, a céu aberto, neste calor", disse Abdullah.

"Isso não é nada em troca da chegada de uma sobrevivente, é como se ela ressuscitasse dos mortos", disse Ramziya. "Mas, diga-me, Abdullah, como está Siham?"

"A saúde de minha sobrinha melhorou, graças a Deus", respondeu Abdullah.

"Como sofri quando soube que ela tinha voltado do cativeiro com as costelas quebradas", disse Ramziya.

"Quando Siham retornou?", Helin perguntou.

"Há dois meses", respondeu Abdullah.

"Conte-me mais sobre ela, primo", pediu Helin.

Abdullah começou a narrar a história do resgate de Siham. Estavam todos sentados no chão, ouvindo.

Siham estava com treze anos quando Bilal a comprou; ele era o diretor de segurança do Daich. Certo dia, em seu escritório, ela viu a foto de Abdullah. Ela não sabia que seu tio se tornara uma pessoa procurada pelo Daich e perguntou a Bilal: "De onde você conhece meu tio?".

Bilal se aproveitou de sua pergunta inocente para tramar uma artimanha. Ele disse: "Se este é seu tio, então eu posso te vender para ele. O que você acha?". Claro que Siham pulou de alegria. Bilal ligou para Abdullah e lhe enviou uma foto de Siham, propondo um acordo: soltar Siham em troca de contrabandear a família de Bilal até a Turquia. Aquela não era a primeira vez em que recebia propostas daquele tipo, e Abdullah já fizera antes um acordo parecido, por isso não ficou surpreso.

Ele combinou com Bilal que Siham ficaria na rotatória de Jarrah, na cidade de Mayadin, para que uma pessoa de lá a buscasse. Essa foi a primeira emboscada: assim que o contrabandista chegou perto de Siham, membros do Daich o cercaram. Levaram Siham de volta para a casa de Bilal e mataram o contrabandista. Forçaram Siham a falar com Abdullah por telefone para dizer que ela havia esperado, mas ninguém viera. Como Abdullah não sabia que eles a haviam espancado violentamente para forçá-la a dizer isso, respondeu que enviaria outro colaborador.

Na segunda vez, o encontro seria no jardim em frente ao hospital de Mayadin. O contrabandista olhou ao redor do jardim e não viu nenhum sinal de perigo. Não encontrou homens que pudessem ser considerados suspeitos e, perto de Siham, havia apenas mulheres cobertas pelo nicabe. Contudo, quando se aproximou de Siham, ela chorava e se recusou a ir com ele. Ela pediu que ele a deixasse para que não fosse preso. Naquele instante, as mulheres cobertas o cercaram, revelando serem homens *daichis* disfarçados especialmente para capturá-lo. Mais tarde, ele foi torturado, assim como Siham, pois a ouviram avisá-lo de que estava a ponto de ser preso.

Foi um dia terrível para Abdullah e Doidão. Eles descobriram, tarde demais, que Bilal se aproveitara de Siham para capturar os contrabandistas. Em meio a sentimentos de tristeza e frustração que afligiam Abdullah, Doidão decidiu se encarregar pessoalmente do caso de Siham, e disse: "Deixe-me saciar minha sede de vingança por este Bilal".

"Não quero perder você também", disse Abdullah, "e o caso é arriscado porque eles vão estar à espreita de qualquer um que se aproxime dela."

"Tudo o que você precisa fazer é combinar um novo encontro com Bilal, como se nada tivesse acontecido, e eu vou tomar conta disso", disse Doidão. "Mas tente arranjar para que a operação aconteça na região de Manbij, pois é a minha região, e conheço todos os cantos ali."

Passou-se quase um mês sem que Bilal entrasse em contato. Quando enfim ligou, disse para Abdullah que não voltara a ligar porque havia sido ferido em combate e perdera uma perna, mas que ainda estava comprometido e pronto para concluir o acordo. Abdullah disse: "Tenho um amigo disponível para buscar Siham, mas ele está em Manbij. Se você nos der um local de encontro em Manbij, eu posso encarregá-lo disso".

"Manbij fica longe daqui, a seis horas de carro", disse Bilal. "Por que você mesmo não vem buscá-la, Abdullah? Não seria melhor?"

Abdullah respondeu que ele iria se seu amigo não conseguisse.

"Está bem, vou enviá-la com alguém de minha parte. Vou te passar o número para que vocês possam combinar", disse Bilal.

Depois de três dias, Siham estava, como combinado, na rotatória de Markaba em Manbij. A pessoa que a trouxera estava sentada no cibercafé do outro lado da rotatória. Ele olhava para Siham e ao mesmo tempo escrevia para Abdullah que ela estava

de pé na rotatória segurando uma sacola de fraldas como sinal para ser distinguida por seu amigo quando viesse buscá-la. Após uma hora, ele escreveu para Abdullah: *Seu amigo ainda não veio.*
Abdullah escreveu para Doidão para verificar se estava tudo bem com ele.
Hahahaha, Doidão respondeu.
Por que você está rindo?, Abdullah perguntou.
Estou sentado no café ao lado dele enquanto ele escreve para você. Eu o cumprimentei e ele me devolveu o cumprimento com um melhor, e agora estamos jogando conversa fora sobre a crise do gás, respondeu Doidão.

Doidão logo notara uma pessoa seguindo Siham nas proximidades, pela janela do café, assim como outras duas zanzando perto dela, e ambas pareciam cansadas de esperar. Após uma hora e meia observando-a naquela tarde quente, os dois homens entraram numa loja de refrescos próxima.

Doidão escreveu para Abdullah: *Diga para o* hajji *que eu vou chegar em meia hora.*

Ele notou que o homem *daichi,* após ler a mensagem de Abdullah, ligou imediatamente para os dois homens que a observavam de perto, pois viu pela janela um deles atender, o que fez Doidão se certificar de que aqueles eram os encarregados de prendê-lo. Escreveu para Abdullah: *Envie várias perguntas para o* hajji *para distraí-lo. O grupo dele está tomando Pepsi e a coitada está de pé embaixo do sol, não lhe dão nem mesmo água para beber.*

Doidão se levantou e cumprimentou novamente a pessoa ao seu lado, dizendo: "Fique com Deus, reze por mim para que eu consiga gás hoje".

"Que Deus te dê sucesso nessa empreitada", respondeu o homem.

Doidão subiu na sua motocicleta e deu uma volta na região; quando viu os dois homens entrarem na loja novamente, avançou até Siham e disse: "Suba, rápido. Sou da parte de seu tio". Ela soltou a sacola de fraldas e subiu atrás dele. Ele voou com ela até o primeiro beco. Os dois homens *daichis* o perseguiram de carro até lá, onde mal cabia um carro. Os prédios antigos inclinados ao longo do beco pareciam estar a ponto de desmoronar sobre os pedestres. Doidão fez uma curva com sua moto para um beco mais estreito, onde não passavam carros, de lá para outros becos estreitos e no fim para uma casa segura.

No dia seguinte, Doidão ligou para Abdullah para dizer que chegara com Siham à cidade de Tell Tamer, na província de Hasaca. Ele o informou de que Siham mal conseguia andar e que precisava de acompanhamento médico. Abdullah decidiu ir pessoalmente para trazê-la de carro e também para encontrar Doidão. A viagem até o restaurante onde combinaram de se encontrar durou quatro horas de carro, e o encontro não levou mais de dez minutos. Apesar do entusiasmo, era necessário ser breve por questão de segurança. Os três estavam numa situação que poderia, no mínimo, expô-los ao interrogatório das autoridades. Siham não tinha identidade e Doidão visitava as regiões do Daich frequentemente. E Abdullah agora estava numa situação perigosa se coincidisse de estar no lugar errado, na hora errada. Os três eram inocentes, mas sua inocência não garantia segurança.

Abdullah imaginava que encontraria um homem enorme e musculoso. Por isso se surpreendeu ao ver Doidão, uma pessoa de baixa estatura e bem magra.

"Imaginei que veria diante de mim uma pessoa gigante", disse Abdullah a Doidão.

"Eu sou como o ouro, pequeno e de grande valor", disse Doidão.
"Suas ações são mais valiosas do que ouro, Doidão, e eu te trouxe um presente", disse Abdullah, entregando-lhe um pote de mel embalado com fita adesiva preta.
"Isso é alimento da realeza", acrescentou Abdullah, "pois, como você está salvando nossas rainhas, este é o presente delas para você."
Doidão o abraçou e partiu. Abdullah não pôde abraçar Siham com medo de machucá-la, porque suas fraturas ainda não haviam sarado. Ele lhe deu a identidade de sua filha, que ela usaria para atravessar a fronteira. E lhe disse: "Sua prima te espera impaciente".

O tempo passou um pouco mais rápido enquanto ouviam a história de Siham. Contudo, no fim da espera deles por Gazal, levantaram-se para voltar ao Halliqui, já que o retorno fora adiado novamente. Abdullah esfregava a testa ao perguntar ao contrabandista pelo telefone: "Gazal virá amanhã?".
"Se Deus quiser", respondeu o contrabandista, "sejamos otimistas."
No terceiro dia, após duas horas de espera, Helin avistou Gazal, Zido e Joan atravessando a fronteira. Todos se levantaram prontos para recepcioná-los. Helin chorou ao ver Laila correr até a mãe. Porém, quando ela perguntou: "Onde está meu pai? Por que não veio com vocês?", Gazal caiu de joelhos, chorando. Helin, Ramziya, Yahia e Yassir a rodearam enquanto ela dizia: "Os *daichis* mataram todos eles. Desde aquele dia eu quero gritar, mas meu grito não saía".
Ramziya se sentou, entoando como de costume sua canção triste.

Helin perguntou a Gazal, ao abraçá-la: "Você se lembra de mim?".

Gazal fez que sim com a cabeça e beijou Helin novamente.

Helin notou Abdullah de pé, sozinho ao lado, olhando para eles, então disse para Gazal: "Venha, vou te apresentar ao meu primo. Ele que organizou o seu retorno para casa".

Gazal não esqueceu a promessa feita a Hadla. Por isso, assim que abraçou Abdullah e o agradeceu, pediu para ele ligar para Hadla e informá-la de que ela chegara em segurança. Abdullah não respondeu. Ela esperou um pouco, então repetiu o pedido. Abdullah abaixou a cabeça, parecia exausto.

"Você está bem? Quer água?", Gazal perguntou.

"Não estou com sede. Estou triste, mais do que você poderia imaginar", ele respondeu.

"O que aconteceu?"

"Eu não quero que você fique triste como eu, mas Hadla... Eles a pegaram e a mataram."

Gazal colocou a mão na boca e perguntou: "Por minha causa?".

"Não, outra mulher que Hadla salvou depois de você... eles descobriram que foi ela. Ela foi executada em praça pública diante das pessoas. Disseram pelo alto-falante que ela era uma espiã que trabalhava com os infiéis. O marido dela também trabalhava na nossa rede. Mas, quando a interrogaram, ela disse que o marido não tinha nenhuma relação com isso, nem sabia de nada que ela fazia para contrabandear as moças. Ela assumiu toda a responsabilidade. Eles lhe ofereceram a liberdade se ela lhes desse informações sobre a rede para a qual trabalhava. Ela não pronunciou uma letra. Morreu sozinha em completo silêncio."

Hadla estava com quarenta anos de idade e, quando começou a fazer esse trabalho perigoso, seu objetivo era juntar a quantia necessária para um transplante para o filho. Ela imaginara que pararia após reunir o dinheiro, mas mudou de ideia quando se deu conta do impacto que causava no mundo com o resgate das mulheres. Duas horas após sua execução, penduraram no muro da praça sua foto vestida de enfermeira com a palavra *heroína* escrita embaixo, em letras grandes. Os *daichis* rasgaram a foto. Na manhã do dia seguinte, encontraram nos muros da cidade duas fotos dela, com a mesma palavra. Quando rasgaram as duas fotos, apareceram dezenas de outras nos muros. Pessoas do Daich foram encarregadas de vigiar os muros da praça com o intuito de prender quem as pendurava. Irrompeu uma batalha oculta entre a equipe de Hadla e o grupo do Daich. De noite havia mãos que penduravam as fotos, e de dia mãos que as rasgavam. No fim, as fotos desapareceram, mas permaneceu no muro uma expressão escrita com tinta em letras grandes: *Os sapatos de Hadla valem mais que a cabeça deles.*

As três senhas

Helin estava de pé em frente à sua tenda quando ouviu Bahar, a sobrevivente da tenda ao lado, gritar para as crianças: "Que droga, vocês!", pois naquele instante a bola deles caíra em sua grande panela, onde fervia água. Bahar acenou para Helin e disse: "Hoje estou com sorte, a bola caiu antes de eu colocar o extrato de tomate".

As crianças do campo de refugiados jogavam futebol de manhã até o final da tarde na área de terra diante das tendas; perto deles, os adultos cozinhavam, lavavam-se, tomavam chá e trocavam notícias sobre quem chegara do cativeiro e sobre quem ainda não retornara. Deixavam as tendas sempre que seu coração se sentia confinado ali, principalmente em tempos de calor e poeira. Eles eram sortudos porque sobreviveram, mas sua sobrevivência não era o fim da história, pois todos tinham memórias de seus mortos e desaparecidos.

Linda era uma iazidi residente na Alemanha que trabalhava para uma organização humanitária filiada às Nações Unidas. Naquele dia, ela entrou na tenda de Helin para saber das suas necessidades, assim como fizera com as demais sobreviventes.

"O que eu mais preciso é recuperar meu marido e minha filha", disse Helin. "Por ficar pensando neles, não consigo dormir."

"Onde eles estão?", Linda perguntou.

"Meu marido é prisioneiro do Daich e minha filha está na casa da minha vizinha em Mossul", respondeu Helin.

"Você precisa cuidar de si mesma por eles", disse Linda. "Lembre-se da regra de segurança dos aviões: se uma passageira sentir falta de ar e precisar de oxigênio, ela deve primeiro colocar a máscara de oxigênio em si mesma, antes de ajudar os outros." Helin não comentou nada, mas pensou que essa regra era difícil para as mães.

"Você tem pesadelos?", Linda perguntou.

"Nos meus sonhos sempre me vejo escondida", respondeu Helin. "Uma vez, num sonho estranho, eu era o marido, apesar de ser mulher, e estavam estuprando minha esposa diante dos meus olhos; eu gritava, mas eles não me viam nem ouviam."

Linda fazia anotações quando notou um buraco grande no teto da tenda de Helin; ofereceu-se para trazer um pedaço de tecido para remendar o buraco e assim impedir que caísse água na tenda, caso chovesse. Helin recusou, justificando que a chuva não a incomodava. Ela preferia deixá-lo ali, pois por aquele buraco via as estrelas de noite, o que lhe dava um sentimento de esperança naquela escuridão que cobria a tenda. Como o sono demorava para vir, com os meninos já adormecidos ao lado, ela contemplava uma vida futura ao olhar para aquele pedaço brilhante do céu.

Assim como os demais moradores do campo, Helin seguia diariamente o *chat* de um *site* criado especialmente para eles, chamado "Gente das sequestradas". Nele havia aproximadamente novecentos membros ativos que publicavam fotos e informações para mobilização, ação e arrecadação de doações, com um só objetivo: resgatar mais sequestradas. Inspiraram-se no *site* "Shopping do Estado Islâmico", no qual o regime do Daich anunciava as sequestradas à venda. O acesso a ele era restrito aos membros do Shopping, mas um membro podia adicionar um amigo. Assim Abdullah pôde acessar o *site* deles com uma conta falsa, depois que um de seus membros disfarçados o adicionou. Abdullah passava as informações do Shopping para sua rede e para o *site* "Gente das sequestradas".

Quando ele viu um anúncio de uma pessoa vendendo uma mulher e um cinto de explosivos, Abdullah lhe escreveu: *Compro de você o cinto.*

O homem respondeu: *Venha aqui, xeique, para combinarmos um preço.*

Abdullah pegou o endereço dele para passar para os contrabandistas, que vigiariam sua casa à procura de uma oportunidade de resgatar a prisioneira. Nesse meio-tempo, Abdullah ficou enrolando o homem, com o pretexto de que um bombardeio o fizera adiar a visita. No fim, escreveu: *Que Deus te recompense! Compramos o cinto de outro mujahid e o utilizamos no caminho de Deus.*

Deus os abençoe, respondeu o homem.

Após duas semanas vigiando a casa daquele homem, a rede de Abdullah conseguiu resgatar a prisioneira anunciada por ele.

Toda vez que Helin ouvia o toque específico do *chat*, logo abria o *site*. Desta vez, ela encontrou uma mensagem privada de Abdullah: *Abra o* site *rápido. Uma mulher entrou no chat e disse que tem uma bebê de um ano. Ela mencionou o seu nome e o de Elias, dizendo que vocês são os pais desaparecidos da bebê.*

Helin sentiu as batidas aceleradas de seu coração ao ver o anúncio de Chaima com um número de telefone. Ligou para ela no mesmo instante.

Veio-lhe a voz ansiosa de Chaima: "Não acredito! Helin? Onde você esteve todo esse tempo?".

"Acabei de voltar do controle do Daich", respondeu Helin.

"Meu Deus."

"Posso falar com Mayada?"

"Mayada?"

"Minha filha que está com você."

"Não sabia que o nome dela era Mayada", disse Chaima.

"Você está em casa?", Helin perguntou.

"Não, fugimos para a Turquia. Como diz o ditado, 'a casa é de nosso pai, mas as pessoas nos expulsaram'", disse Chaima em seu dialeto de Mossul.

Helin ficou calada, então Chaima acrescentou: "Fique tranquila, sua filha está bem".

"Oh, minha querida. Todas as palavras não são suficientes para te agradecer."

"Eu me afeiçoei a ela, assim como Mustafá, pois ela se tornou sua irmã de leite, embora sua religião proíba o parentesco com os muçulmanos."

"Você é minha irmã, Chaima, mesmo sem ser de leite."

"Claro."

"Diga-me, Chaima. Hamid está com vocês na Turquia?"

"Não, Hamid está em Tal Afar, porque ele encontrou um trabalho lá."

"Eu sei. Ele trabalha com o Daich", disse Helin.

"O que você está dizendo?"

"Eu o vi lá com eles. Ele me ajudou a fugir."

"Notícia boa e notícia ruim, mas o pai dele acabaria com ele se soubesse. Meu Senhor, de onde vieram todas essas desgraças?"

"Meus filhos também colaboraram com o Daich, mas voltaram a si. Espero que Hamid também volte."

Helin pegou o endereço de Chaima e passou para Abdullah, para contrabandearem Mayada da Turquia para o Iraque.

A pessoa que se encarregou de transportá-la era originalmente um motorista de caminhão que circulava entre a Síria e a Turquia, e que sabia como cruzar com mercadorias proibidas. Ele se juntara à rede dos "Morcegos", a qual Abdullah chamava de "Colmeia". Doidão brincava com ele, dizendo: "Os morcegos viraram abelhas. É uma promoção".

Chaima ficou confusa quando o motorista chegou a sua casa. Como um homem estranho poderia levar a bebê da mulher que a criança imaginava ser sua mãe? Contudo, ele veio preparado para sua missão: deu um sonífero para Mayada e, quando ela fechou os olhos, ele a colocou no porta-malas do caminhão dentro de uma caixa de papelão com pequenos furos, que, por sua vez, foi posta dentro de uma caixa de papelão maior, de um metro de comprimento por meio metro de largura, usada para armazenar ovos. Ele empilhou outras caixas de ovos em cima e em volta da caixa pequena.

Como Chaima olhava para ele espantada, o homem contou que notara durante suas viagens que o controle da fronteira não abria as caixas de ovos uma por uma. Talvez eles se entediassem por serem parecidas, enquanto as mercadorias variadas eram inspecionadas com mais interesse.

A teoria do motorista mostrou-se certa: o inspetor do controle turco abriu três caixas de ovos e as devolveu ao lugar, indo inspecionar o restante do caminhão; quando não encontrou nada, fez sinal com a mão para o motorista prosseguir. Ele atravessou a ponte que dava para o rio Tigre. O controle curdo na outra margem esperava a chegada de Mayada. Os inspetores da alfândega de Ibrahim Khalil em Zakho se reuniram ao redor do motorista agradecendo, depois que ele lhes entregou a caixa. Abdullah recebeu a caixa deles e levou do jeito que estava de carro até o campo de

Dohuk, dizendo a si mesmo: "É como se Mayada dormisse num ninho".

"Esta é sua filha e em cima dela há ovos também", disse Abdullah, colocando a caixa diante da tenda de Helin.

Muitos moradores do acampamento se reuniram na tenda de Helin para parabenizá-la pela chegada de sua filha em segurança; havia entre eles jornalistas, que tiraram fotos da pequena bebê, que abriu os olhos no colo de uma mulher que não conhecia.

Ela não chorou no início, mas alguns minutos depois de entrar na tenda começou a chorar. Helin a segurou no colo, cobrindo-a de beijos. Quando a menina se acalmou um pouco, Helin pegou um caderno e uma caixinha de lápis de colorir que Linda lhe trouxera quando soube que Helin gostava de desenhar. Helin desenhou o pássaro *qabaj* e colocou o papel diante de Mayada, no chão, com a caixinha de lápis de colorir. Helin começou a pintar as asas do pássaro. Ela pintou devagar de propósito, deixando espaço suficiente para Mayada pintar também.

Mayada pegou o lápis verde e começou a rabiscar o papel. O êxtase daquele golpe de cor preencheu Helin, como se algo seco tivesse se esverdeado por inteiro; o pássaro se tornou verdadeiro, ganhou vida e voou diante dela naquele instante. Mayada ficou entretida pintando, ainda com lágrimas nos olhos.

Yassir cortou uma folha do caderno para fazer um foguete, o qual jogou por cima de Mayada; ela levantou a cabeça por um momento e voltou a pintar. Ele se deitou ao seu lado para ver o que ela fazia.

Linda havia perguntado a Helin se ela precisava de uma mesa para desenhar. Helin respondeu que estava acostumada, como o restante de sua gente, a fazer tudo no chão. Eles choravam no chão. Passavam a noite conversando e bebendo chá no chão. Faziam amor no chão. Esperavam no chão. Eram felizes no chão. Eram tristes no chão.

No dia seguinte, Yahia e Yassir saíram ao meio-dia e foram até a área livre atrás da tenda para jogar futebol. Grãos de terra saltitavam entre os pés dos pequenos jogadores, que pisavam na grama seca do calor do verão. Yahia coordenava a partida como árbitro; Helin o ensinara a colocar a mão na boca e soltar um assobio quando queria chamar a atenção de um jogador ou encerrar um tempo.

Yassir deixou a partida e voltou à tenda porque Yahia o expulsara depois de tê-lo advertido duas vezes por cometer faltas. Linda estava na tenda com Helin, e Yassir a ouviu falar com a mãe sobre uma oportunidade oferecida pelas Nações Unidas para sobreviventes como ela e sua família de viajar e viver em um país que fornecia refúgio. Helin disse que nunca pensara em sair do Iraque e que ela estava naquele campo para seguir as notícias dos desaparecidos, pois pensava em voltar para o Halliqui ou para Mossul, quando a cidade fosse inteiramente liberada do domínio do Daich. Depois que Linda saiu, Helin tentou consertar um zíper no comprimento da tenda, que eles usavam como porta hipotética.

Yassir perguntou: "Mamãe, por que não viajamos? Não queremos ficar aqui no campo de refugiados".

"Podemos ir para o Halliqui", respondeu Helin.

"Mas não tem telefone nem tevê lá", argumentou Yassir. "Eu gosto do vilarejo só para visitar."

"Quando seu pai retornar, voltaremos para Mossul", disse Helin.

"O papai nunca vai voltar", afirmou Yassir.

"Por que você está dizendo isso?"

"Porque os mortos nunca voltam, mãe."
Helin soltou o zíper e fitou o rosto de Yassir. Ela viu desesperança e medo nos olhos dele.
"Eu vi eles matarem meu pai com uma espada", ele disse.
"Onde?"
"No vídeo que vi com Yahia."
Yassir contou como ele e Yahia viram Elias no YouTube. Eles viram na tela de projeção os membros da organização cortarem a cabeça de Elias e o sangue jorrar de seu pescoço. O treinador, que lhes mostrou aquela cena de sangue-frio, disse: "Esses homens são traidores e infiéis, é necessário combatê-los assim, com a espada". Quando o treinador viu as lágrimas dos dois meninos, repreendeu-os, dizendo: "O Estado não pode se manter com fracos e vocês são homens, é uma vergonha chorarem".
"E se esse cuja cabeça cortaram fosse nosso pai?", Yahia perguntou ao treinador.
"Se seu pai for um infiel, então você precisa ser o primeiro a combatê-lo", respondeu o treinador. "Esse irmão que está ao seu lado não é seu irmão se não estiver no caminho reto. O Estado é sua família e a ele devemos lealdade e sacrifício em primeiro e em último lugar."
Com o fim da fala do treinador, deu-se na cabeça dos meninos uma ruptura com a organização, tão definitiva como um ponto final numa frase. Eles ficaram completamente exaustos e não tiveram forças para completar o treinamento daquele dia. Yassir se curvou, tentando vomitar, mas não conseguiu. O treinador pensou que Yassir pegara um vírus. Aquele vídeo permanecerá impresso na mente deles como um vírus crônico; ao mesmo tempo, atuou como um antibiótico que levou os dois meninos a acordarem da morte, mesmo que com uma dor sem-fim: a dor de Elias, que passou para eles.

Agora, Yassir estava sentado no canto da tenda lembrando e chorando. Helin deixou o fio cair da mão. Desabou no chão e começou a bater com as mãos no tapete diante dela e nas próprias pernas. As lágrimas despencavam com força, como se uma geleira tivesse derretido inteira, de uma só vez, e jorrasse como uma cachoeira de cima da montanha. Seu pranto acordou Mayada, que, quando viu a mãe naquele estado, também chorou. Yassir pegou a mão da irmã e saiu com ela da tenda.

Helin ficou na tenda até o dia seguinte. Chegara ao extremo do cansaço. Sentada num canto com as mãos na testa, ela fechou os olhos. Permaneceu com eles fechados até ver Elias. No início, a imagem dele estava embaçada, mas, aos poucos, seus traços foram ficando nítidos. Ele vestia as roupas de esporte que ela comprara da última vez em que se viram, antes de ele desaparecer. Ele sorriu para ela, exibindo as covinhas de suas bochechas. No momento em que esperava que ele lhe dissesse algo, ela viu uma sombra chegando por trás dele. Ficou alarmada ao notar uma espada na mão da sombra, que a levantava para matar Elias. Ela gritou para impedi-la. Gritou em voz alta: "Não, não!".

Linda a ouviu gritando. Estava com ela na tenda havia meia hora, mas Helin se distraíra. Não encontrou em si mesma a vontade de responder às perguntas de Linda naquele dia. Não tinha vontade de conversar, nem de fazer nada.

Helin havia suportado os sofrimentos terríveis do cativeiro na esperança de voltar para Elias e para os filhos; essa esperança a havia ajudado no passado a se manter inteira, apesar de se sentir estilhaçada, como se cada pedaço seu não se reconhecesse. Depois de todo aquele sufoco, das tentativas de fuga e de salvar os filhos e os outros, permanecera nela um único fio de esperança: Elias. E ela o perdera, agora que acabara de perder Amina. Isso a transformava numa estátua sem um centro que mantivesse suas extremidades unidas para não desabar. Ela sentiu que não conseguia ficar de pé, então permaneceu sentada onde estava; seu espírito ficou confuso, procurava aquela parte desaparecida pela qual ansiava. Ela ainda estava paralisada quando algumas mulheres entraram na tenda. Elas a beijaram nas bochechas e se sentaram, murmurando palavras de consolo. Elas enxugavam as lágrimas, ululavam e repetiam os nomes daqueles que não sobreviveram. Uma delas disse: "Não pudemos nem mesmo enterrar nossos mortos". E as outras repetiram suas palavras. Escorreram lágrimas quentes nas bochechas de Helin. Ela não poderia enterrar Elias devidamente. Em seu vilarejo, lavavam o morto e o vestiam com uma *dichdacha* branca de colarinho arredondado. Sua mortalha era carregada nos ombros, acompanhada pela música triste da flauta, com as mulheres parentes balançando o corpo na dança do pássaro ferido.

Os olhos de Helin estavam fechados quando as mulheres saíram da tenda. Somente Linda ficou com ela. Ela a chamou: "Helin, Helin", mas não obteve resposta. Ela estava em outro mundo. Linda deu um toque no ombro de Helin, que olhou para ela como quem acabara de acordar de um pesadelo.

"Tenho uma história para você", disse Linda, que segurava a mão de Helin. "Vou contá-la e vou-me embora. Há três vilarejos que você deve atravessar para que sua ferida se cure. Todos têm uma porta, e uma chave. A chave equivale a uma senha que você usa para entrar. Vou te dar as três senhas. O primeiro vilarejo não é difícil de atravessar. Sua senha é 'conscientizar-se'. Para atravessar o primeiro vilarejo em segurança, você precisa se conscientizar do que aconteceu e acreditar que de fato aconteceu, e também precisa entender que o que aconteceu com você de injusto e violento é só uma parte da sua vida, e não toda ela. O segundo vilarejo é mais longínquo, requer maior esforço. Sua senha é 'lembrar-se'. Talvez você diga que lembrar é doloroso. Eu sei, mas esquecer também é. A recordação e o luto por aqueles que perdemos são parte da cura. Lembrar e falar sobre o que aconteceu com você ajudará a atravessar o segundo vilarejo. Você pode argumentar que falar sobre a desgraça abre a ferida e torna as coisas mais difíceis, porém é o contrário, falar sobre ela em forma de passado permite que você atravesse rumo ao futuro. Já o terceiro vilarejo, esse é difícil de alcançar. Fica no topo da montanha, é necessário ofegar antes de chegar, mas descansamos no final, e, mais, sobrevivemos. Sua senha é 'reconectar-se'. Você precisa se reconectar com as pessoas, especialmente com aquelas em quem confia. Você não pode atravessar o terceiro vilarejo sem se reconectar com a vida normal. Não é possível apagar por completo o que aconteceu com você e com a sua família, mas é possível tirar algum proveito para os dias vindouros. O tempo que você passa em cada vilarejo de cura depende somente de você. Eu estaria mentindo se dissesse que isso se realizará rápido; no entanto, é algo possível. Acredite em mim, tudo é possível."

Helin subiu e desceu do Halliqui mais de dez vezes durante os três meses seguintes à notícia terrível. Porém, nem subir, nem descer, nem andar nas planícies, nem despertar, nem dormir... nada mais podia distraí-la da dor de perder o marido. Até mesmo o piar dos pássaros lhe causava pesar. A presença de Elias estava ao seu redor, em todo lugar. Como linhas costuradas num bordado, assim foi costurada a cor de sua ausência na vida dela.

Após um ano residindo no campo de refugiados, Helin havia recepcionado novos sobreviventes e se despedido de outros que deixaram o campo, retornando a seus vilarejos então liberados. Alguns deles partiram do país. Bahar conseguiu refúgio na Alemanha com o filho e a irmã. Os *daichis* mataram seu marido, seu pai e três de seus irmãos. No dia marcado para sua partida do campo, em outubro de 2016, Helin foi visitá-la pela última vez.

"Você preencheu seu formulário de pedido de refúgio?", Bahar perguntou a Helin.

"Não, ainda não", disse ela.

"Esta é uma oportunidade que pode não existir para sempre, Helin. Quem sabe o que vai acontecer amanhã? Poderíamos ter imaginado que tudo isso aconteceria conosco? Como podemos ter a garantia de que não acontecerá de novo?"

"Yahia e Yassir ficam insistindo para eu submeter o formulário."

"Bem, o futuro deles e o futuro da sua filha serão melhores no exterior", disse Bahar.

"Quer dizer que você acha que eu deveria preencher o formulário?", Helin perguntou.

"Sim, claro", disse Bahar. "O que você perderia? Se mudar de ideia, você pode retirar o pedido depois."

Durante a visita seguinte de Linda, Helin pediu ajuda na submissão do pedido de refúgio. Dez meses depois, no dia 7 de agosto de 2017, Linda entrou na tenda e informou a Helin que as Nações Unidas haviam aprovado seu pedido, de modo que fora concedido a ela e à sua família o direito ao refúgio no Canadá; eles só precisavam fazer exames médicos durante os próximos seis meses.

Após dar essa excelente notícia, Linda notou que Mayada segurava um prato com um peixe colorido desenhado e uma colher, e Yassir segurava uma bandeja e uma concha.

"Esta noite é o eclipse lunar", Helin disse para Linda. "Você gostaria de vir conosco?"

"Para onde?", Linda perguntou.

"Aqui não temos nenhuma laje para subir, por isso vamos nos reunir naquela área ao ar livre", Helin respondeu apontando com a mão para detrás da tenda.

"O que vocês vão fazer lá?", Linda perguntou.

"Vamos bater nas bandejas e pratos e gritar: 'Baleia, deixe nossa grandiosa lua em paz, queremos nossa lua, ela é preciosa para nós'."

"E depois?"

"Nada. Só esperamos poder afastar o mal de nosso país."

"Muito bom, mas tenho uma reunião com meus colegas no escritório e receio me atrasar. Estou feliz por você, Helin; você e as crianças vão começar uma vida nova", disse Linda antes de partir.

Helin a agradeceu, dando-lhe um último abraço.

A hora do pôr do sol não chegara, e a lua ainda estava a caminho, mas alguns moradores do acampamento já haviam se reunido ao ar livre. Mayada estava de pé com a multidão, segurando seu prato, no qual batia com a pequena colher imitando os outros. Sua voz fraca obviamente não assustaria a baleia, contudo ela ficou muito encantada com aquele rito. No dia seguinte, assim que abriu os olhos pela manhã, correu até a colher e começou a bater com ela no mesmo prato dentro da tenda.

"Mas, querida, a baleia teve medo e fugiu", Helin lhe disse e depois a incentivou a voltar a dormir.

A dança da dor

A chuva caía com força numa cidade cujas ruas são iluminadas pelas luzes dos carros com seus limpadores de para-brisa indo para a direita e para a esquerda. Helin andava com passos rápidos para evitar se molhar. A mulher atrás dela estava mais apressada; alcançou-a e ergueu seu guarda-chuva sobre as duas. Ela a incluiu em seu pequeno mundo seguro sob o guarda-chuva, então Helin sentiu um tremor de gratidão por aquela estranha gentil. Elas trocaram um sorriso que permaneceria na mente de Helin, não somente porque ficou comovida com aquela pequena iniciativa, que significou muito para ela, como também porque a mulher era bastante parecida com alguém que conhecia, mas de quem não se lembrava no momento. Aquele episódio permaneceu em sua mente ao longo das horas de trabalho na cafeteria. Depois de fazer cerca de vinte hambúrgueres, Helin continuou a procurar em sua memória por aquela mulher, folheando todos os rostos desde o Halliqui até Mossul, mas em vão. Seus rostos despertavam nela uma mescla de alegria, tristeza e saudade. Ela sabia das notícias por Azad, que ligava para ela com frequência. Ele abriu uma loja para vender aparelhos de rádio no Halliqui. Às vezes, quando ia buscar aparelhos em Dohuk, Chammo e Ramziya o acompanhavam para poderem conversar com Helin, na região que tinha serviço de internet. Ela soube que Abdullah retornou para Sinjar, apesar de a cidade estar em ruínas. Encontrou sua casa destruída, mas decidiu reconstruí-la. Talo e sua filha Ahlam conseguiram refúgio na Austrália. A mãe de Talo não foi com eles pois tinha falecido depois de um ataque cardíaco. Helin ligava para Ahlam de tempos em tempos para se certificar de que estava bem e para encontrar em sua voz um traço de Amina. Helin não tentou se comunicar com Chaima, apesar de que, ao olhar para Mayada, se lembrasse da mulher que cuidou dela como se fosse sua filha.

Fazia quase um ano que Helin estava em seu novo país e ela já começara a conhecer os lugares e até mesmo os feriados e as festas. No inverno, ela vestia um casaco grosso e sapatos especiais que a protegiam de escorregar na neve. Assim recomendaram os canadenses que a receberam no aeroporto com seus filhos. Ela estranhara seus avisos sobre o frio e a neve. Queria lhes dizer que a neve era delicada e branda para alguém como ela, que vivera dificuldades extremas na vida. Yassir recebia a nevasca como uma notícia boa, uma vez que as escolas fechavam. Mayada também gostava de fazer bonecos de neve diante de sua residência, rindo quando colocava neles uma cenoura como nariz. Já para Yahia, a neve era fonte de renda, pois ele comprou uma máquina para retirar a neve da frente de várias casas do bairro em troca de um valor combinado. Contudo, a ausência de Elias se fazia presente entre eles. Sua memória não era neve que derreteria. Ele estava presente dolorosamente quando Mayada se virou para a mãe um dia e perguntou: "Onde está meu pai?", porque ela assistira ao desenho animado do Nemo, e o peixe perguntava pelo pai.

A segunda vez em que Mayada feriu o coração da mãe com aquela pergunta foi quando voltou triste da escola porque os alunos desenharam seus pais em cartolinas com corações e balões, que pintaram como presente para o Dia dos Pais, mas Mayada não sabia como desenhar seu pai. Ela só desenhou um coração e balões. Helin se controlou diante de Mayada para não deixar a menina ver como o coração dela se quebrou. Ela desenhou Elias com toda a calma e entregou a folha para Mayada, dizendo: "Este é o papai. Você se parece com ele".

Mayada pegou a folha com as duas mãos e examinou atentamente os traços do pai. Perguntou: "Ele ainda está no céu?".

"Sim, querida, mas o espírito dele está aqui conosco também", Helin respondeu.

"Como você sabe?", Mayada perguntou.

"Eu o vejo nos meus sonhos", Helin respondeu.

"Ele fala com você no sonho? O que ele diz?"

"Ele diz que está feliz porque você é esperta e vai bem na escola."

"Mas eu quero eu mesma mostrar para ele como fiz minha lição de casa", protestou Mayada.

"Quando ele vier no seu sonho, você mostra o que fez", disse Helin.

"Mamãe, você não vai para o céu, não é?"

"Não, agora não", disse Helin e pegou Mayada no colo.

Toda manhã, quando Mayada vai para a escola, Helin vai para o instituto de ensino de inglês como língua estrangeira. Ela começara a gostar daquela aula, que frequentava com outros refugiados que deixaram seu país de mãos vazias, mas com a memória carregada. Na maioria das vezes, Mario se sentava na cadeira ao seu lado; a amizade deles se consolidava desde o dia em que a professora lhes pediu para trabalharem em duplas, lendo as frases um para o outro e adivinhando seu significado. Naquele dia, Helin se esquecera de seu livro, então Mario colocou o livro dele entre os dois para que ela pudesse acompanhar.

Quando deviam escrever uma frase usando "eu tenho", ele pareceu impressionado com a frase dela, olhou-a admirado, e ela sorriu para ele. Ela escrevera: *Eu tenho uma estrela no céu*, e desenhara uma estrela no lugar da palavra, pois não sabia a palavra "estrela" em inglês. Mario também não, mas procurou pela palavra no celular, mostrando-a a Helin, para que ela pudesse escrevê-la.

No início, ela não sabia nada sobre ele, além de seu nome e que era da Guatemala. Porém, um dia, durante o intervalo, Mario contou que tinha uma loja de cerâmica no lago de Atitlán, uma bonita região turística rodeada por montanhas e flores silvestres, nas terras altas do oeste da Guatemala. Ele saía de seu vilarejo atravessando o lago de barco, depois andava até a loja e às vezes pegava um *tuk-tuk* pequeno. Apesar de pequena, a loja lhe proporcionava um lucro abundante, pois se tornara conhecida pelos objetos de cerâmica diferentes, com marcas de quebras. Certo dia, entrou na loja um homem que olhava ao redor de forma suspeita; quando os clientes saíram, o homem se aproximou de Mario e disse: "Você precisa começar a pagar em troca de proteção". Quando Mario recusou, o homem o advertiu num tom grosseiro: "Então você terá problemas", e partiu.

    Dois dias depois daquela ameaça, a esposa de Mario, Ivana, foi atropelada por um carro cujo motorista fugiu, deixando seu corpo na estrada. Mario, devido ao choque, permaneceu três semanas em casa com o filho Luis, de dois anos de idade. Não tinha vontade de ir para o trabalho e estava desorientado, não sabia o que fazer. Mario não conseguiu afastar da mente as palavras daquele homem. Ele foi tomado por sentimentos de culpa, arrependendo-se de não ter pagado o dinheiro que o homem lhe pedira.

Depois daquele dia terrível, Mario passou a temer muito pelo filho, não podendo mais continuar com a vida de antes. Vendeu sua loja rapidamente e pagou para um contrabandista ajudá-lo a chegar com o filho aos Estados Unidos. Seu medo da quadrilha, contudo, não o qualificava a conseguir refúgio. Por isso, atravessou por terra para o Canadá com a ajuda de uma organização humanitária.

Na primeira aula, a professora pediu que os alunos se apresentassem. Quando chegou a vez de Helin, a professora disse: "Seu nome parece ocidental. De onde você é?".

Helin respondeu: "Sou do Iraque. O 'i' parece um 'e', mas se pronuncia longo. O significado do meu nome em curdo é 'ninho de pássaro'".

"Então você fala curdo?", a professora perguntou.

"E árabe também", Helin respondeu.

"Excelente", disse a professora.

Helin não acrescentou que também falava a língua do assobio.

Sempre que a professora colocava os alunos para trabalhar em grupos, Helin e Mario formavam uma dupla. Juntos, além de palavras novas, eles aprendiam mais sobre cada um. Conversavam sobre situações engraçadas pelas quais passaram como imigrantes. Por exemplo, sobre o primeiro dia de Helin na cafeteria onde trabalhava, quando ficou surpresa ao ouvir o nome do sanduíche *hot dog*, cujo significado é "cachorro-quente", e pensou que os canadenses comiam cachorros!

Mario riu e disse que passou por uma gafe similar, pois, quando quis comer um lanche, confundiu duas palavras parecidas e, em vez de dizer *snack*, disse *snake*, de modo que seu chefe imaginou que Mario queria comer uma cobra.

Todo dia Helin aprendia a juntar palavras novas para formar frases úteis. Porém, havia coisas em seu coração que as palavras não eram capazes de expressar. Ela passara um tempo longo no segundo vilarejo de Linda e não tinha certeza se podia chegar ao terceiro. Era como se estivesse na fronteira entre o segundo e o terceiro, e o guarda do controle a impedisse de cruzar. Ela desejava encontrar Linda de novo para perguntar: "Tudo é mesmo possível?". Quando Linda a aconselhou a "reconectar-se", ela quis dizer necessariamente reconectar-se com os vivos e não com os mortos, para poder suportar a vida no terceiro vilarejo. Entretanto, não poder se reconectar com Elias era algo além do que ela podia suportar. Tampouco ela se reconectaria com Amina. Como poderia suportar a perda de seus entes queridos, quando seus sentimentos eram tão firmes e profundos, como raízes de árvores? O que ela faria com o luto, que não era um galho de árvore que pudesse ser arrancado? O que significava ser prisioneira de sua memória após ter sido libertada e não ser mais prisioneira de ninguém?

No dia 8 de julho de 2019, Helin faltou à aula de inglês pela primeira vez. Acordou tarde porque não conseguira dormir até às quatro da manhã, então preferiu ficar em casa em vez de ir para a escola atrasada. Ela não saiu do apartamento até o fim da tarde, quando chegou a hora de ir para o trabalho. Lá, enquanto enchia a embalagem de colheres de plástico, ela notou Mario. Ele estava sentado numa mesa perto da janela. Ela imaginou que ele estivesse ali por coincidência, mas, quando foi cumprimentá-lo, ele disse que veio para conhecer o lugar onde ela trabalhava. Ela disse: "Termino o trabalho daqui a 25 minutos". "Vou estar aqui te esperando", Mario disse.

Ela acabou seu turno e foi para a mesa dele. Perguntou: "Você quer beber algo?".

"O que você acha de a gente ir para outro lugar, para mudar?", ele sugeriu.

Ela aceitou, então caminharam até outra cafeteria.

"Por que você faltou hoje?", ele perguntou.

Eles conversaram como dois amigos antigos que se encontravam pela primeira vez depois de anos. Às vezes se comunicavam com gestos, pois muito do que queriam expressar ainda não haviam aprendido em inglês. Ela entendeu que quando ele tinha cinco anos perdera a mãe num massacre. Na época, Mario não pôde entender que a mãe podia desaparecer assim, então ficou chorando e chamando por ela. O pai disse que a mãe voltaria se ele conseguisse reparar um vaso quebrado. Seu pai trabalhava numa loja de reparo de cerâmica, e desde aquele dia passou a levá-lo com ele, para ajudá-lo no reparo de vasos quebrados. Ele unia os fragmentos com zelo e esperava que a mãe voltasse.

Mario desenhou vasos com rachaduras no papel da mesa diante de Helin, depois desenhou pipas em cima de um carro fúnebre. Helin tentou entender o que ele queria dizer e perguntou: "Você estava empinando pipas quando sua mãe morreu?". Ele fez que não com a cabeça. Ela pensou que talvez ele quisesse dizer que muitas crianças também morreram no massacre. Porém, pelo que ele dizia e gesticulava, ela entendeu enfim que na Guatemala eles empinavam pipas durante os enterros, como um rito de celebração aos espíritos dos mortos.

Helin desenhou um coração com uma rachadura. Ela queria dizer que sentia muito pela perda da mãe dele. E que ela também perdera entes queridos, que não tinham túmulos para visitar. Ela desenhou uma flauta ao lado do coração. Ele perguntou: "Você toca flauta?". Helin se contentou com um sim, apesar de querer dizer, na verdade, que sua comunidade não pudera enterrar seus mortos nem tocar para seus espíritos aquela música triste que começava no momento em que levantavam o caixão e seguia até o término do enterro.

"Este desenho é bem preciso. Você é artista?", Mario perguntou.

"Gosto de desenhar desde pequena", ela respondeu.

"Você já pensou em fazer uma exposição de seus desenhos?

"Não."

"Por que não? Pense nisso que eu te ajudo a emoldurar os quadros."

"Obrigada. E os seus vasos de cerâmica? Por que você não os expõe?"

"Podemos fazer uma exposição conjunta", disse, animado. "Quadros e vasos com rachaduras. O que você acha?"

"Ótima ideia."

"Vamos fazer então!"

Mario a acompanhou a pé até onde ela morava, pois era perto de seu trabalho.

"Eu gosto que a gente não tenha que decidir o que fazer quando nos encontramos; curto só falar e andar com você", Mario disse.

"Depois de amanhã é a festa de aniversário da minha filha", Helin disse. "Você e Luis estão convidados."

"Iremos comparecer, com certeza."

"É a primeira vez que fazemos uma festa de aniversário para ela."

"Quantos anos ela tem?"

"Cinco."

Helin combinou com Mario que ele chegaria uma hora antes da festa de aniversário, para fazerem juntos a tarefa de casa que a professora passara: escrever um parágrafo sobre sua cidade, descrevendo suas formas, cores e a natureza.

Yahia e Yassir levaram Mayada para o McDonald's, para a sala de recreação da lanchonete, antes da festa na casa. Lá, Ashley os encontrou, a amiga de Yahia. Yahia a conhecera durante uma partida de futebol na escola secundária de Yassir. Ele jogava na equipe da escola e Yahia fora assistir à partida. Ashley também estava sentada na arquibancada e seu entusiasmo com o jogo chamou sua atenção. Aquela foi a primeira vez em que ele viu uma menina animada com uma partida de futebol. Ele se viu, na próxima partida, procurando por aquela menina que vestia roupas de esporte confortáveis e prendia o cabelo para trás com uma faixa branca. Sentou-se num lugar livre ao lado dela e tomou coragem para falar no seu sotaque estrangeiro. Ele não sabia se sua fala estava coesa e se fazia sentido em inglês, mas estava estranhamente constrangido e feliz. Após assistirem a diversos jogos juntos, Ashley aceitou sair com ele. Yahia raspou o cabelo e colocou perfume. Ele pediu a opinião de Helin sobre sua aparência antes de ir ao encontro. Helin sorriu dizendo para si mesma: "Não acredito que um dia ele quis lutar com o Daich".

Quando Mario chegou segurando a mão do filho, elogiou o apartamento de Helin enquanto olhava para o grande balão amarrado numa cadeira, que estampava os dizeres: *Feliz aniversário*. Luis estava segurando um presente, que entregou a Helin. Ela sorriu para ele, dizendo: "Ah, obrigada. Mayada vai ficar feliz. Você parece ter a mesma idade que ela. Você está no jardim de infância?".

"Sim", respondeu Luis, que parecia um menino adorável, com seu rosto redondo e um dente da frente faltando.

Ela perguntou o que eles queriam beber, então Mario escolheu café e Luis balançou a cabeça indicando que não queria nada. Quando Helin voltou da cozinha com duas xícaras de café, encontrou Mario escrevendo com Luis no iPad. Ela deu uma olhada no que eles escreviam e comentou: "Pelo visto, vocês estão quase terminando a lição".

"Se não fosse pelo dicionário do Google, eu não conseguiria escrever nada", disse Mario. "Cometo muitos erros e esqueço que os adjetivos vêm antes dos substantivos em inglês, é o contrário em espanhol."

"Em árabe e em curdo o adjetivo também vem depois do substantivo, mas a maior parte dos meus erros é nos verbos, pois não conjugo os tempos direito", Helin disse, começando também a escrever.

Quando terminou e colocou a caneta sobre o papel, Mario tomou outro gole de café e perguntou: "Leio para você o que eu escrevi?".

Helin consentiu com a cabeça, então Mario começou a ler: "Na Guatemala, as escolas não fecham por causa da neve, mas por causa dos vulcões. É o país dos vulcões, das montanhas, dos templos e dos mercados abertos ao ar livre. Dizem que o nome Guatemala vem de uma palavra que na civilização maia antiga significa 'a montanha que vomita água'. Lá em cima da montanha, há um pássaro bonito chamado *quetzal*, de penas verdes, brancas e vermelhas. Esse pássaro virou símbolo de liberdade, pois descobriram que ele morria de tristeza ao ser colocado numa gaiola".

Helin sorriu e disse: "Isso lembra o meu vilarejo, Mario. A Guatemala deve ser bonita então".

"Sim, até mesmo suas ruínas são bonitas", disse Mario, "mas, claro, eu não mencionei as coisas negativas de lá."

"Como o quê?"

"As drogas e a pobreza. Mas, enfim, conte-me sobre seu país."

"Meu país também é bonito, quando não tem guerra", ela respondeu.

"Leia o seu parágrafo para mim."

Helin começou a ler: "Em um vilarejo que não está no mapa, eu tinha uma família que me amava. Casas com portas abertas dia e noite; nas casas, pessoas de coração puro como água da fonte, e, em seu coração, pessoas de todos os lugares. O mundo deles tinha a cor dos pássaros e a forma das figueiras. Tudo o que ficou de lá é agora um lugar vazio aqui no meu coração, um vazio que me dói. É possível apontar para aquele lugar como se estivesse nos mapas, embora, como o amor, não seja possível vê-lo neles".

"Isso é muito comovente", disse Mario.

"Palavras de uma pessoa partida", comentou Helin.

"Você não está partida, mas tem uma cicatriz", replicou Mario. "Ouça", ele acrescentou, "aprendi uma coisa com meu trabalho: o vaso que tem uma marca de quebra possui uma beleza particular, porque a beleza verdadeira é imperfeita. A perfeição é falsa. Uma coisa que me agrada em você é o traço aparente da sua tristeza."

Helin sorriu para ele. Mario tocou sua mão esquerda, fitando-a longamente, e disse: "Até sua tatuagem é diferente".

Ela olhou para a tatuagem e fechou os olhos. Viu um ponto de luz pequeno que logo cresceu até se tornar um rosto familiar. Afastou-se aos poucos até se transformar novamente no ponto de luz. Ela esperou que o rosto voltasse, mas não voltou. Apesar disso, aquele ponto de luz na escuridão lhe proporcionou uma sensação especial que só a imagem de um amado perdido podia conferir.

Quando abriu os olhos, Mario disse: "Feche os olhos de novo".

"Quando fecho meus olhos, vejo o passado", disse Helin.

"Você consegue ver o presente ao fechar os olhos?", ele perguntou.

Ela queria dizer que, ao fechar os olhos, via sua vida como uma imagem impressa nas pálpebras, e que sua dor não diferenciava o passado, o presente e o futuro, era só dor.

Mario notou as lágrimas nos olhos dela.

"Não tenha medo, tudo vai ficar bem", ele disse.

Algo dentro dela se agitava com Mario, mas ela não sabia exatamente o que era. Sua presença provocava nela uma tranquilidade profunda, porém Helin não queria que ele iniciasse nenhuma ação física, por menor que fosse. Ela ainda tinha medo e raiva de todos aqueles homens que a haviam estuprado. Quando um homem a tocava, por mais que fosse de maneira inocente, trazia de volta a sua mente a náusea que ela sentia de fazer sexo contra sua vontade. Mario era uma pessoa educada, no entanto ela não sabia como subtrair os fantasmas dos estupradores presentes entre os dois.

A campainha tocou, então Helin se apressou até a porta. Mayada correu para dentro, seguida por Yassir, Yahia e Ashley. Helin os apresentou a Mario e Luis, e foi acender a vela.

Eles se reuniram ao redor de Mayada e começaram a cantar parabéns; ela apagou as velas e Mario tirou uma foto.

Depois de comer bolo, Yahia disse: "Precisamos nos apressar, pois vai começar uma partida daqui a pouco".

Helin pôs uma música no celular, segurou as mãos de Mayada e começou a girar com ela no meio da sala. Após alguns movimentos aleatórios, os movimentos se organizaram numa dança.

No final da dança, Mario aplaudiu, dizendo: "Que dança bonita".

"Triste", disse Helin.

"Triste?", perguntou Mario, confuso.

"Tristeza, não, alegria, não, dança, não, se chama dança da dor", disse Helin, sem saber como poderia explicar sem dicionário que as pessoas em seu vilarejo imitavam a dança do pássaro ferido, balançando o corpo ante as notas tristes da flauta. Parecia uma dança bonita porque há de fato uma beleza quando tentamos expressar algo de dentro de nós. Até mesmo a dor se torna bonita quando a expressamos, exatamente como uma marca de quebra num vaso de barro.

Depois do fim

A exposição compartilhada de Helin e Mario, intitulada "Beleza imperfeita: quadros e cerâmicas", ocorreu no outono de 2019. Helin estava inquieta ao ver, pela primeira vez, os visitantes contemplarem sua arte enquanto Mario lhes entregava uma cópia do catálogo da mostra.

O quadro que mais chamou a atenção do público foi um com mulheres sentadas no chão, cujos corpos eram círculos. Os rostos, as mãos, os pés, os olhos e as lágrimas... eram todos círculos. Alguns quadros da exposição não estavam acabados, o que Helin fizera de propósito, talvez para expressar o movimento das coisas em seu estado inacabado. O maior quadro da mostra era intitulado *O bem e o mal*. Em metade da tela, Helin desenhou o rosto de Aiach como o conhecera e, na outra metade, o rosto de Aiach quando criança, como ela o imaginava. A inspiração lhe veio a partir de uma história que ela ouvira da avó de Amina, numa das noites de contação de histórias em seu vilarejo: "Havia um artista que queria personificar o bem e o mal num quadro. Ele viu uma criança inocente e pediu-lhe que se sentasse diante dele para desenhar seu rosto. O resultado agradou ao artista, que deu uma quantia de dinheiro ao menino. Porém, o quadro permaneceu incompleto por trinta anos, pois o artista não encontrou nenhum rosto mau para desenhar. Um dia, ouviu falar de um homem que cometera crimes horríveis na região e fora preso. O artista conseguiu, por meio de seus contatos, permissão para entrar na prisão e se encontrar com aquele homem. Ele lhe pediu para se sentar diante dele para desenhar seu rosto, e no fim lhe deu um pouco de dinheiro. Nesse momento, o homem disse: 'Há trinta anos você também me desenhou e também me deu dinheiro'".

Precisamente diante daquele quadro, uma mulher contemplava o rosto de Aiach criança e adulto. Ela parecia ter a idade de Helin; tinha cabelos curtos e usava óculos. Fitava o rosto de Aiach como se o conhecesse. Depois de alguns minutos, aproximou-se de Helin e disse: "Eu gostei muito do quadro O *bem e o mal*. A criança angelical se tornou má quando cresceu, não é?".

"Sim, os dois são a mesma pessoa", Helin respondeu.

"Que exposição maravilhosa; gostei dos vasos de cerâmica também", disse a mulher.

O rosto dela pareceu muito familiar para Helin, como se a tivesse visto antes. Ah, não seria essa a mulher que lhe erguera o guarda-chuva certo dia para protegê-la da chuva? De repente, sua memória ficou nítida como se uma luz se acendesse na mente de Helin: ela era a mulher que havia visto no álbum de fotos na casa de Aiach. Ela tinha os mesmos traços e o mesmo sorriso. Seria ela? Teria imigrado para cá depois que ela e a família foram deslocadas?

"Obrigada", disse Helin.

"Você é iraquiana, não é?", a mulher perguntou.

"Sim, de Sinjar. E você... seu dialeto é de Mossul", observou Helin.

"Verdade, sou de Mossul", a mulher confirmou.

Helin hesitou um pouco antes de dizer: "Quero te perguntar uma coisa".

A mulher olhou para ela aguardando a pergunta.

"Na sua casa em Mossul havia um quadro de caligrafia árabe com a seguinte inscrição: *Metade da beleza de uma pessoa é a língua?*"

"Sim, como você sabe disso?", perguntou a mulher, erguendo as sobrancelhas.

Depois de um momento de silêncio, Helin respondeu: "Fui prisioneira na sua casa".

Dados Internacionais de Catalogação na Publicação (CIP)

M636T

    Mikhail, Dunya, 1965-
       A tatuagem de pássaro / Dunya Mikhail ; tradutora: Beatriz Negreiros Gemignani. – Rio de Janeiro : Tabla, 2022.
       288 p. ; 21 cm.

       Tradução de: Wachm attair.
       Tradução do original em árabe.

       ISBN 978-65-86824-42-1

       1. Ficção árabe. I. Gemignani, Beatriz Negreiros. II. Título.

                                               CDD 892.736

Roberta Maria de O. V. da Costa – Bibliotecária CRB-7 5587

TÍTULO ORIGINAL EM ÁRABE
وشم الطائر / Wachm attair

© Dunya Mikhail 2020

EDITORA
Laura Di Pietro

PREPARAÇÃO
Lívia Lima

REVISÃO
Cláudia Cantarin
Juliana Bitelli

CAPA E PROJETO GRÁFICO
Cristina Gu

ILUSTRAÇÃO DO VERSO DA CAPA
Ana Cartaxo

ILUSTRAÇÃO DE CAPA
Ninho de drongo, do livro *Histoire naturelle des oiseaux d'Afrique*, de François Le Vaillant, 1805.

DIAGRAMAÇÃO
Valquíria Chagas

[2022]

Todos os direitos desta edição reservados à
EDITORA ROÇA NOVA LTDA.
+55 21 99786 0747
editora@editoratabla.com.br
www.editoratabla.com.br

Este livro foi composto em Freight Text
e impresso em papel Avena 80g/m² pela
gráfica Exklusiva em novembro de 2022.